SUBLUTETIA

La Révolte de Hutan

À Rebecca,
mon intrépide détective du mystère.

Eric Senabre

SUBLUTETIA

La Révolte de Hutan

Didier Jeunesse

1

Station Nerval

Un genou à terre, Nathan serrait sans force le bout de lacet qui venait de céder. Il regardait, pétrifié, les portes se refermer et la rame de métro s'éloigner. La terrible sonnerie, celle qu'il s'était juré de ne plus jamais entendre, résonnait encore à ses oreilles. Il ne s'en était fallu que de quelques secondes. Accroupi à s'affairer sur un nœud récalcitrant, Nathan n'avait pas vu sa classe s'engouffrer dans le wagon, et il était resté seul sur le quai. Sans doute Mme Valois, son professeur d'histoire, était-elle à présent en train de compter les élèves, et peut-être avait-elle déjà remarqué son absence. Elle allait forcément revenir le chercher. Il n'y avait qu'à attendre sur le quai, tranquillement. Pourtant, une montée d'angoisse clouait Nathan sur place. Quand il avait appris que sa classe irait au musée non pas en bus mais en métro, il avait commencé à vivre un cauchemar, comptant les jours qui le rapprochaient de cette sortie comme un condamné avant son exécution. Cela faisait trois ans que le métro était devenu son ennemi, trois ans qu'il essayait de ne plus penser à ces longs tunnels noirs.

Petit à petit, le calme revint sur le quai. L'affichage lumineux indiquait cinq minutes d'attente avant la prochaine rame. Nathan, encore en proie à une sourde panique, se releva avec effort, le lacet droit toujours détaché. Le pas lourd, les membres pesants, il se dirigea vers le fond du quai pour trouver un siège, luttant de toutes ses forces pour ne pas pleurer. C'est alors qu'il sentit une main se poser sur son épaule ; réfrénant un sursaut, il entendit une voix flûtée lui dire :

« Eh, Nathan, j'ai l'impression que la prof va nous hurler dessus ! »

Nathan se retourna. C'était Keren, une élève de sa classe qui, jusqu'à présent, ne lui avait jamais adressé la parole. Il faut dire que sans être solitaire, Nathan ne cherchait guère à élargir son petit groupe d'amis, et son air mélancolique n'incitait pas davantage les autres à venir vers lui. Revenu de sa surprise, Nathan ne répondit rien et se contenta de sourire. Keren poursuivit :

« Pourquoi tu as raté le métro, toi ? Moi, j'ai voulu acheter ça. »

Elle lui montra une barre de chocolat dans son emballage. Nathan indiqua sa chaussure droite d'un mouvement de la tête.

« Bon, dans tous les cas, continua Keren, notre compte est bon. On va mettre tout le monde en retard, et cela va rendre Mme Valois complètement folle. Tu te rappelles quand Mathias était arrivé en courant, le jour où on allait au cinéma ? Ça faisait cinq minutes à peine qu'on l'attendait, qu'est-ce qu'il s'est pris ! »

Devant l'absence de réaction de son camarade, Keren s'impatienta :

« Oh ! Tu es devenu muet ? »

Nathan s'apprêtait à répondre quand une voix s'éleva des haut-parleurs du quai, pour annoncer une perturbation dans le sens inverse. Les deux enfants demeurèrent un moment silencieux.

« Je ne sais pas s'il faut rester là ou aller à leur rencontre ? se décida à dire Nathan.

– Le prochain métro est dans trois minutes, on devrait en profiter », répondit Keren.

Puis, elle déballa son chocolat, tendit l'une des barres à Nathan et demanda :

« Tu prends souvent le métro, toi ?

– Non », répondit sèchement Nathan, le visage de nouveau fermé.

Il tapota un court instant la barre de chocolat contre sa paume avant de la rendre à Keren.

« Désolé, je n'ai pas faim, en fait. Mais merci quand même. »

Keren fit un effort peu discret pour trouver un nouveau sujet de conversation, et lança :

« Tu sais, dans la classe, il y en a plusieurs qui pensaient qu'on était cousins ! »

Cette confidence rendit Nathan moins laconique.

« Des cousins ? Et pourquoi donc ? C'est complètement idiot !

– Oh, pas tant que ça ! On a les cheveux châtains et les yeux verts tous les deux.
– Comme quelques millions de personnes, je suppose ? » ironisa Nathan.
Keren haussa les épaules, mais nullement découragée, reprit :
« Au lieu de te moquer, tu ferais bien d'être flatté de me ressembler ! »
La remarque arracha un léger sourire à Nathan. Il s'attarda quelques instants à regarder le visage gracieux de Keren, ses pommettes bien rondes et les mèches ondulées qui tombaient sur son front. Puis il répondit :
« Bon, allez, je suppose qu'il y a pire. Mais tu devrais être plus flattée que moi ! »
Keren fit une révérence moqueuse à son camarade.
La rame ne tarda pas à arriver. Keren y entra d'un petit bond, et Nathan la suivit si lentement que la porte manqua de se refermer devant lui une fois encore. Keren s'assit sur un strapontin. Nathan, après avoir réussi un nœud compliqué pour maintenir sa chaussure serrée, préféra se tenir à une barre métallique.
« Pour une station, ça ne sert à rien de s'asseoir, non ?
– Bah ! Il n'y a personne ! »
La rame était en effet vide, à l'exception d'un monsieur âgé, plongé dans la lecture d'un gros dossier à la reliure noire. Au moment où le métro quitta le quai, Nathan serra de toutes ses forces la barre, les yeux baissés. Un long crissement retentit alors que le train amorçait une

légère courbe. Keren posa ses paumes sur ses oreilles et les sourcils froncés, s'exclama :
« Quelle horreur, ce bruit ! »
Nathan, blanc comme un linge, murmura entre ses dents :
« C'est normal… C'est une MF67.
– Une quoi ? hurla Keren pour couvrir le bruit qui n'en finissait plus.
– MF67. C'est le nom du métro où on est.
– Je ne t'entends pas ! »
Nathan ouvrit la bouche en grand et prit une profonde inspiration, mais aucun son n'en sortit. Il lâcha la barre métallique comme si ce geste simple lui coûtait, et vint s'asseoir à côté de Keren.
« Je te disais que MF67, c'est le nom du métro, enfin du modèle.
– Quoi ? Y a des modèles de métro ?
– Ben oui. Comme pour les voitures. MF, c'est pour "Matériel ferré". C'est ceux qui sont comme des trains. C'est pour cela qu'ils font du bruit quand ça tourne. 67, c'est l'année. Enfin, c'est pas toujours le cas, mais là, oui.
– Ils ne sont pas tous comme des trains ? »
Nathan haussa les épaules.
« Ne me dis pas que tu n'as jamais vu de métros avec des pneus ?
– Je n'ai jamais fait attention.
– En tout cas, voilà, les MF67, ça fait du bruit quand ça tourne. »
Keren eut une expression admirative.

« Mais où as-tu appris tout ça ? Tu n'as pas l'air d'aimer le métro, pourtant. »

Nathan secoua la tête.

« Non, c'est vrai, je ne l'aime pas du tout.

– Pourquoi ? »

Une nouvelle plainte métallique lui coupa la parole. Cette fois, Nathan se boucha lui aussi les oreilles.

« Je ne l'aime pas, c'est tout. »

Keren n'essaya pas d'en savoir davantage.

« Moi, c'est l'avion ! L'été dernier, on est partis au Canada, ça a duré des heures, et j'ai eu peur pendant tout le vol. Et comme je savais qu'il faudrait le prendre au retour... Enfin, l'avion, on le prend pas souvent. Tu as déjà pris l'avion ? Eh ! Tu m'écoutes ? »

Nathan ne l'écoutait pas. Depuis quelques instants, il ne faisait plus que regarder le tunnel défiler à travers la vitre. Visiblement contrarié, il se décida à parler :

« Euh, tu peux me laisser ta place, que je regarde quelque chose ?

– Quoi ?

– Quelque chose. »

Nathan et Keren échangèrent leur place.

« Je peux regarder aussi ?

– Non. Enfin, si tu veux, mais bon... Toi, tu ne verras rien.

– Oh, O.K... », dit Keren en se calant au fond du strapontin, l'air vexé. Mais son orgueil blessé ne la tint pas longtemps muette. Sur un ton un peu moins enjoué, elle demanda :

« Tu vois ce que tu veux ?
– Oui, mais je ne comprends pas. C'est bizarre.
– Quoi donc ?
– On devrait déjà être arrivés à la station suivante. Depuis un petit moment.
– Tu es sûr ?
– Oui, enfin je crois bien. »
Keren tordit la bouche, perplexe.
« Mais là, tu regardes quoi ?
– On a passé un feu jaune, quand on a tourné. Ça veut dire qu'il y avait un feu rouge plus loin, et on l'a passé aussi, c'est ça que je voulais voir. On ne devrait pas continuer à rouler. Pas aussi vite. C'est pas normal. »
La voix de Nathan trembla sur ces derniers mots, et il fit un effort pour que les larmes de peur qui naissaient au coin de ses yeux ne roulent pas sur sa joue.
Le métro crissa de nouveau ; cette fois, le son était à la limite du supportable. Au fond du wagon, le monsieur âgé, les sourcils froncés, pressait ses paumes sur ses oreilles. Au même instant, il sembla à Keren et Nathan que leur allure s'emballait, comme si le chauffeur s'était endormi sur les commandes. Les murs gris défilaient à toute vitesse ; parfois, l'espace d'un clignement d'yeux, apparaissaient de grandes lettres rouges, si rapidement qu'il était impossible de les déchiffrer. Nathan et Keren renoncèrent à regarder au-dehors et agrippèrent leur strapontin jusqu'à en avoir des crampes aux doigts. Les yeux mi-clos, ils attendaient le miracle qui arrêterait leur course folle et ferait cesser ce bruit infernal.

Et puis, d'un coup, le bruit disparut. Le métro ralentit, encore et encore, et finit par s'immobiliser. Nathan, le premier, osa jeter un œil à travers la vitre. Il ne distingua tout d'abord rien d'autre que le vide du tunnel ; un vide trompeur composé en fait de tuyaux, de câbles, de grilles, de signes invisibles aux simples passagers. Mais après une courte observation, un élément nouveau lui apparut.

« Ah ben ça alors ! laissa-t-il échapper.

– Quoi donc ? s'enquit Keren, que l'inquiétude de son camarade avait fini par gagner.

– On est arrêtés à une station.

– Oui, c'est normal, on est dans le métro, rétorqua Keren. Mais tu vois des gens ? C'est tout noir.

– Non, et cette station ne me dit rien du tout. Pourtant, je les connais toutes. Même les stations fantômes.

– C'est quoi ? Des stations hantées ? Il y a eu un accident ou quelque chose comme ça ? Des gens sont morts ?

– Non, non, ce sont des stations qui ne servent plus. Ou qui n'ont jamais servi. Parfois, on arrive à les voir en regardant bien pendant que ça roule. Mais en général, les gens ne font pas attention. Regarde… Il y a bien un quai, mais je n'arrive pas bien à lire le nom de la station. *Nar*… Non, attends. »

Nathan écrasa son nez contre la vitre et plissa les yeux pour déchiffrer les quelques lettres qui se détachaient à grand-peine d'une plaque émaillée couverte de saleté.

– *Nerval* ! finit par lire Nathan. On est à la station Nerval. Jamais entendu parler de cette station-là ! »

Keren n'était pas certaine de comprendre ce que lui disait Nathan. Au fond du wagon, le vieux monsieur, l'air tracassé, rangeait ses documents dans sa serviette, sans se soucier du sort des deux jeunes passagers. Nathan revint s'asseoir à côté d'elle, sans rien dire. Un silence angoissant s'installa, à tel point que Nathan, au bout d'une minute, se força à dire quelque chose :

« Je… Je ne sais pas trop ce qu'on attend. Ni où on est.

– Je suppose qu'on ne va pas tarder à redémarrer.

– Oui, à un moment ou un autre. Mais on n'a rien entendu. Le conducteur n'a rien dit. Il aurait dû dire quelque chose.

– Ah oui, tiens, c'est vrai. Et s'il s'était endormi ?

– S'il s'était endormi, on ne se serait pas arrêtés. C'est décidément trop bizarre, tout ça. »

Au moment où Nathan finissait sa phrase, un bruit de métal les fit sursauter. On aurait dit que quelqu'un venait de taper sur la paroi de la rame avec un énorme marteau. Le bruit fut suivi par un deuxième, identique, puis un troisième, un quatrième… Le martèlement s'arrêta et céda la place à un concert de chuchotements en provenance de la voie.

« C'est pas là ! Ça ne sert à rien de frapper. » « Attends, il reste encore deux wagons. » Les voix se faisaient plus audibles, plus distinctes. Il n'y avait rien de spécialement menaçant ni dans leur timbre ni dans leur intonation, mais Keren et Nathan n'étaient pas rassurés : qui pouvait donc venir à leur rencontre depuis la voie ? Ils étouffèrent un cri quand ils sentirent, chacun, une main se poser sur leur épaule. C'était le vieux monsieur, qui les avait rejoints. Il n'était peut-être pas si vieux, d'ailleurs, car sa poigne était ferme et ses mouvements alertes, mais de loin, ses cheveux blancs comme neige avaient donné de lui une image trompeuse. D'une voix qui n'était ni amicale ni vraiment agressive, il leur dit :

« Vous deux ! Il faut que vous sortiez d'ici.

– Pourquoi ? Le métro va bien finir par repartir, répondit Nathan.

– Certainement. Seulement, vous êtes avec moi dans ce wagon. Et vous allez avoir des ennuis si vous restez.

– Mais pourquoi ? insista Keren. Pourquoi on va avoir des ennuis ? Vous avez des ennuis, vous ? »

L'homme aux cheveux blancs fronça les sourcils, et rétorqua sèchement :

« Ça, ça me regarde, jeune fille. Mais la question n'est pas là. Ces gens que vous avez entendus dehors, ils viennent pour moi. Et ils ne vous laisseront sûrement pas filer s'ils vous voient en ma compagnie. »

Keren et Nathan écoutaient sans rien dire, abasourdis. Le vieux monsieur se fit plus pressant.

« Faites ce que vous voulez, mais ne venez pas pleurer après. Ils sont presque là, vous entendez ? »

À l'extérieur, les voix devenaient en effet de plus en plus claires.

« Sortez et remontez à la surface. Débrouillez-vous. Dites à vos parents, à la police… qu'on a essayé de nous enlever ! Tenez. »

Il sortit une petite carte de sa poche, où l'on pouvait

lire le nom *Henry Kerizouet* ainsi qu'un numéro de téléphone. Nathan la rangea sans y prêter attention.

« Je n'en sais pas tellement plus que vous, dit M. Kerizouet en regardant autour de lui. Je peux juste vous dire qu'il ne faut pas que vous soyez là quand ils arriveront.

– Mais qui c'est, "ils" ? » demanda Keren.

Henry Kerizouet eut l'air excédé.

« Ce serait beaucoup trop long à vous expliquer. Maintenant, partez. Vite ! »

Il ouvrit la partie supérieure de l'une des vitres latérales d'un coup sec.

« Vous pensez que vous pouvez sortir par là, si je vous aide ? Vous n'êtes pas bien gros. »

Keren et Nathan observaient M. Kerizouet, abasourdis, comme s'il s'agissait de la répétition d'un spectacle.

« Il faut que je vous parle en chinois ? Dépêchez-vous ! Allez ! Remuez-vous ! »

Il prononça ce dernier mot avec une telle énergie que les deux enfants eurent l'impression de recevoir une décharge électrique.

« Montez ! »

Nathan escalada la banquette sans réfléchir, tandis que le vieux monsieur le hissait vers l'ouverture.

« Je vais me faire mal ! Je ne vais jamais passer !

– Ah, mais quelle poule mouillée ! Allez, accélère ! »

À l'extérieur, de l'autre côté de la rame, les voix se rapprochaient. Monsieur Kerizouet jeta un œil inquiet derrière son épaule et, sans perdre son sang-froid, propulsa Nathan à l'extérieur du wagon. Le jeune garçon avait eu le réflexe d'orienter son corps dans le sens de la longueur, afin de se laisser glisser plus facilement à l'extérieur. On entendit un petit « aïe », mais bientôt, la tête de Nathan apparut de l'autre côté de la vitre.

« À toi, jeune fille. Et une fois que vous serez de l'autre côté tous les deux, rappelez-vous ce que je vous ai demandé... Et surtout, ne restez pas près du métro. »

Avec beaucoup moins d'habileté que son camarade, Keren se faufila par la minuscule ouverture, tête la première. À mi-parcours, elle lança un petit cri de douleur : la vitre, bien qu'épaisse, lui cisaillait le ventre. Elle se retrouva avec le nez et la bouche à moitié écrasés contre la vitre, la tête à l'envers. Nathan tendit les bras vers Keren pour l'attirer à lui, mais le poids de sa camarade les déséquilibra tous les deux et ils s'écroulèrent sur le quai.

« C'est quoi ce bruit ? » demanda quelqu'un de l'autre côté du train. Machinalement, Keren et Nathan regardèrent à travers la vitre. Ils virent le dos du vieil homme reculer vers eux, alors que deux hommes pénétraient dans le wagon. Leurs habits, qu'ils n'aperçurent que furtivement, leur parurent bien étranges, mais ils n'eurent pas le loisir d'en voir davantage. Un troisième personnage venait d'apparaître en bout de quai. En apercevant les enfants, il tendit vers eux un doigt menaçant et s'écria : « Vous ! Ne bougez plus ! »

Ce n'était plus le moment de réfléchir. Nathan attrapa la main de Keren, et ils se mirent à courir de toutes leurs forces dans la direction opposée. Sans se retourner, ils avalèrent des volées de marches en colimaçon qui semblaient s'enfoncer sous terre, et s'engouffrèrent là où nuls autres enfants de la surface n'étaient jamais allés.

2

Prêtres, soldats et mousquetaires

Auguste Fulgence faisait les cent pas dans son bureau depuis une petite heure déjà. L'épais tapis cramoisi s'était creusé d'un sillon que ses bottes en cuir labouraient encore et encore. Assis dans un confortable fauteuil en velours mauve, près de la bibliothèque, son hôte Damien Bartoli savourait en connaisseur un verre d'eau de vie. Il examinait distraitement la une d'un quotidien si froissé qu'il ressemblait à un éventail. Le contraste entre le physique des deux hommes était saisissant. Fulgence, avec son mètre quatre-vingt-dix, sa carrure de colosse et son épaisse barbe noire, ressemblait à un amiral à la retraite. Sa veste à brandebourgs dorés, tellement tendue sur son ventre que les boutons menaçaient de s'en éjecter comme des boulets de canon, lui donnait l'air plus sévère encore. Et si Fulgence était bâti comme un tronc d'arbre, Bartoli, lui, évoquait davantage un roseau : un corps mince et souple, tout en longueur, légèrement courbé. Son visage creusé, au front haut et lisse, était si impénétrable qu'on l'aurait cru fait de cire. Enfoncés au creux de ses orbites, ses yeux, semblables à deux minuscules saphirs, baignaient dans l'ombre et ne trahissaient pas la moindre émotion. Bartoli était vêtu d'une soutane sur laquelle reposait une impressionnante croix en bois. Aucun des deux hommes ne pipait mot, mais la tension qui régnait dans la pièce était telle qu'on aurait eu peur d'y craquer une allumette.

Tout à coup, un léger sifflement se fit entendre, suivi d'une très courte détonation. Fulgence tourna la tête vers un tuyau en cuivre qui courait le long d'un mur. Il se terminait par une petite grille dont Fulgence fit jouer le loquet, pour révéler un papier roulé sur lui-même à la manière d'un parchemin. Fulgence le déroula avec une telle hâte qu'il manqua de le déchirer. Il le parcourut pendant quelques instants, durant lesquels les épaulettes de sa veste se soulevèrent en rythme. D'une voix tonitruante, il s'écria :

« Ah ! Pourquoi ça ne marche jamais comme on veut ? »

De rage, il roula la feuille en boule et la jeta à travers la pièce.

« Vous ne devriez pas vous énerver comme ça, Auguste, déclara Bartoli. Vous avez même plutôt de la chance : votre courrier est arrivé dans un état impeccable. Regardez celui de mon journal, dit-il en agitant un feuillet. Ils ne prennent même plus soin de les mettre dans des tubes, maintenant. Résultat, ça arrive comme de vrais accordéons. Enfin, que voulez-vous… »

Rouge comme la crête d'un coq, la barbe électrisée, Fulgence déboutonna son col et se laissa tomber sur une chaise, qui grinça dans une longue protestation. Prenant sur lui pour ne pas hurler, il demanda d'une voix presque posée :

« Vous avez lu ce que je viens de recevoir, Bartoli ?

– Non, Auguste, vous venez de jeter la feuille sous votre bureau. Et je n'irai pas la lire à quatre pattes. En revanche, je veux bien que vous me racontiez. »

Fulgence soupira.

« Nous avons notre invité. Pour ça, pas de souci. Nous nous sommes arrangés pour le faire monter dans l'une de nos rames, dans un wagon vide, bien sûr. Le métro est sorti du tracé officiel de la ligne, et s'est arrêté à la station Nerval.

– Ah oui, Nerval… C'est par là que tout a commencé.

– Pour vous, Bartoli. Vous savez bien qu'il y a d'autres entrées dans notre monde, ce n'est pas ça qui manque. Enfin… Toujours est-il que le wagon vide n'était pas vide.

– Oh, c'est fâcheux, lança sans trop de conviction Bartoli. Comment se fait-il qu… ?

– Je n'en sais rien. D'après nos calculs, ils n'auraient pas dû être là. Pour les autres passagers du métro, pas d'inquiétude, ils croiront à une perturbation quelconque. En tout, ils n'auront pas perdu plus de dix minutes, et de toutes les manières, ils n'ont pas vu nos hommes. Cependant… dans le wagon de notre invité, il y avait semble-t-il deux enfants. Quoi qu'ils aient vu, c'est trop. Et le pire… le pire ! c'est qu'ils se sont enfuis on ne sait où. À cet endroit du métropolitain, ils n'ont guère de

chance de retrouver le réseau normal. Et si jamais ils y arrivaient… Je préfère ne pas y penser.
– Deux enfants, murmura Bartoli, l'air songeur. Est-il possible… qu'il s'agisse des deux enfants dont parle la prophétie ? »
Fulgence fusilla du regard l'homme en soutane.
« La prophétie ? Quelle prophétie ? Qu'est-ce que vous racontez encore ? »
Bartoli se resservit quelques gouttes d'eau de vie avant de répondre.
« Oh, rien. Mais c'est ce qu'on dit en général dans pareil cas, non ? Il y a toujours une prophétie qui traîne, par-ci, par-là, avec des enfants. Il ne m'en vient pas une précise en tête, mais je suis sûr qu'en cherchant… »
Fulgence releva son imposante carcasse en agitant la tête.
« Ne vous donnez pas ce mal, Bartoli. On a bien assez d'ennuis comme ça. Vous plaisantez, vous plaisantez… mais vous savez ce qui est en jeu aussi bien que nous tous, non ? »
Une ombre passa sur le visage de l'homme à la soutane, et d'un ton moins léger, il répondit :
« Oui, Auguste, je sais bien. Mais la priorité reste notre invité, n'est-ce pas ?
– En effet. Il sera là dans un petit moment. Et d'après ce que j'ai cru comprendre, il n'a pas l'air très disposé à collaborer. Il le faudra bien, pourtant.
– Oui, il le faudra bien. De gré ou de force. Je suis très pressé d'avoir une petite conversation avec lui. »

Fulgence se dirigea vers Bartoli, attrapa la bouteille d'eau de vie, et s'en servit un verre bien tassé qu'il avala d'un trait. Bartoli fit mine de s'en offusquer.
« Eh bien, mon fils, voilà qui n'est guère raffiné. »
Fulgence leva les yeux au ciel.
« Dans un pareil moment, Bartoli, je n'ai pas vraiment la tête à savourer. Et puis, épargnez-moi votre jargon religieux…
– Oh, avouez que ça en impose.
– Comme vous voudrez. Libre à vous de jouer le rôle qui vous chante, mais… par pitié, ne m'appelez pas “mon fils”, vous savez que cela m'énerve.
– Il n'y a vraiment pas de quoi », dit Bartoli d'un ton faussement peiné.
Fulgence parut ruminer avant de répondre.
« Pas de quoi, hein ? Dire que l'autre jour, vous avez voulu célébrer une messe. Une messe, Bartoli !
– Eh bien, Auguste, je pense qu'un peu de spirituel en ce bas m… »
Fulgence ne le laissa pas finir, et tonna :
« Mais vous n'avez même pas fait votre catéchisme ! Et c'est vous qui me l'avez dit, en plus… »
Bartoli leva un sourcil.
« Pas la peine de vous énerver, Auguste. Vous savez que j'y suis attaché, à cette soutane. C'est sentimental. Alors… c'est normal que je me prenne un peu au jeu. Et puis, si je peux me permettre, vous arborez vous-même un bel uniforme et à ma connaissance, vous n'avez jamais été dans l'armée.

– Sans doute, sans doute. Ah, misère ! il va falloir que l'on s'occupe de ces deux enfants. On ne peut pas les laisser filer comme ça. »

Bartoli se frotta le menton.

« Au pire…

– Quoi, au pire ?

– Il est possible que ce ne soit pas… nous qui les trouvions en premier. Vous voyez ce que je veux dire ? Auquel cas… Cela résoudrait tous nos soucis. »

Fulgence jeta un regard noir à Bartoli, puis se mit à son bureau sur lequel un petit bulbe de verre poli brillait d'une telle lueur que toute la pièce s'en trouvait éclairée. Il écrivit quelques mots sur une feuille qu'il enferma dans un tube identique à celui qu'il avait réceptionné quelques minutes plus tôt. Alors qu'il se dirigeait vers le tuyau pneumatique dédié aux envois, il lança :

« Vous savez, Bartoli… Vous auriez fait un très mauvais prêtre, là-haut. Mais sûrement un excellent cardinal. »

*

* *

Nathan et Keren n'arrivaient même plus à savoir depuis combien de temps ils couraient. Cinq minutes ? Une heure ? Ils avaient laissé derrière eux une succession interminable de couloirs faiblement éclairés et le plus souvent délabrés.

Plusieurs fois, Keren avait trébuché, et Nathan sentait qu'elle ne pourrait pas aller beaucoup plus loin. Et alors qu'elle se tenait les côtes depuis un petit moment déjà, elle fit signe à Nathan de s'arrêter. Nathan se rapprocha de sa camarade, qui, haletante, ne parvenait plus à prononcer un seul mot. Il l'aida à s'adosser à un mur fort sale, mais qui parut à Keren aussi confortable que le plus douillet des lits.

L'endroit où ils avaient fait halte ressemblait un peu à un couloir de métro, mais il était à la fois plus large et moins haut. À son extrémité, il n'y avait ni embranchement ni escalier, mais une palissade en bois foncé, munie d'une petite porte. Une longue minute s'écoula, et Keren réussit enfin à s'exprimer.

« Ouf... Tu crois qu'il est parti ? »

Nathan regarda derrière lui.

« J'ai l'impression... En fait, je crois qu'il a arrêté de nous suivre il y a déjà un petit moment. »

Keren en parut soulagée, mais remarqua que Nathan affichait encore une mine troublée. Elle demanda :

« Qu'est-ce qui ne va pas, Nathan ? »

Elle réalisa ce que sa question pouvait avoir d'absurde, et précisa :

« Je veux dire... qu'est-ce qui ne va pas en dehors du fait que nous sommes perdus dans des couloirs de métro désaffectés après avoir été poursuivis comme des rats ? »

Nathan se frotta l'arrière du crâne, et répondit, embarrassé :

« Je commence à me demander si on a bien fait de s'enfuir comme ça. Après tout, je ne sais pas, c'était peut-être juste un problème d'aiguillage, toute cette affaire.
– D'aiguillage ? s'étonna Keren. Il y a des aiguillages dans le métro ?
– Bien sûr, répondit Nathan en haussant les épaules. Un métro peut très bien rouler sur une autre ligne que la sienne, en fait. Comme un train. Enfin, si c'est une ligne pour métro à pneus, il peut aller sur une autre ligne pour métro à pneus, et si...
– Oui, oui, ça va, j'ai compris, l'interrompit Keren, non sans s'étonner de l'assurance avec laquelle son camarade parlait de tout cela. Mais puisque tu as l'air de si bien connaître le sujet, dis-moi : c'est souvent, que les techniciens de la RATP s'habillent avec des grandes cuissardes, un pourpoint mauve et une chemise bouffante, comme s'ils sortaient d'un film historique ? »
Nathan se mordit la lèvre inférieure, puis répondit :
« Hum... Tu les as donc vus aussi ? Ça me rassure de me dire que je n'ai pas eu des hallucinations.
– On est partis très vite, dit Keren. Mais ça ne s'oublie pas, une image pareille. »
Elle ajouta :
« Enfin, comme je te le disais, je n'y connais rien, mais ça ne me paraît pas très crédible, ton histoire d'aiguillage. Ces types étaient bizarres, on a sûrement bien fait de s'enfuir.
– Sans doute, oui », acquiesça Nathan.
Il regarda autour de lui et dit :

« De toutes les manières, tu as raison. On ne peut plus faire machine arrière, je suppose. On repartira quand tu ne seras plus fatiguée du tout. »

À ces mots, un sifflement retentit bruyamment. Keren et Nathan se relevèrent d'un bond, de nouveau aux aguets. Ils remarquèrent alors, sur l'une des parois, une série de tuyaux en cuivre plutôt bien entretenus. Nathan, curieux, s'en approcha. Un nouveau sifflement le fit reculer. Il se passait quelque chose dans ces tuyaux, comme si on y propulsait des choses solides.

« Tu crois que c'est quoi ? demanda Keren.

– Je n'en ai pas la moindre idée », balbutia Nathan avec inquiétude.

Un peu plus loin, en direction de la palissade, l'un des tuyaux paraissait jaillir du mur. Nathan ouvrit sans réfléchir la petite trappe qui le terminait et y colla son oreille. Une seconde plus tard, un terrible bruit de succion s'éleva du trou, et la tête de Nathan fut comme aspirée vers celui-ci. Il poussa un cri de douleur :

« Mon oreille ! Au secours ! »

Keren eut comme premier réflexe de le tirer vers elle, mais ne parvint qu'à arracher un nouveau cri à Nathan. Deux secondes plus tard, Nathan se décolla enfin du tuyau et tomba sur le dos en se tenant l'oreille.

« Ça va ? s'inquiéta Keren.

– Oui, gémit Nathan. Enfin non, je crois que je suis devenu sourd d'une oreille, là. Je pense que c'est fait pour faire passer des choses… pas pour écouter. »

Keren s'agenouilla à côté de Nathan, et la voix tremblante, demanda :
« Tu crois qu'on va trouver la sortie ? Je veux rentrer chez moi. »
Nathan s'accroupit en se massant l'oreille d'une main. Il posa l'autre sur l'épaule de Keren.
« Ne t'inquiète pas. On va la chercher tous les deux. Elle ne doit pas être bien loin. Allez, viens ! »
Leur regard se tourna vers la palissade en bois et la petite porte. Nathan fit jouer la poignée rouillée ; le garçon, déjà grand pour son âge, dut baisser légèrement la tête pour passer de l'autre côté. Keren lui emboîta le pas sans réfléchir. Le lieu qu'ils découvrirent baignait dans une clarté si timide qu'elle ne parvenait même pas à caresser le sol. Le plafond était recouvert en son centre de petites lampes, éparpillées sans logique apparente. On eût presque dit un planétarium, mais Keren, qui avait passé de nombreuses nuits d'été à observer les étoiles avec son grand frère, n'identifia aucune constellation connue. À pas de loup, en se tenant la main, Nathan et Keren entreprirent de longer la paroi de la salle à la recherche d'une issue. Après quelques mètres, ils se retrouvèrent face à un objet métallique, en saillie du mur. Nathan le contourna au jugé : pour le peu qu'il en discernait dans la pénombre, il s'agissait d'une sorte de pupitre, recouvert de boutons, à la manière d'un poste de contrôle.
« C'est bizarre, un flipper à cet endroit, murmura Keren.

– Je ne crois pas que ce soit un flipper, répondit Nathan qui n'avait pas perçu l'ironie de sa camarade. Celle-ci lança, narquoise :
– Oh, vraiment ? Dommage, il me restait de la monnaie. »
Keren, à son tour, passa sa paume sur la surface de l'objet. Sa nature curieuse prit vite le dessus sur son appréhension. D'instinct, elle appuya sur l'un des boutons dont elle devinait la forme sous ses doigts. Aussitôt, un ronflement rompit le silence, et une ligne lumineuse verte vint se dessiner sur le plafond alors que le pupitre s'éclairait, dévoilant un ou deux mots imprimés à côté de chaque bouton. Nathan regarda le plafond, et s'écria :
« Keren, regarde ! Ce sont des stations du métro ! C'est un Pili géant !
– Un Pili ?
– Oui, ça veut dire “Plan indicateur lumineux d'itinéraire”. Tu sais, ce sont les grands panneaux qu'il y a dans le métro, pour choisir un trajet ! Tu as un plan des lignes, tu appuies sur la station où tu veux aller, et ça t'affiche l'itinéraire. »
Une fois encore, Keren s'étonna de la précision dont faisait preuve Nathan. Mais, discrète, elle se contenta de rétorquer :
« Ah oui ! J'en ai déjà vu un, mais je crois qu'il ne marchait plus. Mais là, ça s'affiche au plafond ?
– Apparemment. Attends, laisse-moi regarder de plus près. »

L'excitation avait redonné de l'assurance à Nathan, qui se dirigea vers le centre de la pièce, le nez en l'air. Il hésita un instant, puis revint vers Keren qu'il ne pouvait déjà plus distinguer de là où il se tenait.
« Oui, c'est bien ça. C'est bien un plan, mais il doit être cassé, tout ne s'éclaire pas. En plus, ce que je ne comprends pas, c'est qu'il y a des endroits où il y a deux lampes, comme s'il y avait deux stations. Attends, j'ai une idée. Comment elle s'appelait la station bizarre où on est descendus ?
– Je ne sais plus. Narval ?
– Nerval ! Regardons si elle est là, sur le tableau... Oui, la voilà. Essayons. »
Un nouveau trait de couleur se dessina sur le plafond, venant remplacer le précédent. Nathan retourna vers le centre, puis de nouveau auprès de Keren.
« C'est ça... C'est bien ce que je pensais. J'ai l'impression qu'il y a des stations à deux niveaux. L'une sous l'autre, indépendantes. Comme s'il y avait un autre réseau. Je ne suis pas sûr, mais... je pense que Nerval se trouve sous la station Bourse ou Sentier, c'est difficile de savoir. Je ne comprends pas, je n'avais jamais entendu parler de ça !
– Moi non plus, ajouta Keren sans réfléchir. Mais ça ne nous dit pas comment rentrer chez nous. Et puis là, on ne sait même pas où on est.
– Non, c'est vrai... Eh bien, je pense qu'il faut continuer à avancer. Viens, allons-y. »
Ils laissèrent le Pili derrière eux, et progressèrent dans une pénombre de plus en plus dense. Fort

heureusement, ils se heurtèrent bien vite au fond de la salle, où ils espéraient trouver une issue.

« Nathan, tu n'as pas un téléphone portable, par hasard ? On aurait pu s'éclairer avec.

– Si j'en avais eu un, j'aurais essayé d'appeler ma mère ! Quoique là, on est descendus tellement profondément que ça m'étonnerait que l'on capte quoi que ce soit.

– Bon… Nous voilà bien.

– Je me demande si c'est pas pour ça que le type bizarre a arrêté de nous courir après. Il devait savoir que si on allait par là, on se retrouverait bloqués. Ils vont venir nous attraper, on ne pourra rien faire.

– Attends, dit Keren. J'ai une idée ! Je suis bête de ne pas y avoir pensé avant. »

Elle plongea la main dans l'une des grandes poches de son manteau, et en ressortit un appareil photo compact.

« Je l'avais pris pour le musée, je n'y pensais plus.

– Tu es sûre que c'est le moment de prendre des photos ?

– Mais non, andouille. Je vais me servir du flash pour nous éclairer. Attends. Aide-moi à reculer. »

Ils s'écartèrent de la paroi de quelques mètres. Keren prit trois photos : une à droite, une face à elle, et une à gauche. Nathan se frotta les yeux et grommela :

« Ça m'a plus aveuglé qu'autre chose, ton truc.

– Oui, mais attends, regarde, maintenant. »

Keren bascula son appareil sur la position de visionnage et passa en revue les clichés. Pas de porte sur le premier. Mais sur les deux derniers, on pouvait apercevoir assez distinctement une découpe dans le mur, au ras du sol, haute d'à peine un mètre.

« Ça doit être par là, dit Keren en indiquant du doigt un coin parfaitement obscur. Sur la partie gauche du mur.

– Bien joué, lança Nathan sur un ton admiratif. Mais je ne sais pas bien où ça nous mène, ce machin. Si c'était une canalisation quelconque ? »

Keren fit un agrandissement de l'affichage et scruta l'image.

« J'ai l'impression... qu'il y a une sorte d'échelle, comme dans une piscine. Regarde, là.

– Oui, enfin je ne sais pas. On va bien voir. Allons-y. »

Du bout de leurs chaussures, ils tâtèrent la paroi, jusqu'à ce que leurs pieds rencontrent du vide.

« Ça doit être là, dit Nathan. Prête-moi ton appareil. »

Il s'agenouilla et avec précaution, appuya sur le déclencheur. Sur l'écran, on distinguait les barreaux d'une échelle en métal. Nathan prit une profonde inspiration, se retourna et se glissa dans l'ouverture en se tenant aux montants. Il descendit quelques marches, puis cria :

« Keren, tu peux venir ! Je crois que c'est bon !

– "Bon" ? Tu peux être plus précis ? Tu as vu un panneau *MAISON* ?

– Non, madame la duchesse, répondit Nathan d'une voix cassante. Mais si tu préfères rester là, pas de souci. »

Keren soupira et alla rejoindre Nathan, en espérant très fort que la lumière serait à nouveau de la partie en bas de l'échelle. Mais pour l'instant, sous leurs pieds, il n'y avait que les ténèbres.

*
* *

Henry Kerizouet scrutait le fond de la tasse de thé qu'on lui avait servie quelques minutes plus tôt. L'interception, dans la voiture du métro, avait été rude. Depuis, il n'avait pas spécialement eu à se plaindre de l'attitude de ses ravisseurs. Certes, on lui avait bandé les yeux, on l'avait menotté durant son transport mais depuis, il était traité comme un coq en pâte. Lui qui s'attendait à être jeté au fond d'un cachot, il se prélassait sur un confortable divan, à l'intérieur d'une pièce douillette – mais sans fenêtre. Quelques rayonnages de livres, une tenture rouge, une table basse de style chinois surmontée d'un jeu de mah-jong... S'il n'avait pas été enlevé par des hommes en costume de carnaval, il aurait presque trouvé quelque intérêt à ce repos forcé, d'autant que le thé qu'on lui avait servi par une petite trappe était excellent. Fataliste, Kerizouet s'était résolu à attendre que quelqu'un vienne lui dire ce qui allait advenir de lui. À vrai dire, la raison de sa captivité, il la connaissait déjà ou du moins, il la devinait. Même si jusqu'à ce jour, il s'était refusé à prendre les menaces qui pesaient sur lui au sérieux. De nombreuses zones d'ombre demeuraient néanmoins, et il lui tardait d'en apprendre plus. Son attente fut de courte durée : alors qu'il s'était abandonné à la contemplation des feuilles de thé humides, en se demandant comment on pouvait y lire l'avenir, la porte matelassée de la petite pièce s'ouvrit. Un homme à la barbe noire, les épaules larges et portant un uniforme clinquant apparut dans l'encadrement, suivi par un individu plus frêle. Un prêtre, apparemment. Le barbu se dirigea vers lui d'un pas rapide et lui tendit la main.

« Bonjour M. Kerizouet. Je m'appelle Auguste Fulgence, et voici mon ami Damien Bartoli. J'espère que vous êtes confortablement installé. »

Monsieur Kerizouet se racla la gorge et ne répondit pas à la poignée de main. Il se cala le dos au creux du sofa, et fixant Fulgence et Bartoli d'un air sévère, il répondit :

« Oh, très bien, je vous remercie. On ne pourrait pas être mieux traité après s'être fait enlever par des voyous ! »

Fulgence sourit, gêné.

« Monsieur Kerizouet... Je comprends que la méthode ait pu sembler un peu violente, mais comprenez-nous, vous n'avez répondu à aucune de nos sollicitations.

– Vos sollicitations... répéta Kerizouet avec un soupçon de lassitude. Vous parlez sans doute de ces courriers incompréhensibles que j'ai trouvés régulièrement sans timbre, ni même enveloppe, dans des espèces de poches en caoutchouc... dans ma cuisine, ma salle de bains ? J'en ai jeté pas mal à la poubelle avant de me rendre compte qu'il y avait un courrier dedans !

– C'est cela, dit Fulgence en se frottant les mains d'impatience. Nous avons utilisé les moyens qui étaient les plus simples. En l'occurrence, les canalisations. Elles n'ont pas de secret pour nous, savez-vous ? C'est encore plus rapide de vous envoyer un mot doux à travers votre tuyau de douche que de vous téléphoner ! Ah ! ah ! »

Kerizouet n'eut pas l'air de trouver cela drôle, et tourna machinalement la tête vers l'entrée. Un geste qui n'échappa pas à Bartoli.

« C'est un téléphone que vous cherchez, justement ? Eh bien non, il n'y a pas de téléphone chez nous. Nous n'en avons pas besoin.

– Pas de téléphone chez vous... Puis-je savoir ce que c'est, "chez vous", au juste ?

– Vous le saurez bientôt, grommela Fulgence. Nous vous devons au moins ça. Mais pour l'heure, il va falloir, une fois de plus, vous demander si vous acceptez de coopérer avec nous. »

Kerizouet sourit, mais ni Bartoli ni Fulgence ne crurent une seconde l'avoir amadoué. Il se massa l'aile du nez entre l'index et le pouce, et demanda :

« Pensez-vous que je puisse avoir de l'eau pour mon thé ? »

Fulgence fit un effort visible pour rester calme, et ouvrit la porte derrière laquelle un individu habillé en mousquetaire montait la garde.

« Hector, mon brave, pouvez-vous apporter de l'eau chaude à notre invité ? 70 °C, pas un de plus ! »

Il ajouta en marmonnant :

« Si seulement cela le mettait dans de bonnes dispositions… »

Le mousquetaire s'exécuta et Fulgence revint vers Kerizouet.

« Votre eau arrive, dit-il d'un ton impatient. En attendant, vous allez peut-être nous dire ce que vous comptez faire ?

– J'ai du mal à réfléchir quand je n'ai pas mon compte de thé, monsieur… euh…

– Fulgence… Mais vous pouvez m'appeler Auguste. En fait, vous pouvez même m'appeler Gaspard ou Gertrude, du moment que vous coopérez.

– Fulgence, ça ira très bien.

– Ah, votre eau est déjà là. Hector, posez cela ici. Bien. Monsieur Kerizouet, vous avez votre thé, nous vous avons bien reçu pour le moment, et vous connaissez notre offre. Alors… acceptez-vous, oui ou non ? »

Kerizouet toussota et d'un ton faussement placide, déclara :

« Bon… Résumons les choses. Depuis trois mois environ, je retrouve chez moi des lettres curieuses, dans des tubes en caoutchouc, m'enjoignant de couper court à un projet qui a pris un an de ma vie. Une vie que j'espère encore raisonnablement longue. L'auteur de ces lettres ne se présente que sous les initiales "AF", et se contente de dire qu'il a les moyens de me nuire si je refuse. En clair, il me menace.

– Comme vous y allez ! ricana Bartoli.

– Bartoli, taisez-vous ! gronda Fulgence.

– Aujourd'hui, donc, je prends le métro pour aller travailler, la ligne dévie je ne sais où, et trois types habillés comme au carnaval m'attrapent, me menottent, me bandent les yeux, et m'emmènent au diable. Vous pensez vraiment… *vraiment*… que dans ces conditions, je vais collaborer avec vous ? Je peux être franc, monsieur Fulgence ?

– Pourquoi pas ? Voilà qui me changera…

– Je pense que vous êtes tous une bande de fous. Dangereux qui plus est, vous venez de le prouver. Mais je ne m'inquiète pas, la police sera bientôt là. »

Fulgence et Bartoli éclatèrent de rire.

« La police ! Ah ! ah ! Elle est bien bonne, lança Fulgence entre deux hoquets. La police… Mais la police, *votre* police, mon pauvre monsieur, elle ne mettra jamais les pieds ici. Pour elle, comme pour tous les Surfaciens, notre existence est inconnue.

– Pour les quoi ? s'étonna Kerizouet.

– Les Surfaciens. Mais vous comprendrez un peu plus tard. »

Un sifflement, suivi d'une légère détonation, se fit entendre de l'autre côté de la porte, qui s'ouvrit bientôt pour laisser entrer Hector. Le mousquetaire tenait un tube en plomb qu'il remit à Fulgence. Il contenait comme de coutume un petit mot manuscrit. Fulgence fronça les sourcils.

« Hum…

– Un souci, Auguste ? s'inquiéta Bartoli.

– Je ne sais pas. On a détecté une utilisation du canal à air comprimé dans le secteur abandonné. Mais aucun message n'a été envoyé : quelqu'un a ouvert la trappe et déclenché le mécanisme d'aspiration, c'est tout.
– Oh ! Se pourrait-il qu'il s'agisse de nos deux… »
Fulgence opina du chef et avança sa haute silhouette devant Kerizouet qui, l'espace d'un instant, sembla perdre un peu de sa contenance.
« Dites-moi, Kerizouet… Vous les connaissez, les deux enfants qui étaient avec vous dans le métro ?
– Quels enfants ? » demanda Kerizouet.
Fulgence, dans un accès de colère soudain, balaya d'un revers de la main la théière en fonte posée près de Kerizouet, qui alla s'écraser contre le mur avec fracas.
« Ne jouez pas au plus malin, Kerizouet ! Vous n'êtes pas franchement en posture de nous prendre de haut. Vous avez aidé ces enfants à fuir. Pourquoi ? Que leur avez-vous dit ?
– Est-ce qu'il y a des avocats, “par chez vous” ? Si oui, j'en veux un. »
Fulgence attrapa Kerizouet par le col et le souleva du fauteuil, puis du sol. Son geste avait été rapide, et Kerizouet, qui ne s'y attendait pas, ne put réfréner un tremblement.
« Je ne joue plus, Kerizouet. Et je ne vais plus essayer d'être poli. D'ailleurs, la vérité, c'est que je ne suis pas poli du tout, en règle générale.
– Je le confirme, soupira Bartoli.
– Nous pouvons vous garder ici des années ou des

siècles sans que personne ne se doute de rien, Kerizouet. Vous n'allez rien y gagner du tout, je vous le promets. Dans six mois, vous serez encore un fait divers : "*Le capitaine d'industrie Henry Kerizouet n'a toujours pas été retrouvé.*" Dans un an, vous ne serez plus qu'une allusion au détour d'un article et dans trois ans, un très vague souvenir pour ceux qui vous ont connu. Faites-moi confiance, ça se passera de manière extrêmement désagréable si vous ne nous aidez pas.
– Lâchez-moi ! », souffla Kerizouet, plus ébranlé qu'il n'aurait voulu le laisser paraître.
Fulgence le reposa à terre. Kerizouet se rassit, et la tête entre ses mains, il gémit :
« Allez au diable… »
Fulgence caressa sa barbe et reprit :
« Au diable ? Pourquoi pas, après tout ? Allons-y ! Mais vous venez avec nous. Bartoli, nous allons montrer notre enfer à monsieur. »
Bartoli parut inquiet.
« Auguste ? Vous avez l'intention de faire quoi, au juste ?
– Je vais montrer à monsieur la vraie raison de sa visite. Qu'en pensez-vous ?
– J'en pense qu'il en saura trop après.
– C'est le seul moyen pour qu'il comprenne.
– Peut-être, peut-être… C'est vous qui décidez, après tout.
– Je ne vous le fais pas dire. Allez, levez-vous, M. Kerizouet, nous allons faire un tour. Préparez-vous à voir quelque chose que vous n'auriez jamais imaginé. »

Bartoli avait ramassé le papier parvenu par le tuyau d'air comprimé, et le relisait avec perplexité.

« Auguste, concernant les deux enfants…

– Il est impossible qu'ils retrouvent le chemin vers la surface, maintenant. Mais en passant par là où ils sont, ils peuvent nous causer du tort, surtout s'ils parviennent sur le territoire B. Bien sûr, il faudrait qu'ils arrivent à "s'entendre" avec Martha, mais… Nous allons envoyer des hommes à leur poursuite.

– Est-ce bien utile ? S'ils vont sur le territoire B…

– Je sais ce qu'ils risquent, et ce que vous avez en tête, mais nous ne sommes pas des monstres. Il vaut mieux que nous les trouvions avant. De plus… ils pourront nous être utiles. »

Fulgence fit signe à Bartoli d'ouvrir la porte, et attrapa Kerizouet par le bras.

« J'espère que vous n'êtes pas cardiaque, M. Kerizouet. Parce qu'il va falloir vous accrocher. »

3

Martha

La descente fut longue, comme si des barreaux naissaient sans cesse de la surface du mur. Un mur qui s'enfonçait au cœur d'un puits sans fond, toujours plus sombre. Mais Nathan et Keren refusaient de faire machine arrière, il devait bien y avoir quelque chose au bout de cette interminable échelle de métal. À deux ou trois reprises, Nathan crut déraper sur l'un des barreaux, rendu glissant par l'accumulation de saleté et d'humidité, et dont le seul toucher lui soulevait le cœur. Mais la persévérance des deux enfants fut récompensée. Après une descente qui avait probablement duré plusieurs minutes, une faible lueur se dessina quelque part sous eux. En tordant le cou, Nathan put enfin deviner, quelques mètres plus bas, un sol rassurant. À bout de forces, il se laissa tomber de deux mètres et se réceptionna tant bien que mal. Keren, plus prudente, acheva son parcours comme elle l'avait commencé. Une fois au sol, elle jeta un regard dégoûté sur la paume de ses mains, noires comme si elle les avait plongées dans un sac de charbon. Elle chercha un endroit où les essuyer, mais ne vit que des murs en pierre. Nathan n'avait pas eu de tels états d'âme, et c'est son pantalon qui en avait fait les frais. Ils se trouvaient désormais dans un lieu baigné d'une lumière orangée, légèrement tremblante et peu intense, pareille à celle d'une bougie. Il fallut quelques instants à Nathan et Keren pour réaliser ce qui leur faisait face. Immobile dans la tiédeur d'une alcôve, une superbe voiture de tête du métro parisien, jaillie des années 1930, attendait qu'on la tire de sa léthargie. Les deux enfants demeurèrent un moment sans bouger, silencieux, à contempler le vénérable véhicule qui, dans l'étrangeté de l'endroit, prenait des allures de dragon endormi sur son trésor. Le charme s'évanouit progressivement et l'angoisse de se sentir loin de chez eux, perdus dans un souterrain hostile, reprit le dessus. Keren se serra contre Nathan et demanda :

« Tu crois qu'on est où, maintenant ? »

Nathan balaya la scène du regard, à la recherche d'éléments familiers. La forme et l'agencement du lieu lui évoquaient une version géante d'un quai de métro mais trop de détails en différaient. Nathan renifla deux coups brefs, mais ne sentit aucun de ces effluves de caoutchouc et métal chauds qui faisaient la particularité du métro parisien. À la place, il lui parvint une odeur qui lui rappela celle d'une craie mouillée. En scrutant les parois, il s'aperçut que l'endroit tout entier avait été creusé à même la roche. « Et puis, pensa Nathan, il y a normalement plusieurs issues et des indications » ; mais à l'exception d'une porte métallique sans serrure ni poignée, en bout de quai, rien de tel n'était apparent.

« Dans un cul-de-sac, finit par répondre Nathan, entre ses dents et la tête baissée. Cette fois, il faut juste attendre.

– Mais attendre qui ?

– Je ne sais pas. Notre prof ne nous retrouvera jamais ici. Mais elle a pu alerter la police. Enfin je dis ça, mais je pense que personne ne sait qu'il existe, cet endroit. Même la police.

– Oui, soupira Keren. Au fait... c'est quoi, ce truc devant nous ?

– C'est une vieille motrice. J'en avais déjà vu une, une fois. Une Sprague-Thomson, ça s'appelle. Elle date des années 1930. Peut-être même 1920.

– Tu l'avais vue où ? l'interrogea Keren, intriguée.

– J'avais eu l'occasion d'en voir une, c'est tout, répliqua Nathan sur un ton agacé. Elles ont roulé un petit moment, je crois. Jusque dans les années 1980.

– Ça fait quand même longtemps qu'elles ne roulent plus, alors ?

– Oui, mais il en reste encore.

– La preuve! Elle est plus jolie que les métros d'aujourd'hui.

– Ça, c'est sûr. Et dedans, c'est encore plus beau. Viens ! Si on arrive à rentrer, on pourra au moins s'asseoir. »

Nathan se dirigea vers l'engin, admiratif. La peinture verte avait perdu de son éclat d'origine, mais un magnifique écusson doré, en relief, sur le flanc de la motrice,

donnait à celle-ci cet air noble qui avait depuis bien longtemps déserté trains, tramways et métros dans la capitale. En se rapprochant, Nathan remarqua que l'écusson représentait les armoiries de la ville de Paris, surmontées de sa fameuse devise «*Fluctuat nec mergitur*»[1]. Il se rappelait très vaguement avoir entendu un instituteur expliquer le sens de cette phrase en latin, mais il lui échappait à l'instant. Nathan ne put résister à l'envie de toucher du bout des doigts l'écusson. Son contact eut quelque chose de curieusement apaisant. Keren, quant à elle, avait déjà les mains autour des poignées de la portière et s'escrimait à les écarter, en vain.
«N'insiste pas, Keren. Ça ne s'ouvrira pas comme ça. Par contre… Non, ça serait trop beau.
– Quoi ?»
Nathan ne répondit pas, et fit quelques enjambées vers l'avant de la motrice.
«Génial ! Keren, viens voir !»
La portière du conducteur était entrouverte. Tout excité, Nathan pénétra d'un bond dans la loge de conduite. Keren passa la tête à l'intérieur et étouffa un cri de surprise en découvrant une petite caisse à outils, des tuyaux métalliques à n'en plus finir, des cadrans à aiguilles d'un autre temps, des robinets… Un décor qu'elle aurait davantage imaginé dans un sous-marin que dans un métro. Nathan prit un air concentré et observa scrupuleusement chaque levier, chaque

1. «Flotte mais ne coule pas».

commande lui faisant face. Il tendit la main vers l'une d'elles, mais se ravisa.

« Ça ne sert à rien... L'électricité doit être coupée, de toute façon. »

Keren ne l'entendit pas de cette oreille. Elle plaqua sa main sur celle de Nathan et avant qu'il puisse réagir, lui fit actionner la commande. Derrière eux, le bruit caractéristique de l'ouverture des portes retentit.

« Tu vois ! Ma mère me dit toujours "qui ne risque rien n'a rien", dit Keren en souriant.

– Je ne sais pas si on prenait un très gros risque en essayant d'ouvrir une porte », rétorqua Nathan d'un ton moqueur.

Puis, d'un air pensif, il reprit :

« C'est tout de même bizarre qu'il y ait de l'électricité. Elle n'a pas l'air à l'abandon, cette Sprague-Thomson... »

Keren se tourna vers le petit hublot qui donnait sur la partie voyageurs du véhicule et, dressée sur la pointe des pieds, y colla son nez.

« Et derrière, c'est comment ? demanda-t-elle.

– Ah ! Plus confortable qu'ici, c'est sûr. Allons voir. »

Ils repassèrent par le quai, et entrèrent dans la rame, qui leur offrait désormais ses banquettes en bois et ses décorations désuètes. Sur les portières intérieures, on distinguait trois lettres peintes, délicatement imbriquées, CMP[2]. Mais la science de Nathan trouva là ses

2. « Compagnie du chemin de fer Métropolitain Parisien », l'une des sociétés qui administraient une partie des lignes de métro avant la création de la RATP.

limites, et il ne put fournir d'explication précise à Keren quand elle lui demanda de quoi il s'agissait. « Je crois que la RATP s'appelait comme ça avant, un truc du genre », se contenta-t-il de marmonner, évasif. Keren s'allongea sur une banquette qui, malgré sa raideur, lui permit de reposer ses jambes douloureuses.

« Encore un machin bizarre, s'étonna Nathan.

– Quoi ?

– Ben, il n'y a presque pas de poussière. C'est comme si quelqu'un faisait le ménage de temps en temps.

– C'est peut-être le cas, non ?

– Oui, je suppose. Mais ce n'est pas seulement la poussière : tout a l'air en état de marche, c'est dingue ! »

Nathan laissa errer son regard dans le compartiment, puis soupira :

« Bon, je crois que je vais m'allonger aussi, je n'en peux plus. »

Il vint s'écrouler sur la banquette opposée à celle de Keren. Ils échangèrent encore quelques mots, mais leurs paroles se perdirent bientôt dans les brumes de la fatigue, puis du sommeil. L'émotion, la course, l'infernale descente : tout cela avait eu raison de leurs forces. Ils dormirent sur cet inconfortable lit de fortune, à l'abri dans la vénérable dame de fer, en abandonnant toute notion du temps.

Ce fut Keren qui entendit le bruit en premier. Un bruit métallique, répétitif, qui s'insinua d'abord dans son rêve, puis mit fin à son sommeil. Elle en était certaine, quelqu'un était en train de descendre l'échelle qui les avaient menés jusqu'à la rame. Paniquée, elle se jeta sur Nathan et lui secoua l'épaule.

« Nathan ! Quelqu'un arrive, réveille-toi !

– Quoi ? bredouilla Nathan, en tressautant. Mais où sommes-nous… Ah, oui. Quoi, qui arrive ?

– Je ne sais pas, peut-être des gens qui nous cherchent ? »

Nathan se colla le nez à la vitre. Le quai était encore vide, mais il put apercevoir le dos d'au moins deux individus aux costumes étranges, en train de descendre l'échelle en métal.

« Ils nous cherchent, ça c'est sûr, mais pas pour nous faire du bien, gémit Nathan. Ce sont les types de tout à l'heure, je crois bien. Cette fois, je ne vois pas comment leur échapper. »

Très vite, Nathan et Keren purent voir leurs trois assaillants. L'un d'eux portait un habit sombre avec une chemise à jabot, et son acolyte le plus proche un costume de légionnaire romain. Quant au troisième larron, il semblait avoir surgi de la cour de Louis XIV : une culotte bouffante, des collants colorés, des souliers à boucle, un pourpoint rouge vif lamé or. L'invraisemblable trio avait peut-être l'air ridicule, mais il ne mit guère longtemps à repérer les deux enfants. Il fallait désormais faire vite. Nathan attrapa Keren par le bras et l'entraîna sur le quai. Le légionnaire fit signe aux deux autres de rester derrière lui. Il s'immobilisa à quelques mètres des enfants et cria :

« Les enfants ! N'essayez rien, ça ne vous mènera nulle part. On ne vous veut absolument aucun mal, il faut juste que vous veniez avec nous. Allez, pas d'histoires !

– Qu'est-ce que vous nous voulez ? répondit Nathan d'une voix qu'il tâcha de rendre assurée mais qui, malgré tous ses efforts, restait celle d'un garçon de onze ans.

– Vous poser quelques questions, c'est tout. Et après vous pourrez rentrer chez vous. »

Keren dit à voix basse :

« Nathan... ils n'ont pas l'air si méchants... On devrait peut-être aller avec eux. »

Nathan se contenta de secouer la tête en guise de négation.

« Vous êtes qui, d'abord ? » demanda Nathan.

Le légionnaire romain eut l'air ennuyé. Son comparse en culotte bouffante prit les choses en main :

« On travaille dans le métro ! On les répare, en fait.

– Habillés comme ça ! » ricana Nathan.

Le légionnaire romain perdit patience.

« Bon, écoute, petit, je viens te chercher. »

Il leva les mains en signe de paix et reprit :

« Tu vois, je ne vais même pas te toucher. Je vais venir vers toi et tu vas me suivre avec ton amie. D'accord ? Tout va bien se passer, je te promets. On va prendre un raccourci pour le retour. »

L'espace d'une seconde, Nathan fut presque convaincu par le ton et l'attitude du légionnaire. Mais il pensa alors que jamais sa mère ne lui aurait conseillé de suivre trois inconnus échappés d'un carnaval, croisés à des dizaines de mètres sous terre. Il serra fort la main de Keren et, avec toute la vivacité de son jeune âge, courut vers la cabine du conducteur. Keren touchait à peine le sol.

« Arrête, petit imbécile ! hurla le légionnaire. Tu l'auras cherché ! »

Comme un seul homme, les trois individus se ruèrent à leur tour en direction de la cabine. Nathan voulut refermer la portière, mais trop tard : le légionnaire avait déjà un pied à l'intérieur, et il saisit Keren par l'épaule. Nathan se rappela alors avoir aperçu une caisse à outils. Sans vraiment avoir le temps de fouiller, il attrapa une grosse clé à pipe et la brandit en direction du légionnaire.

« Lâchez-la ! » cria-t-il.

Le légionnaire sourit, amusé. Ses deux acolytes firent de même, légèrement en retrait derrière lui.

« C'est mignon comme tout, dit le légionnaire. Tu es très courageux, petit. Mais ne te fatigue pas, va. D'une part, parce qu'on ne te veut pas de mal, et d'autre part, parce que… parce que tu n'iras nulle part avec ta clé, là. Tu crois que tu me fais peur, franchement ? »

Nathan serra plus fermement encore son arme, et eut un petit geste vers l'arrière, comme s'il prenait son élan pour frapper. Le légionnaire fronça les sourcils.

« Allez, ça ne m'amuse plus du tout, là. Tu poses ça et tu nous suis. Maintenant ! Je te promets que si c'est moi qui te la fais poser, ta clé, tu vas le regretter. »

À ces mots, tout alla très vite. Keren, qui était toujours maintenue d'une main par le légionnaire, tira de sa poche son appareil photo et, le tenant au-dessus de sa tête en direction du visage de son agresseur, appuya sur le déclencheur. Un flash déchira la pénombre de la cabine, à quelques centimètres à peine des yeux du légionnaire, qui eut un mouvement de recul et desserra son étreinte. D'un revers, il balaya la main de Keren, et l'appareil alla voler en éclats contre un angle de la cabine. La distraction fut suffisante pour que Nathan abatte la clé avec vigueur sur le genou gauche du légionnaire qui laissa échapper un râle. Mais Nathan et Keren n'attendirent pas que les deux autres interviennent. En parfaite harmonie, ils se ruèrent de toutes leurs forces sur les jambes du légionnaire pour le déséquilibrer et l'éjecter de la cabine. Il tituba et atterrit sur ses deux camarades. Sans plus attendre, Nathan verrouilla la portière. Une demi-seconde plus tard, les trois assaillants frappaient déjà contre la cabine, essayant de l'ouvrir de force.

« Ouvre, gamin ! Ça ne sert à rien ! Vous êtes coincés ! »

Ils tambourinèrent de plus belle. Nathan et Keren entendirent alors l'homme au jabot dire à ses compagnons :

« Je suis idiot… Arrêtez les gars, regardez ce que j'ai, je n'y pensais plus. »

Il sortit de sa poche un objet métallique recourbé, muni d'une poignée. Quand il l'approcha de la portière, il fut évident qu'il s'agissait d'une clé de déblocage. Nathan rougit de panique, et Keren poussa un petit cri aigu. Il n'y avait plus rien d'autre à faire. Nathan, en proie à une violente nausée, les oreilles bourdonnant comme si on lui avait posé une ruche sur la tête, se tourna vers les commandes de la motrice. Des gestes qu'il avait vus des dizaines de fois, il y a longtemps, lui revinrent en mémoire tout à coup, avec tellement de puissance que ses jambes flageolèrent. Bientôt, il n'entendit plus ni les cris de Keren, ni le bruit des paumes qui s'abattaient sur la vitre de la cabine, ni même le son de la clé qui cherchait la serrure le long de la paroi en métal ; il n'y avait plus que le bruit de ses propres battements de cœur, le flux et le reflux du sang dans son crâne. Tout se passait désormais au ralenti. Il eut l'impression qu'une main invisible et amicale guidait la sienne, et ressentit une présence qu'il pensait perdue pour toujours. Sans réfléchir, il actionna plusieurs commandes devant lui. Le ronflement du moteur de la motrice résonna sur tout le quai. À l'extérieur, le légionnaire et l'homme à jabot hurlaient de rage. Et puis, lentement, comme dans un rêve, la motrice démarra. L'un des assaillants tenta de s'accrocher à la portière, mais alors que la vénérable Sprague-Thomson prenait de la vitesse, il dut lâcher prise. Keren ne disait plus rien, totalement abasourdie. Nathan ne prêtait plus aucune attention aux hommes qui gesticulaient sur le quai en lui hurlant de couper le moteur. Il regardait droit devant lui, vers le tunnel où ils s'engouffraient à présent. La motrice accéléra encore, laissant le quai derrière eux. Ni Nathan ni Keren ne savaient où ils allaient, mais une chose était sûre : ils ne pouvaient plus faire machine arrière.

Le trajet ne fut pas bien différent de celui qu'aurait pu emprunter un métro ordinaire. Keren y distinguait peut-être moins de câbles, de poutrelles métalliques ou de marquages qu'à l'accoutumée, mais le dépaysement s'arrêtait là. Quant à Nathan, couvert de sueur et tellement crispé sur les commandes que ses doigts commençaient à le faire souffrir, il n'en était pas à observer le paysage. L'absence de signalisation sur le parcours ajoutait à sa tension. Pour ce qu'il en savait, il pouvait être en train de s'élancer contre un mur, vers la fin d'un tronçon ou pire, vers un précipice. Il décida cependant de ne pas partager ses craintes. Ils continuèrent donc de rouler ainsi pendant plusieurs minutes sans échanger un mot. Keren finit par s'asseoir dans un coin de la cabine et, recroquevillée, se mit à attendre un miracle ou, au moins, un changement.

Celui-ci se produisit au détour d'un virage que la motrice emprunta avec fracas. Tout à coup, le métro cessa de rouler en ligne droite. Son itinéraire s'apparentait désormais à celui d'une vrille s'enfonçant toujours plus profondément dans le sol. Les commandes se mirent à vibrer si fort que Nathan dut redoubler d'efforts pour ne pas les lâcher. Keren tangua d'un bout à l'autre de la cabine. Emballée dans sa course, la motrice crissait à rendre sourds les deux enfants. Toujours cramponné aux manettes, Nathan n'avait plus l'impression de maîtriser quoi que ce soit.

« Keren ! hurla-t-il. Viens m'aider ! Je ne tiens plus rien ! »

Keren, bringuebalée comme un ballon, tâcha de se remettre sur pieds en s'accrochant à un tuyau. Mais celui-ci, brûlant, lui fit lâcher prise. Titubante, elle s'affala sur le tableau de bord, arrachant un cri d'angoisse à Nathan. La motrice tremblait. Chaque vis, chaque plaque de tôle, chaque tuyau exprimait sa douleur d'être ainsi malmené, porté à son ultime seuil de résistance. La voiture de tête avait été conçue pour rouler en ligne droite, certainement pas de cette manière. Keren finit par perdre l'équilibre. Nathan poussa un cri : un boulon venait de se défaire, et la vis, désolidarisée et propulsée par les torsions de la paroi, vint le frapper au visage. Une légère estafilade apparut sur sa joue gauche. Ses jambes ne le portaient plus que par habitude, mais il tint bon, tel un capitaine courageux à sa barre. « On doit être arrivés au centre de la Terre, avec tout ce que l'on a descendu depuis ce matin », pensa Keren. Une plaque en laiton, fixée au-dessus de la vitre de la cabine, se détacha et tomba aux pieds des enfants. Il leur sembla qu'elle comportait des inscriptions, mais en l'état, il leur était impossible de les déchiffrer. Puis, le chemin de la motrice se redressa. Les cercles se firent de plus en plus larges, pour retrouver enfin le caractère rectiligne de n'importe quelle ligne de métro. Mais entre-temps, le paysage avait changé.

Les enfants mirent une bonne minute avant de s'apercevoir que la motrice ne roulait plus dans un tunnel. De part et d'autre de la rame, ils ne distinguaient plus la moindre roche, seulement une lumière douce et apaisante comme celle d'un feu. La curiosité l'emporta sur la prudence, et Keren entrouvrit précautionneusement la portière. Ses yeux s'écarquillèrent, sa bouche s'ouvrit, mais elle fut incapable de prononcer un mot : sous elle, il n'y avait plus que du vide. La rame circulait désormais sur un passage à peine plus large que la motrice elle-même, haut comme deux cathédrales. Tétanisée, elle n'osa pas même faire un pas en arrière. Après quelques instants, elle parvint toutefois à détacher son regard du gouffre, et découvrit ce qui les entourait.

Avaient-ils trouvé un passage secret pour se rendre sur la Lune ? Tout autour d'eux s'étalait à perte de vue un paysage de roches blanches qui, malgré la faible luminosité du lieu, accrochaient le moindre rayon pour lancer des étincelles. Près de la rampe où circulait la motrice, ces roches n'excédaient pas deux ou trois mètres de haut. Mais plus loin, des pics gigantesques jaillissaient du sol dans un désordre total et les toisaient fièrement, comme une chaîne de montagnes en miniature.

Enhardie par sa découverte, Keren se pencha davantage encore, et regarda droit devant elle. Elle vit alors que la rampe amorçait une descente paisible pour se rapprocher du sol, tout en décrivant un long virage. Plus loin, des poutrelles en bois, maintenues par des cordages, consolidaient le passage, devenu sans doute trop étroit pour supporter le poids d'une rame.

« C'est incroyable, Nathan, incroyable, dit Keren, abasourdie.
– Je te crois sur parole, mais je ne peux pas trop regarder », répondit Nathan entre ses dents, toujours agrippé aux manettes.
Alors que le métro perdait de l'altitude, Keren put observer le paysage plus sereinement et essaya, en vain, d'en situer les frontières. Devant eux, à un ou deux kilomètres, elle distingua une paroi rocheuse dans laquelle se découpait une ouverture béante. Ils se trouvaient de toute évidence à l'intérieur d'une immense cuvette, tout en largeur. Une carrière ? Çà et là, on apercevait en effet quelques montants en bois construits de la main de l'homme, qui tantôt soutenaient une voûte menaçant de s'affaisser, tantôt s'élevaient à la naissance d'une ouverture dans la roche, comme les deux piliers d'un temple.
Bientôt, le passage sur lequel circulait la rame ne fut plus haut que de quelques mètres. Keren découvrit alors, serpentant entre les pics et les amas de roches, le lit d'une rivière. Keren n'en était pas sûre, mais il lui semblait même qu'une fumée légère s'élevait de sa surface. Le long du bras d'eau, des touffes vertes apportaient un peu de vie à la blancheur presque cérémonieuse du lieu, et se densifiaient le long du parcours.
« Nathan ! cria Keren. Il y a de l'herbe !
– Mais bien sûr », ironisa Nathan.
Keren n'essaya même pas d'objecter quoi que ce soit, trop accaparée par sa découverte. En fait, c'était à une

vallée que ce paysage lui faisait penser. Pas à une vallée paisible de carte postale, avec son petit chalet et ses champs de fleurs, mais à une vallée primitive, préhistorique. Elle n'aurait pas été étonnée de voir un ptérodactyle planer autour de l'un des sommets les plus hauts et effilés, ou un brontosaure pencher son long cou vers le parterre herbeux. Même si, de toute évidence, l'homme avait déjà tracé son chemin en ce lieu, il s'en dégageait une quiétude telle que Keren s'en trouva apaisée. Elle observa longuement les pics scintiller comme des kaléidoscopes, nimbant la vallée de faisceaux irisés.

Soudain, tout s'assombrit : la motrice venait de pénétrer dans l'ouverture que Keren avait repérée quelques minutes plus tôt. Nathan lâcha un gémissement, angoissé à l'idée de rencontrer à nouveau un parcours chaotique. Mais les rails, cette fois, semblaient décidés à filer droit. Nathan se détendit un peu.

Le tunnel rudimentaire était surplombé d'une voûte haute de six mètres environ ; de chaque côté des rails gisaient des blocs de tailles inégales, parfois taillés, parfois grossièrement détachés de la roche. Au loin, un énorme tuyau métallique garni de hublots rivetés et rouillés à de nombreux endroits, traversait de part en part le tunnel dans sa largeur, à quelques mètres du sol. Nathan avait beau estimer que la motrice passerait sans encombre sous le tuyau, il chercha machinalement le frein. Et puis, avisant au loin une importante zone plane à droite de la rame, il actionna quelques commandes et le métro ralentit ; un peu trop brusquement, car à l'arrêt de la rame, les enfants furent projetés vers l'avant. Nathan, épuisé, se laissa glisser par terre. Keren fit de même face à lui. Ils se regardèrent pendant plusieurs longues secondes et à bout de forces, éclatèrent de rire. L'inquiétude n'était pas loin, mais Nathan tâcha de la chasser de son esprit. Sa main, posée à terre, rencontra un objet métallique : c'était la plaque de métal qui s'était décrochée durant la descente. Il s'en saisit et lut l'inscription à haute voix : « *MARTHA, 4 AOÛT 1929.* »

« Qui est-ce, d'après toi ? demanda Keren.

– Peut-être la femme du conducteur, répondit sans trop de conviction Nathan. Ou sa fille, je sais pas.

– Et si c'était ni l'une ni l'autre ?

– Bah, j'en sais rien, je te dis. C'est important ? »

Keren nota la pointe d'agacement dans la question de son camarade, mais nullement désarçonnée, poursuivit :

« Moi, j'ai l'impression que c'est ce métro, Martha.

– Quoi ? Cette motrice ?

– Oui. Ça se fait, de donner un nom au métro qu'on conduit ?

– Ça s'est peut-être fait à une époque, j'en sais rien. Mon père m'en a jamais parlé. »

Nathan se mordit la lèvre et son visage s'assombrit.

« Quoi ? Qu'est-ce qu'il y a, Nathan ?

– Rien, dit-il entre ses dents.

– Pourquoi tu ne veux pas m'en parler ?

– Parce que ça me regarde et qu'en plus, on ne se connaît pas, toi et moi. »

Keren baissa la tête. Nathan se radoucit.
« Excuse-moi, Keren. Non, mais c'est juste que j'ai encore du mal à parler de tout ça.
– Tu sais, répondit Keren sur un ton embarrassé, je pense qu'au point où on en est, on peut tout se dire. On ne se connaissait pas vraiment avant, c'est vrai. Mais c'est l'occasion, tu ne penses pas ? »
Nathan tapota la plaque en laiton contre ses genoux, qu'il avait ramenés près de sa poitrine.
« Martha… dit-il pensivement. Peut-être bien que c'est Martha qui nous a conduits ici, alors. »
Puis, rejetant sa tête en arrière :
« Je vais te raconter pourquoi j'ai tellement peur du métro, et pourquoi je le connais si bien. »

*
* *

Henry Kerizouet était toujours sous le choc de ce qu'il venait de voir. Le front couvert de sueur, il tremblait sous l'avalanche de questions qui le submergeaient depuis quelques minutes. Mais au-delà de sa stupéfiante découverte, Kerizouet s'inquiétait du sort qui allait être le sien. Maintenu par le col par Hector le mousquetaire, il traversait le couloir menant à sa cellule dorée sous le regard noir de Fulgence. Ce dernier tonna :
« Alors, vous ne voulez toujours pas coopérer, hein ? Eh bien, fini les vacances ! Vous allez voir de quel bois on se chauffe, avec les individus de votre espèce. »

Hector ouvrit la porte de la chambre, et jeta violemment Kerizouet sur le sofa. Celui-ci se frotta la nuque, puis, hésitant, demanda :
« Je… peux quand même avoir une tasse de thé ? »
Fulgence attrapa la tasse vide abandonnée sur la table basse et la lança en direction de Kerizouet qui se pencha de côté juste à temps pour ne pas la recevoir en plein visage.
« Voilà tout ce que vous aurez ! Et la prochaine fois, je vous garantis que je ne ferai pas exprès de vous rater.
– Mais… c'est moi qui l'ai évitée ! »
Fulgence attrapa la table basse et la souleva au-dessus de sa tête en vociférant :
« Et celle-la, vous allez l'éviter comment ? »
Le mousquetaire s'interposa et parvint à calmer Fulgence, qui fit bruyamment retomber son projectile.
« Je vous préviens, Kerizouet, dit Fulgence en tendant un doigt menaçant. Je ne vous donne pas deux jours, ni même un seul pour réfléchir. Je vous donne deux heures. Après, soit vous coopérez, soit je vous hache menu. »
Il quitta la pièce en compagnie du mousquetaire, et un bruit de clé que l'on tourne rageusement suivit.
Mais, même si maintenant il comprenait mieux ce qui motivait son enlèvement, Kerizouet ne pouvait se résoudre à rallier la cause de ces individus qui l'avaient kidnappé. Après tout, il était l'industriel Henry Kerizouet, un homme dont la réputation suffisait à terroriser ses ennemis. Jusqu'à présent, il avait toujours triomphé de toutes les adversités avec sérénité ; par sa

ténacité, bien sûr, mais aussi grâce à une chance tellement insolente qu'il s'estimait le protégé de quelque ange gardien. Mais les anges vivaient là-haut, dans le ciel, pas sous terre. Et pour la première fois depuis longtemps, Henry Kerizouet se demandait s'ils ne l'avaient pas abandonné.

C'est alors qu'on frappa à la porte ; le son était étouffé, bien sûr, car un épais capitonnage recouvrait le bois, mais les trois coups, bien qu'irréguliers, étaient fermes et décidés. Kerizouet mit un petit moment avant de réaliser ce que la situation avait de surprenant : c'était *lui*, le prisonnier, et d'ordinaire, un geôlier ne frappe pas avant d'entrer. Un peu déconcerté, il se rapprocha de la porte et, d'une voix qu'il voulait la moins hésitante possible, il cria : « Entrez ! » Après un cliquetis métallique, la porte pivota pour laisser apparaître Bartoli, souriant d'un air apaisé, toujours vêtu de sa robe de prêtre. Il n'y avait personne derrière lui : le garde avait sans doute été congédié. Bartoli tenait la clé du bout des doigts, et après y avoir jeté un regard furtif, il la rangea au fond d'une poche. Toujours silencieux, il avança dans la pièce et claqua la porte d'un coup de talon. Il sortit une pipe en écume de mer de son autre poche, et la bourra avec un tabac dont le parfum piquant manqua de faire éternuer Kerizouet.

« C'est un tabac très rare, qui vient d'Asie, dit Bartoli. Vous fumez, M. Kerizouet ?

– Non, je ne fume pas, répondit Kerizouet d'un ton sec.

– Mais la fumée ne vous dérange pas, j'espère ?

– Si, un peu.
– Oh, je suis vraiment, vraiment désolé. Mais ne vous inquiétez pas, je n'en ai pas pour très longtemps. Je peux m'asseoir sur le divan ?
– Non, je préfère que vous restiez debout. »
Bartoli, souriant de plus belle, ne tint nullement compte de la suggestion et s'installa confortablement ; il se saisit d'un briquet et alluma sa pipe d'où une fine fumée grise s'éleva bientôt.
« Monsieur Kerizouet, vous allez vous fatiguer, à rester debout comme ça. Asseyez-vous, ce n'est pas la place qui manque. »
Kerizouet grommela et obéit.
« Bien. Cher M. Kerizouet, j'espère tout d'abord que vous avez apprécié notre petite visite de tout à l'heure. »
Le visage du vieil homme pâlit.
« J'ai l'impression que oui ! continua Bartoli. Bien. Voyez-vous, au départ, j'étais contre. Je pensais qu'il était possible de vous en raconter un minimum, sans vous montrer notre petit secret. Voire, de vous mentir un peu.
– Me mentir ? En voilà des propos, pour un prêtre.
– L'habit ne fait pas le moine, M. Kerizouet », dit Bartoli en soufflant sa fumée en direction de son interlocuteur. Kerizouet tourna la tête pour éviter de la respirer, et Bartoli reprit :
« Fulgence avait peut-être raison, je ne sais pas. Il a souvent raison, d'ailleurs. Il a l'air un peu rustre comme ça, mais c'est quelqu'un de très bien. »

Bartoli marqua un temps d'arrêt.

« Mais… moi, pas. »

Kerizouet eut l'air intrigué par cette dernière remarque.

« Voyez-vous, Fulgence ne s'est pas trop étalé devant vous sur les raisons qui ont poussé certains d'entre nous à fuir la surface. Il a les siennes, j'ai les miennes. Il y a une tradition, aussi, mais… contrairement à beaucoup d'autres ici, je n'ai jamais pensé que je finirai mes jours sous terre. Enfin, façon de parler, on y finira tous !

– Sans doute, le coupa Kerizouet avec impatience. Et donc ? Que me vaut l'honneur de votre visite ? Je sens qu'elle n'a rien d'officiel, n'est-ce pas ? Fulgence ne sait pas que vous êtes ici, j'en mettrais ma tête à couper.

– On ne peut rien vous cacher, mon bon monsieur.

– Et le garde non plus ?

– Le garde non plus. Je lui ai rendu sa liberté. »

À ces mots, Kerizouet se leva du sofa et se rappelant que Bartoli n'avait fait que claquer la porte, se précipita vers celle-ci. Un bruit sec se fit entendre, et une vive douleur mordit alors son épaule, avec une intensité telle qu'il tomba à genoux. Un petit objet rond alla rouler à terre. Bartoli rejoignit Kerizouet devant la porte et lui tendit une main pour l'aider à se relever. Dans son autre main, il tenait un tube en acier terminé par une poignée.

« Monsieur Kerizouet, je suis quelqu'un de très prudent. Je me doutais que vous essaieriez quelque chose de ce genre. Mais c'est parfait ainsi : on se connaît tous les deux un peu mieux, comme ça. »

Kerizouet se frotta l'épaule en grimaçant de douleur.
« Que m'avez-vous fait ? » gémit-il.
Bartoli agita le tube d'acier et le glissa sous sa robe de prêtre, à sa ceinture.
« Il ne nous serait pas très évident de nous procurer de la poudre pour faire des munitions d'armes à feu, ici-bas. Ces choses-là traînent rarement au fond d'un souterrain. Alors nous avons développé d'autres techniques. L'air comprimé nous sert à communiquer, comme vous avez pu le voir, mais aussi à nous déplacer à certains endroits... et à nous défendre. Le petit cylindre en métal dont je me suis servi peut expulser n'importe quel projectile, avec la force que je désire. En l'occurrence, c'est une bille en bois qui vous a frappé. Mais j'aurais pu y mettre quelque chose de plus, hum, pointu.
– Vous défendre... Mais vous défendre de quoi ? grogna Kerizouet. Il y a qui, à part vous et vos cinglés d'amis, ici ?
– Disons que nous ne sommes pas seuls, loin de là. Sinon, ne vous inquiétez pas trop pour votre épaule, j'ai fait en sorte que le choc soit bénin. Bien sûr, si vous veniez à vous agiter un peu trop, j'aviserais en conséquence. »
Kerizouet lança un regard empli de haine à Bartoli, qui n'en tint pas compte.
« Rasseyons-nous, M. Kerizouet. Nous avons perdu assez de temps. »
L'industriel hésita à obéir. Toujours calmement, mais d'une voix tranchante comme un rasoir, Bartoli insista :

«Ce n'était pas une suggestion, mais un ordre. Vous avez compris, je pense, que je ne plaisante pas ?»

À contrecœur, Kerizouet s'exécuta.

«Bien. Comme je vous le disais avant notre petite interruption, je ne me sens nullement l'obligation de rester ici pour toujours. Mais si jamais je revenais à la surface, évidemment, il faudrait que cela s'accomplisse dans des conditions, comment dire… optimales !

– Je vois, murmura Kerizouet.

– Oh, vous voyez ? C'est merveilleux ! Bref, je pense qu'avec votre prestige, vos contacts… et votre argent, bien sûr, ma remontée à la surface pourrait être conforme à mes espoirs.

– Si je résume, vous m'aidez à sortir d'ici, et en contrepartie, je fais de vous quelqu'un de riche ? C'est bien ça ?»

Bartoli ricana.

«C'est un peu trop résumé, mais disons que c'est bien l'idée générale, oui.

– Et vos amis ? Que deviendront-ils ? N'oubliez pas que je sais, maintenant. Je sais ce qui vous attend tous.

– Mes amis ont pris leurs responsabilités, je prends les miennes. Oh, je n'attends pas de vous une réponse immédiate, bien sûr. Mais ne perdez pas trop de temps quand même. Si vous laissez passer la date fatidique, Fulgence n'aura plus aucune raison de vous renvoyer à la surface, ni même de vous garder en vie. Vous avez bien compris tout cela, j'espère ?»

Kerizouet acquiesça de la tête.
«Parfait ! Je vous laisse donc faire le point, et quand vous voudrez me parler, écrivez votre réponse sur un bout de papier et glissez-le dans l'un des tubes que vous trouverez dans ce petit meuble. Vous avez vu comment fonctionne le réseau à air comprimé ? Mettez le tube dans cet orifice, et c'est tout. Ne vous inquiétez pas, le tube arrivera à moi et à nul autre, j'ai pris mes dispositions. Sur ce, M. Kerizouet, réfléchissez bien. Et vite. Combien de temps vous a laissé mon ami Auguste, déjà ? »
Sans attendre la réponse, Bartoli sortit de la pièce et referma la porte à clé, laissant Kerizouet seul avec ses interrogations. Le prisonnier se mit à faire les cent pas dans la pièce, les mains dans le dos, les traits crispés. Puis, comme piqué par une guêpe, il se rua sur un bloc de correspondance posé près de la bibliothèque, y griffonna quelques mots, déchira la feuille et la glissa dans un des tubes que lui avait désignés Bartoli. Les yeux fixés vers la porte, il pensa : «Peut-être bien… peut-être bien que j'ai un ange gardien sous terre aussi. Ou un diable, d'ailleurs… mais qu'est-ce que ça change ? »
Il éclata de rire et envoya le tube dans le réseau à air comprimé.

4

Le secret de Nathan

À travers l'entrebâillement de la porte de la cabine, Nathan regardait sans vraiment la voir la petite aire dégagée qui bordait la voie. Keren, elle, observait le bout de ses chaussures avec une pointe d'anxiété. Le discret ronflement de la motrice, quelques cliquetis métalliques imprévisibles, ajoutaient à la tension qui s'était installée, comme une longue plainte de violoncelle entrecoupée de *pizzicati*. Deux fois déjà, Nathan avait commencé à parler, mais sa voix s'était tue à l'approche d'un sanglot. Il prit une grande inspiration, et sans regarder Keren, se lança :

« Bon. Je pense que tu t'en doutes, mais… mon père travaillait dans le métro. Il était conducteur.

– Je me suis dit que ça devait être quelque chose comme ça, dit Keren avec chaleur.

– Les pères des copains, à l'école, ils ont tous des beaux métiers, poursuivit Nathan. Enfin, presque tous.

– De beaux métiers ? C'est quoi un beau métier, pour toi ? interrogea Keren.

– Ah, tu sais bien. Le père de Nicolas, il travaille à la télé et puis il y a tous les autres… Le genre de métier qui te permet d'acheter une grosse voiture.

– Mon père n'a pas une grosse voiture, dit Keren.

– Il fait quoi ?

– J'ai pas bien compris exactement, mais... je crois qu'il est directeur d'une école où les gens deviennent acteurs. Et il a une toute petite voiture, toute basse, avec juste deux places et le toit qui s'enlève. »

Nathan sourit et reprit :

« Enfin, ce que je voulais dire, c'est que je n'ai jamais eu honte que mon père ne soit pas aussi riche que les autres, qu'il n'ait pas une aussi belle voiture, tout ça, parce que moi, grâce à lui, je pouvais monter dans une voiture encore plus grande que celle des copains.

– Laquelle ?

– Le métro, bien sûr ! Mon père m'emmenait dès qu'il pouvait. Je m'installais dans la cabine à côté de lui, et je regardais tout ce qu'il faisait. Pendant ce temps, il m'expliquait plein de choses sur le métro. Il adorait ça. Enfin, il avait des copains qui étaient conducteurs, mais il n'était pas comme eux... Mon père avait lu des tas de livres sur le métro. Les autres, tu vois, ils conduisaient, quoi. Mais mon père, lui, savait tout du métro. La distance entre chaque station, toutes les histoires possibles sur sa construction... Et il me racontait tout ce qu'il apprenait. Je ne comprenais pas toujours, mais je pense que ça se rangeait dans un coin de ma tête.

– Mon père, il me fait apprendre plein de choses par cœur, aussi. Des trucs de théâtre.

– Oui, enfin, il ne me faisait rien réciter, mais il en parlait sans arrêt, du métro. Tu sais, il était très intelligent, mon père. Un peu trop farfelu, aussi, je suppose. Dès qu'il se mettait à parler du métro, il s'agitait dans tous les sens, c'était presque impossible de le faire taire. Il prétendait que le métro lui avait donné son "comptant de mystère".

– C'est-à-dire ?

– Mon père était dingue de récits d'aventures, d'histoires d'explorateurs... Mais pour être franc, je ne sais pas s'il a jamais dépassé le boulevard périphérique. Avec le métro, il avait le mystère sous ses pieds. »

Nathan tourna enfin la tête vers Keren. Elle lui souriait un peu avec sa bouche, beaucoup avec ses yeux. Nathan poursuivit :

« Quand j'étais en primaire, très souvent, mon père venait me chercher à la sortie, et il m'emmenait avec lui à son travail. Au bout d'un petit moment, il finissait son service et on rentrait avec le métro, comme s'il était à nous.

– C'est génial, dit Keren pensivement.

– Oui, c'était génial, soupira Nathan. Il marqua une pause avant de continuer.

– Quand j'étais en CE2, ça a commencé à être bizarre, à la maison. Ma mère est tombée malade. Enfin, elle n'avait pas de la fièvre, tout ça, mais elle disait qu'elle était malade. Et elle se disputait beaucoup avec mon père.

– Elle est gentille, ta mère ?

– Oui, elle est gentille. Un peu sévère, parfois, mais gentille. Tu sais, à un moment, j'étais petit, mais je me rappelle qu'elle venait aussi dans la cabine du métro. Pas

tout le temps, mais quelquefois. C'était chouette. Puis ils ont commencé à se disputer. Pas très fort, hein, c'est pas comme les parents de Xavier, dans notre classe.
– Ah oui ! Tu te rappelles, l'autre jour, devant la porte de l'école ?
– Ben oui, tu penses. J'avais un peu honte de les voir. Mais bref. J'avais beau être petit, je comprenais bien que quelque chose de désagréable allait se passer. Mais je n'aurais pas imaginé ça.
– Quoi donc ? »
Nathan se mordit la lèvre inférieure et essuya une larme du revers de sa manche.
« Un vendredi soir, je me rappelle très bien. J'étais allé rejoindre mon père dans sa cabine. Et ça avait été un grand jour pour moi, parce qu'il m'avait laissé prendre les commandes.
– Ah bon ? Mais tu as su ?
– C'est-à-dire qu'en fait, il m'avait pris sur ses genoux et il me disait tout ce qu'il fallait faire, regarder. »
Nathan eut une petite moue gênée.
« Oui, bon, d'accord, il avait ses mains sur les miennes. Mais quand même, j'avais vraiment l'impression que c'était moi qui conduisais ! Il était très gentil, ce soir-là. Enfin, il était toujours gentil, c'est pas ce que je veux dire, mais ce soir-là, il l'était encore plus. Il me parlait avec une voix très douce. Ça me faisait presque un peu peur, je ne pourrais pas te dire pourquoi.
– Si, je vois. Parfois, quand les parents sont trop gentils, ça fait encore plus peur que quand ils sont énervés.

– Oui, voilà. Et puis à un moment, tu sais, on était dans un tunnel… et c'est là que c'est arrivé. Mon père me parlait de… »

Nathan s'arrêta net. Un bruit sourd venait de résonner à l'extérieur de la cabine. Les deux enfants coururent à la fenêtre arrière, mais ne virent rien.

« Qu'est-ce que ça pouvait être ? demanda Keren.

– Je ne sais pas, répondit Nathan. Ça peut être n'importe quoi, ici. Je me demande si ça ne venait pas du gros tuyau qu'on a vu en arrivant.

– Ah, oui, je l'ai remarqué aussi. »

Les deux enfants se rassirent. Keren posa une main sur le genou de Nathan, et dit :

« Bon, on oublie le bruit, continue. Tu étais dans un tunnel avec ton père…

– Oui. On était dans un tunnel, j'étais toujours sur ses genoux. Et là, sans que je comprenne pourquoi, mon père a arrêté la rame. Il a pris le micro, et il a dit aux passagers qu'on allait rester un moment stationné, et qu'il s'excusait. Et à moi, il a dit qu'il y avait quelque chose, ou quelqu'un, je ne me souviens plus, sur la voie. Et qu'il devait aller voir.

– Et c'était quoi, alors ?

– Je ne sais pas. En fait, moi, je n'avais rien vu du tout. Pourtant, je regardais bien devant moi. Mais je n'ai rien vu. Je me suis dit que mon père, lui, avait l'habitude et qu'il pouvait voir des choses que moi, je ne voyais pas. Et puis, là, il m'a fait descendre de ses genoux. Il m'a dit… je m'en souviens encore… »

Nathan serra les poings et ravala sa salive.

« Il m'a dit : "*Nathan, je dois aller voir ce qu'il y a tout là-bas. Mais je te promets que je reviendrai. Sois gentil en attendant. Je t'aime, mon grand.*" Et il est descendu sur la voie, en refermant la porte de la cabine. Je l'ai vu avancer devant le métro, mais il faisait très sombre. Et à un moment, je ne l'ai plus vu. Je ne sais pas où il est passé. Je pensais qu'il était juste de l'autre côté d'un virage, mais il n'est pas revenu. Il n'est jamais revenu, Keren.

– Oh... laissa échapper Keren.

– Je suis resté tout seul dans la cabine. Je regardais devant moi, en espérant que mon père allait revenir, mais j'avais beau fixer la voie, il n'y avait rien. Il y a des métros qui sont passés en sens inverse, ça oui, mais mon père, lui, il ne revenait pas. Au début, je ne m'inquiétais pas trop. Et puis après, les passagers ont commencé à taper contre la vitre de la cabine. Je me suis retourné, ils avaient l'air fous. Ils criaient, aussi. J'avais l'impression qu'ils voulaient rentrer pour me tuer, tellement ils s'énervaient !

– Tu as dû avoir peur !

– Oui. Très peur. Mais je ne savais pas quoi faire, je voulais juste qu'il revienne et qu'on redémarre. Alors au bout d'un moment, j'avais tellement peur que les gens me fassent du mal, et je voulais tellement revoir mon père que je suis sorti aussi.

– Sur la voie ? Mais c'est dangereux !

– J'avais déjà vu des conducteurs le faire, je savais que je devais me tenir loin du rail électrifié. J'ai marché très vite, sans réfléchir, en appelant “Papa! Papa!”. Je n’ai entendu que l’écho. Et les autres trains qui arrivaient en sens inverse, c’était horrible! Le bruit qu’ils faisaient! Et quand ils étaient passés, c’était tout noir dans le tunnel. J’ai hurlé, hurlé… Je ne savais plus où aller, j’avais peur de reculer, peur d’avancer. Et finalement je ne sais plus ce qui s’est passé. Je pense que je me suis évanoui, parce que la première chose dont je me souviens ensuite, c’est une sorte d’infirmerie. Il y avait un pompier qui m’a dit qu’il m’avait retrouvé. J’ai cru qu’il allait me gronder au début mais… il avait l’air très embêté.

– Mais ton père…

– C’est la première chose que j’ai demandée, tu t’en doutes. J’ai demandé où était mon père. Et j’ai compris tout de suite qu’il n’était toujours pas revenu. Qu’il avait disparu. Je me suis mis à pleurer sans m’arrêter. Ma mère est venue me chercher, elle avait l’air paniquée. Je me suis couché en sanglotant, et j’ai dormi longtemps. Quand je me suis réveillé, j’ai demandé à ma mère où était parti mon père et j’ai vu qu’elle aussi avait dû pleurer beaucoup. Elle m’a dit qu’elle n’en savait rien, mais qu’il allait sans doute revenir. »

Nathan baissa la tête et ajouta :

« Il n’est jamais revenu. »

Keren ne réfléchit pas. Elle s’approcha de Nathan et le serra très fort contre lui. Il posa ses mains sur les épaules de Keren pour l’écarter, mais sans aucune conviction. Alors, il lui rendit son étreinte et, sans bruit, laissa couler quelques larmes le long de ses joues.

Une minute passa, et sans dire un mot, les enfants reprirent leur place.
« Tu comprends, maintenant, pourquoi je n'aime plus du tout le métro ? »
Keren acquiesça :
« Je suis sûre que tu le reverras, ton père.
– Moi aussi, bizarrement. Enfin, je continue à l'espérer. »
Keren et Nathan échangèrent un long regard. La dernière trace de timidité entre eux s'était envolée.
Finalement, Keren demanda :
« On fait quoi, maintenant ?
– Bonne question. On continue, non ? On verra bien où Martha nous conduira. Et puis, ça m'étonnerait que les autres nous laissent tranquilles longtemps.
– Tu t'es assez reposé ?
– Oui, ça va, ne t'inquiète pas. Je vais remettre Martha en marche. »
La motrice eut un soubresaut discret, comme un animal qui s'ébroue, et démarra en douceur. Keren et Nathan reprirent leur route, sans se douter que depuis un petit moment, plusieurs paires d'yeux les scrutaient avec intérêt.

*
* *

Auguste Fulgence était appuyé, poings serrés, sur le montant de sa fenêtre. Devant lui, une fontaine en bronze crachait de l'eau fumante par la gueule de deux

tritons. La contemplation de cette fontaine, trônant fièrement au milieu d'une vaste cour pavée ornée de fleurs, avait longtemps été une source d'apaisement pour lui ; mais aujourd'hui, il ne la voyait même plus.
Il fut tiré de sa réflexion par une pluie de coups sur la porte de son bureau. Il se leva en grognant et traversa la pièce en deux enjambées. Il ouvrit la porte, ses cheveux dressés comme la crinière d'un lion, les sourcils froncés et une flamme de colère au fond des yeux. Devant lui se tenait Hector, le mousquetaire, livide et le front couvert de sueur.
« J'avais exigé qu'on me f… qu'on me laisse tranquille ! gronda Fulgence. Est-ce que je m'exprime mal ? Est-ce que je ne sais plus parler français ? Alors, Hector ?
– D… désolé, monsieur, bredouilla Hector. Mais je crois que pour le coup, il y a vraiment un problème grave.
– Quoi donc ? »
Hector tourna la tête à droite et à gauche et dit :
« Peut-on rentrer dans votre bureau, monsieur ? »
Avec une mine agacée, Fulgence indiqua à Hector l'intérieur de la pièce, et referma la porte derrière eux.
« Je peux vous demander d'en venir aux faits aussi vite que possible, mon brave ? Vous n'êtes pas sans savoir que Kerizouet a…
– C'est de lui dont je voulais vous parler, monsieur. Vous m'aviez demandé de modifier le système de messagerie à air comprimé dans sa chamb… euh, sa cellule, pour que tous les messages qu'il enverrait… ou recevrait passent par le poste de surveillance.

– Oui, en effet, et vous étiez supposé être le seul au courant.
– Je n'ai rien dit à personne, ni même à M. Bartoli, comme prévu. Et c'est bien ça le problème.
– Quoi ? Quel problème ? Expliquez-vous, nom de nom !
– En effectuant la modification, je me suis aperçu que quelqu'un avait déjà fait un changement.
– Pardon ?
– Oui. Au lieu de rejoindre le réseau normal, une liaison directe avait été établie avec… les appartements de M. Bartoli. »
Fulgence fut parcouru d'un tremblement. On aurait dit un volcan sur le point d'entrer en éruption.
« Dans les appartements de Bartoli ? Mais… Je ne comprends pas ! Vous êtes certain de ce que vous racontez ?
– J'ai rétabli la liaison moi-même. Mais si j'en crois le dernier relevé du missivomètre, un courrier est passé avant que je n'intervienne. Voilà, j'ai pensé que cela pouvait vous intéresser, monsieur. »
Fulgence lança un juron et envoya une table basse valser à plusieurs mètres, d'un coup de pied.
« Je me doutais qu'un jour ou l'autre… Je m'en doutais ! hurla-t-il si fort qu'Hector recula d'un pas. J'ai toujours pensé qu'au fond, il était venu ici par intérêt. Oh, il a bien donné le change, toutes ces années, et je me suis bien laissé endormir ! Où se trouve Bartoli ?
– Dans ses appartements, je suppose ? Impossible à savoir, monsieur. Le problème, c'est que nous n'avons

aucun professionnel de ce genre de situation, ici. Nous ne sommes que des amateurs.
– Des amateurs ? Mais de quoi, Hector, de quoi ! Nous sommes suffisamment bien organisés pour faire face à n'importe quel danger. Et Kerizouet, au fait ? Il est où ?
– Dans sa cellule, monsieur. Vous n'avez donné aucune indication pour…
– Hector, êtes-vous armé ?
– J'ai un airolver avec moi, oui. Un petit format, avec quelques billes de gypse[1].
– Ça devrait suffire. Venez avec moi, nous allons voir Kerizouet tout de suite. »
Les deux hommes sortirent en trombe du bureau. Ils traversèrent au pas de course quelques couloirs en taille de pierre, où s'alignaient, comme dans un cloître, de lourdes portes de bois. Enfin, ils s'arrêtèrent devant l'une d'elles, et Hector l'ouvrit d'un coup de clé. La pièce qui s'offrait à eux, celle où Henry Kerizouet avait été emmené dès sa capture, était vide.
Fulgence serra ses énormes poings jusqu'à ce que ses ongles rentrent dans sa chair. Hector, prudent, fit un pas en arrière, mais l'impétueux Fulgence parvint à se contenir. D'une voix tremblante de rage, il dit :
« Hector, nous partons tout de suite. Prenez deux personnes avec vous. Qui est de garde ce soir ?
– Corentin et Marguerite.
– Hum… Marguerite… Bon, après tout, elle est très vive d'esprit, mais… j'ai peur qu'une botaniste ne soit pas d'une

1. Roche sédimentaire que l'on trouve en abondance sous Paris.

grande aide si par malheur on devait dévier du parcours. Enfin, au point où nous en sommes… Je vais prendre quelques affaires. Dites-leur de prendre un airolver chacun, d'accord ? Et des projectiles à perforation, aussi.

– Mais… et M. Bartoli ?

– Vous pouvez aller vérifier si ça vous amuse, mais je vous fiche mon billet que Bartoli est parti avec Kerizouet.

– Parti ? Mais pourquoi ?

– Enfin, Hector, réveillez-vous ! Kerizouet vaut de l'or, pour quelqu'un de mal intentionné.

– Mais monsieur, je ne pense pas que…

– Que quoi ? Que l'habit fait le moine ? Ah ! ah ! elle est bien bonne.

– Je me permets d'insister, mais j'ai peine à croire que M. Bartoli ferait quelque chose qui pourrait nous nuire.

– Hector, soit vous êtes trop naïf, ce qui vous honore, soit vous êtes aveugle… voire complètement demeuré. Mais je peux vous dire que j'avais plus d'une raison de penser que Bartoli nous ferait un coup comme ça un jour ou l'autre. »

Fulgence reboutonna sa veste et passa une main dans sa crinière noire.

« Bon, assez parlé. Rendez-vous dans dix minutes sur le quai 1 du Pneumopolitain. Eh bien ! un problème ? »

Hector eut un geste embarrassé et hésita avant de répondre.

« Monsieur, avec tout ça… j'ai oublié de vous dire que les enfants ont réussi à démarrer Martha. Ils sont partis droit dans le secteur B. En plein cœur, en fait. »

Fulgence leva le menton, les sourcils dressés, l'air étonné.
« Martha se conduit pratiquement comme une auto-tamponneuse depuis que nous l'avons adaptée à notre réseau. Mais tout de même, je me demande si… »
Hector attendit la suite, mais Fulgence changea d'avis et reprit :
« Hector, la priorité, c'est Bartoli et Kerizouet, est-ce bien entendu ? Cela étant… ils ne peuvent pas être repartis par notre chemin d'accès habituel, nous avons trop de moyens de leur couper la route. Leur trajet va donc forcément passer lui aussi par le secteur B à un moment ou un autre. Bon, nous aviserons sur place. Dépêchez-vous, maintenant.
– Bien, monsieur. »
Les deux hommes se séparèrent et repartirent au pas de course vers leurs quartiers. Pour la première fois depuis des années, Auguste Fulgence sentait une peur féroce s'installer dans son ventre et sa gorge.

*
* *

Les mains crispées autour d'une des barres de l'habitacle du Pneumopolitain, Henry Kerizouet observait le paysage défiler en saccades à travers les rares hublots du tunnel. Aux commandes, Bartoli n'avait pas dit un mot depuis leur départ. Kerizouet l'avait suivi sans bien comprendre où ils allaient et surtout, dans quoi ils montaient. Le véhicule que Bartoli appelait le Pneumopolitain était sensiblement plus court qu'une voiture de métro ordinaire, et de forme presque cylindrique. À chacune de ses extrémités, un énorme anneau de caoutchouc donnait au véhicule des allures de piston géant. Kerizouet n'avait entendu presque aucun bruit de machinerie, et le Pneumopolitain avançait à vive allure, comme s'il était tiré par une force invisible. Toujours digne, bien que parfaitement paniqué par ce qui lui arrivait, Kerizouet se hasarda à demander :

« Bartoli… où allons-nous comme ça ? Et puisque j'y suis… dans quoi sommes-nous ?

– Nous allons à la surface, comme prévu, monsieur Kerizouet.

– C'est si long que ça ?

– Je ne peux pas prendre le même chemin qu'à l'aller, nous serions immédiatement interceptés, ou du moins bloqués. La plupart des accès peuvent se commander et se verrouiller depuis notre poste de contrôle. Mais le chemin que nous prenons est *a priori* sans danger.

– *A priori* seulement ?

– Tout ira bien, d'autant que j'ai très largement contribué à améliorer le Pneumopolitain », répondit Bartoli en tournant la tête vers Kerizouet.

Devant lui, le pupitre de commandes semblait plutôt simple, une manette à large poignée, quelques leviers, des boutons métalliques. Aucun afficheur électronique, aucun poste radio : cet assemblage de cuivre, d'acier, de laiton et de bois semblait s'être évadé d'un autre siècle.

« Comment ça marche, cet engin ? demanda Kerizouet.

– Comme beaucoup de choses ici, je vous l'ai dit. Avec de l'air. Il y a des stations de pompage automatique à intervalles réguliers sur le parcours. Le Pneumopolitain est tantôt aspiré, tantôt poussé. Bien sûr, il faut que le tunnel soit parfaitement étanche et épouse la forme de la voiture. Claustrophobes s'abstenir... »

Kerizouet eut l'air intrigué et intéressé.

« Vraiment ? Mais ces stations, comment fonctionnent-elles ?

– Vous seriez surpris de connaître tous les trésors dont notre sol regorge, M. Kerizouet. Vous autres, à la surface, vous pensez nucléaire, vous pensez pétrole... Mais il y a bien d'autres énergies sous nos pieds. Oh, puisque cela vous intrigue... apprenez qu'à Sydenham en Angleterre, en 1865, un tel système avait été proposé pour le métro. La vapeur puis l'électricité ont fini par en avoir raison. »

Bartoli marqua une pause.

« Nous avons aussi des lignes électriques, bien sûr, mais... leur entretien est plus délicat, et nous n'avons pas la maîtrise de l'alimentation électrique que nous "empruntons" aux Surfaciens.

– Et dire que vous voulez abandonner tout cet ingénieux petit monde, ricana Kerizouet.

– Il y a deux choses que nous n'avons pas ici, et dont j'ai fini par manquer cruellement. Le luxe et le pouvoir.

– Quand même, rétorqua Kerizouet, je m'étonne de votre attitude. Vous dites manquer de luxe, mais il me semble que vous vivez plutôt confortablement, n'est-ce pas ? J'imagine que vous ne payez pas d'impôts, et que toute votre ville souterraine ne doit rien à personne. Je vous envierais plutôt, moi. Vous êtes forcément motivé par autre chose, M. Bartoli. La vengeance ? Une déception ? »

Le visage de Bartoli s'assombrit. Kerizouet avait visé juste, et du premier coup. Ce n'étaient ni l'amour du luxe ni la recherche du pouvoir qui le guidaient en cet instant, mais quelque chose de bien plus simple encore, une soif de popularité déçue. Alors qu'il avait tant donné de sa personne – du moins le considérait-il – pour le bien de la cité, il estimait ne pas avoir connu les honneurs qui auraient distingué ses actions. C'était la règle, et il la connaissait dès son arrivée ; mais Fulgence, lui, malgré son mauvais caractère, avait su se faire aimer et respecter de tous, à la manière d'un monarque éclairé. La frustration avait cédé la place à une jalousie malsaine ; depuis de longs mois, Bartoli avait ruminé non seulement son retour à la surface, mais aussi un plan pour faire payer leur ingratitude à ses concitoyens en général, et à Fulgence en particulier. Mais tout cela, il n'avait nullement envie de l'expliquer à Kerizouet. Il se contenta donc de répondre :

« Les choses sont telles que je vous les ai expliquées, M. Kerizouet. Je compte sur vous pour faire de moi quelqu'un d'important, là-haut.

– Vous pouvez y compter ! » répondit Kerizouet, dont Bartoli ne put voir le sourire ironique.
Le tunnel du Pneumopolitain avait été conçu pour un trajet simple, sans encombre, et surtout, sans aucune agression extérieure. À l'instant où Kerizouet finissait sa phrase, l'un des hublots du tunnel, quelques mètres en amont de la rame, vola en éclats. Les yeux d'acier de Bartoli perçurent immédiatement la déflagration. Il poussa un juron qui ne seyait guère à sa robe de prêtre, et chercha fiévreusement à actionner un levier. Mais le mal était déjà fait : avant qu'il ne puisse l'atteindre, la différence de pression avec l'extérieur du tunnel fit céder les rivets qui maintenaient en place le coffrage dans cette section. Le Pneumopolitain fut stoppé net dans sa course, propulsant Kerizouet au sol et Bartoli sur le pupitre de commandes.
« Bartoli, pour l'amour du ciel ! Que se passe-t-il ? hurla Kerizouet d'un ton désespéré.
– Nous avons été attaqués, gémit Bartoli.
– Attaqués ? Par qui ? Vous m'aviez dit que ce chemin était sûr ! Qui est-ce ? Fulgence ? »
Un grincement infernal s'éleva à l'extérieur de la voiture.
« Non, pas Fulgence, il n'aurait jamais eu le temps. C'est Hutan.
– Hutan ? »
Bartoli fut interrompu dans son explication. Le tunnel métallique, éventré par la dépressurisation, s'était séparé en deux parties et celle dans laquelle

se trouvaient Bartoli et Kerizouet s'affaissait doucement sous le poids du Pneumopolitain. Kerizouet sentit l'inclinaison de la voiture s'accentuer et paniqua.

« Bartoli ! On glisse !

– Ça ne m'a pas échappé », dit Bartoli d'une voix ferme.

Il rampa jusqu'aux commandes et s'accrocha de toutes ses forces à un levier. Une plainte jaillit de la mécanique du Pneumopolitain, dont la descente se trouva légèrement ralentie.

« Les freins de secours ne vont pas tenir longtemps, lança Bartoli. Le tunnel a été déformé par l'explosion, ils vont lâcher.

– Il faut qu'on sorte !

– Sortir ? Il n'y a pas la place pour sortir entre deux aires de débarquement ! Et quand bien même, nous sommes au-dessus du vide ! »

Un craquement terrible se fit entendre ; des objets métalliques vinrent s'écraser sur le toit du Pneumopolitain, roulèrent à sa surface puis basculèrent dans le vide en passant devant la cabine de pilotage.

« Ça, c'étaient les freins », dit Bartoli d'un ton navré.

Le Pneumopolitain piqua sévèrement du nez. Kerizouet fut propulsé contre les commandes, à côté de Bartoli. Ils prirent tous deux appui sur le pupitre de contrôle, et découvrirent avec horreur le précipice vers lequel le Pneumopolitain se dirigeait inexorablement. Kerizouet marmonna une prière. Bartoli, alors que c'était lui qui portait le costume de prêtre, haussa les épaules.

La voiture poursuivit son mouvement dans un chaos de tôles froissées et de vis arrachées.
Kerizouet passa la main sur son front, et la retira pleine de sang ; il s'était probablement ouvert l'arcade sourcilière au début de l'accident.
« C'est votre faute, Bartoli ! cria-t-il. Comment ai-je pu vous faire confiance ? Je vais vous…
– Me quoi ? Me tuer ? l'interrompit Bartoli. Vous allez peut-être pouvoir vous épargner cette peine », annonça Bartoli d'un ton calme.
Dans un ultime déchirement de métal, le Pneumopolitain fut projeté hors du tunnel, comme une fusée retombant trop vite sur terre.

*

* *

Martha roulait désormais avec moins d'assurance, marquant des ralentissements et des accélérations sans raison ; aux commandes, comme à la sortie d'un rêve, Nathan venait de réaliser à quel point il était incongru qu'un garçon de onze ans conduise un tel engin. Jusqu'alors, c'était l'instinct et de vieux souvenirs qui l'avaient guidé ; mais maintenant qu'il reprenait ses esprits, ses gestes se faisaient plus hésitants. Toutefois, bien qu'accaparé par sa conduite, Nathan revivait. Il lui semblait que son cœur était une montgolfière clouée au sol depuis trois ans, qui s'envolait doucement dans sa poitrine. Keren, de son côté, avait le visage collé à la vitre de la cabine, à la recherche d'un quelconque changement dans le paysage blanchâtre qu'ils traversaient depuis plusieurs minutes. Le trajet avait effectivement fini par devenir monotone, et les boyaux, faiblement éclairés par des globes lumineux, se rétrécissaient tellement que les enfants craignaient de se retrouver broyés d'une minute à l'autre. Après quelques mètres, le tunnel finit par s'élargir. La roche blanche se fit plus rare, alors que la voûte gagnait petit à petit en hauteur. Keren et Nathan virent les parois de la grotte où ils roulaient à présent se recouvrir de petits bulbes bruns. Avec la vitesse, il était délicat d'en savoir plus.

« Nathan, tu penses pouvoir ralentir un peu ? demanda Keren. Je me demande bien ce qu'il y a sur les murs.

– Je peux, soupira Nathan, mais fais attention tout de même. »

Martha ralentit sa course. Keren ouvrit la porte de la cabine, et resta un petit moment sur le marchepied sans oser faire un geste. Même à cette vitesse, le moindre faux mouvement aurait été tragique. Elle s'agrippa au tuyau le plus proche et se pencha, millimètre après millimètre, en direction de la paroi. Le marchepied émit un grincement, et s'affaissa légèrement. Keren fut glacée de terreur. Mais il ne s'agissait que d'une fausse alerte, et elle resta solidement campée sur sa posture. Reprenant de l'assurance, elle tendit un bras devant elle, le bout des doigts dirigé vers les bulbes. Mais pendant quelques dizaines de mètres, elle ne put que les effleurer. Keren étira son corps encore et encore, jusqu'à s'en faire craquer les os. Ce fut au détour d'un nouveau rétrécissement du tunnel qu'elle put enfin cueillir à l'arraché l'un des bulbes. Dans le creux de sa main se trouvait désormais un petit champignon au chapeau ocre, recouvert de délicates striures.

« On dirait un champignon de Paris », dit Keren sans conviction.

Nathan tourna la tête vers le champignon sans perdre de vue le tunnel et leva un sourcil.

« Oui, c'est vrai. À part les petits traits sur le chapeau. Mais ça pousse sous terre, les champignons ? »

Keren réfléchit.

« Oui, dans des grottes. Et justement, il y en avait sous Paris, dans le temps.

– Tu es une spécialiste des champignons ?

– Oh, non. Je me rappelle juste une visite au Jardin botanique. Pour une fois, j'avais essayé d'écouter. »

Nathan rapprocha le nez du champignon, comme pour le sentir, et demanda :

« Tu crois qu'il est comestible ?

– Ben, ça m'en a tout l'air. »

Sans réfléchir, Keren mordit la chair du champignon et mastiqua le morceau qui s'était détaché. Nathan poussa un cri.

« Mais tu es folle ! S'il est vénéneux, on fait quoi ? Ça va pas, la tête ! Tu ne crois pas qu'on a déjà assez d'ennuis comme ça ? »

Keren ne répondit rien. Tout en mâchant, elle prit un air à la fois concentré et étonné. Une fois la bouchée avalée, toute agitée elle tendit le champignon à Nathan :

« Nathan ! Goûte ! C'est incroyable !

– Quoi ? Jamais de la vie ! D'ailleurs, je n'aime pas les champignons, encore moins quand ils sont crus comme ça.

– Oui, mais justement !

– Justement quoi ?

– Justement, ça n'a pas le goût d'un champignon ! Ça a le goût d'une brioche au sucre !

– Qu'est-ce que tu racontes ?

– Je te dis que ça a exactement le goût d'une brioche au sucre ! Aussi bonne que chez le boulanger !

– Tu dis n'importe quoi, s'insurgea Nathan.

– Goûte !

– Non, non et… muuurf ! »

Keren venait d'enfourner ce qui restait de champignon dans la bouche de Nathan ; les mains sur les commandes, il n'avait pas pu l'en empêcher. Sa première réaction fut de le recracher, mais Keren avait plaqué sa main contre sa bouche. Il avala sa bouchée avec peine, avant de s'exclamer :

« Mais ! Ça n'a pas *du tout* le goût d'une brioche au sucre ! Qu'est-ce que tu racontes ! Ça a le goût d'un sandwich au jambon ! C'est même incroyable ! »

Nathan se ravisa très vite.

« Cela dit, tu nous as peut-être empoisonnés tous les deux maintenant ! Tu trouves ça malin ?

– Je suis sûre que ces champignons sont comestibles, répliqua Keren, vexée. Mais ça n'explique pas pourquoi ils n'ont pas le même goût pour toi et pour moi.
– En tout cas, c'est nourrissant, admit Nathan. Je mourais de faim.
– Moi aussi. J'avais envie d'une...
– Quoi ?
– J'avais envie d'une brioche au sucre, je crois.
– Et moi... d'un sandwich au jambon, avoua pensivement Nathan.
– Est-ce que tu crois qu... »
Keren n'acheva pas sa phrase. Nathan, les yeux exorbités, venait d'actionner les freins de toutes ses forces, et la violence du freinage projeta Keren vers l'avant. Elle se cogna le front et poussa un gémissement. Une fois la surprise et la douleur passées, elle se tourna vers Nathan et lui demanda, furieuse :
« On peut savoir ce qui t'a pris ? J'ai failli passer à travers la vitre ! »
Nathan, le regard fixe, les lèvres tremblantes, balbutia :
« Il... Il y avait quelque chose sur la voie.
– Quoi donc ? »
Keren mit sa main en visière et regarda devant elle. Un peu plus loin, il lui semblait que le tunnel s'élargissait encore et que les champignons se faisaient plus rares. Mais la voie, elle, demeurait vide, sans le moindre obstacle.
« De quoi tu parles, Nathan ? Je ne vois rien !
– Il y avait quelque chose, j'en suis sûr.

– Mais quoi ?
– Quelque chose, répéta Nathan d'une voix blanche.
– Quelque chose ou *quelqu'un* ?
– C'est ça que je n'arrive pas à savoir », dit Nathan en ravalant sa salive.
Keren frotta son front, et il lui sembla qu'une bosse se formait déjà à l'endroit où elle s'était cognée. Nathan remit Martha en marche.
« Mais ça ressemblait à un homme ou pas ?
– Mm… oui, je crois, dit Nathan. Mais c'était bizarre. »
L'inquiétude de Nathan gagna aussitôt Keren.
« Tu peux être plus précis, Nathan ? Ça commence à me faire peur !
– Je n'ai pas bien vu. Ça a jailli sur la voie pendant que tu me parlais. Mais je ne suis pas sûr que c'était un homme, en fait.
– Je suis drôlement rassurée », se lamenta Keren.
À ces mots, quelque chose d'extraordinaire se produisit. Alors que Martha empruntait un large virage, une lumière magnifique vint se poser sur la voie, puis glissa le long des rails pour inonder la cabine toute entière. Une lumière d'une grande pureté, intense, tellement agréable que ni Keren ni Nathan ne se posèrent la question de savoir d'où elle pouvait provenir. Bientôt, les deux enfants sentirent une douce tiédeur s'installer dans l'habitacle. Nathan prit une vingtaine de mètres pour arrêter la course de Martha, et saisit la main de Keren. Il lui indiqua la porte de la cabine et dit simplement :
« Viens… »

Ils firent un petit saut pour descendre de Martha et atterrirent sur un sol recouvert d'une mousse épaisse. Sans même prêter attention à ce qui se trouvait autour d'eux, ils levèrent la tête en direction de la lumière. Au-dessus d'eux, il y avait un superbe ciel bleu de fin d'après-midi, où quelques rares nuages se délitaient avec nonchalance devant un soleil radieux. Un ciel de rêve, enfoui à des centaines de mètres sous terre.

5

Hutan

Nathan et Keren ne pouvaient détacher leur regard de ce ciel improbable, ce fragment d'infini mystérieusement emprisonné dans le ventre de la capitale. Après des heures de fuite dans des dédales obscurs, ce bain de lumière était pour eux bien plus qu'un repas copieux ou une boisson fraîche – dont ils mouraient pourtant d'envie. Sans même s'en rendre compte, Keren serra un peu plus fort la main de Nathan. Ils n'avaient fait que descendre, toujours plus profondément : comment le ciel pouvait-il être au-dessus de leur tête ? Cette question flotta dans l'esprit de Nathan tout au long de sa contemplation. Puis, de mauvaise grâce, il se détourna de cette mer de lumière, et examina enfin l'endroit où ils se trouvaient désormais. À première vue, le lieu ressemblait au cœur d'un cratère, immense, dont ils se seraient tenus à la périphérie. À quelques dizaines de mètres miroitait une vaste étendue d'eau, où affluaient plusieurs ruisseaux de largeurs diverses. La surface du sol était principalement rocheuse, mais çà et là, Nathan apercevait des carrés de couleur verte ou jaunâtre, qui ressemblaient à s'y méprendre à un pré. Un peu plus loin, il lui sembla même reconnaître la silhouette d'un arbre. Des rochers d'un blanc grisâtre, pareils à l'échine de gigantesques animaux de pierre, surgissaient du sol à des hauteurs diverses, masquant une partie du paysage. Certains étaient recouverts d'une mousse épaisse d'un vert pratiquement phosphorescent, d'autres étaient nus. Au loin, on distinguait une épaisse fumée blanche qui montait vers le ciel comme un pilier diaphane, accompagnée d'une très légère odeur de brûlé. Ce fut précisément en observant la course de la fumée que Nathan comprit ce que cette vision avait d'illogique. Plutôt que de perdre leur épaisseur au fur et à mesure de leur ascension, les volutes blanches semblaient heurter un obstacle invisible à une vingtaine de mètres du sol, qui les dispersait en une sorte de chapeau d'écume. Nathan se frotta les yeux et son cœur s'emballa. L'obstacle en question, c'était le ciel lui-même. Un ciel solide, palpable, qui servait de voûte à une grotte colossale. D'ailleurs, à mieux y regarder, Nathan se rendit compte que la luminosité du ciel n'était pas uniforme. Çà et là s'étalaient des zones sombres plus ou moins étendues, comme si le ciel était un puzzle dont on aurait égaré des pièces. Là, point de nuage ou de bleu azur : il n'y avait que la roche, comme on était en droit de l'attendre quand on se trouve sous terre. D'où venait alors cette lumière parfaite, pure, qui parvenait même à souffler sur les enfants un peu de la tiédeur de l'extérieur ? Nathan sentit son cerveau se contorsionner sous l'impulsion de cette nouvelle énigme. Une foule d'hypothèses défila dans sa tête,

et il se demanda si Keren avait fait la même découverte que lui. Sans doute, car la main de son amie était glacée. Petit à petit, les deux enfants recouvrèrent leurs esprits. Nathan, d'une voix mal assurée, demanda à Keren :
« Keren… tu y comprends quelque chose ? Je n'écoute pas trop les cours de géo, mais là…
– N… Non, je… Tu as vu là-bas ? Et là-bas ? C'est comme s'il n'y avait plus de ciel.
– Oui, j'ai bien vu. En fait, c'est le plafond de la grotte qui est comme ça. Mais je ne comprends pas, ça ne peut pas être peint, ça bouge. Regarde le nuage ! Et la lumière change, aussi. »
Keren chercha des yeux un quelconque dispositif optique, mais finit par hausser les épaules de dépit.
« Je me disais que c'était peut-être projeté… Je ne sais pas, dit-elle.
– Tu imagines la taille du projecteur ? Et puis on verrait le faisceau, je pense. Enfin, je ne vois pas à quoi ça servirait.
– On n'est plus à ça près, si ?
– Non, c'est sûr, dit Nathan en se forçant à sourire.
– Tu penses que l'eau est potable ? Je meurs de soif.
– Moi aussi, mais je ne prendrais pas le risque. Si c'était l'eau des égouts ? »
Keren hésita un instant, puis lâcha la main de Nathan.
« Non, je ne pense pas, tu vois. On ne sent aucune mauvaise odeur, non ? Et puis, l'eau, elle n'arriverait pas comme ça, il y aurait des tuyaux, je pense ! J'ai envie de voir au moins si elle est fraîche.

– Comme tu veux, répondit Nathan avec une mine circonspecte. Mais tu as vraiment décidé de t'empoisonner à tout prix ? D'abord les champignons, maintenant l'eau...
– Les champignons ne nous ont pas tués, je te signale, au contraire. Même si on ne leur a pas trouvé le même goût.
– Oui, oui. Bon, écoute, va voir ton eau... Moi, je vais essayer de monter sur ce rocher, là-bas, pour voir de plus près ce drôle de ciel.
– Ça marche ! »
Les deux enfants se séparèrent.
Keren courut au bord du lac. L'eau, parfaitement limpide, lui inspira confiance. À genoux, elle y trempa les mains pour estimer sa température. Elle fut étonnée de rencontrer une tiédeur bien agréable, pareille à celle d'un bon bain, là où elle se serait attendue à un contact glacé. Cette température lui parut suspecte, et elle renonça à boire. Un peu dépitée, et en attendant le retour de Nathan, elle se décida à profiter de ce moment d'accalmie. La lumière caressante du soir lui fit un instant oublier les cavalcades de la journée. Il y avait quelque chose de grisant et d'exaltant à se trouver, seule ou presque, dans cette vallée que nul adulte n'avait jamais mentionnée. De fugitive, Keren était devenue exploratrice, et cette pensée lui procura l'insouciance nécessaire pour s'abandonner au repos, comme elle l'aurait fait sur une plage. Elle ôta alors ses sandales et, les yeux fermés, tourna le visage vers le soleil orangé.

Après quelques minutes, Keren changea de position. Sur les genoux, elle se pencha vers l'eau et y plongea de nouveau les mains, tout au plaisir de ce contact délicat. Mais soudain, elle fut intriguée par un reflet qui venait de se former près du sien. Elle crut tout d'abord qu'il s'agissait d'un rocher qu'elle n'aurait pas remarqué. Mais ce rocher bougeait. Imperceptiblement, mais il bougeait. Alors, sans oser se retourner, Keren observa le reflet avec plus d'attention. Au milieu de ce qu'elle avait pris pour un roc, il y avait une mâchoire grise et carrée, fendue d'une bouche légèrement entrouverte, d'où surgissait une rangée de dents semblables à des pointes de flèches. Deux petits yeux ronds l'observaient. Keren lutta de toutes ses forces pour ne pas hurler, mais la peur fut plus forte et elle laissa échapper un premier cri. Elle sentit que la créature, derrière elle, s'agitait. S'arrachant à la paralysie, elle se retourna. À un mètre d'elle à peine se tenait un gigantesque singe. « Un orang-outan », pensa immédiatement Keren, qu'une récente visite au zoo avait rendue presque incollable sur les primates et le danger d'extinction qui les guettait. Mais à cet instant, Keren n'avait nulle envie de s'intéresser à la protection des espèces, pas plus qu'elle ne se demandait pourquoi un singe évoluait, en liberté, à des dizaines de mètres sous Paris. Tout ce qui lui importait, c'était de se trouver le plus loin possible de lui. Soudain, l'orang-outan avança vers Keren. Dans une cage, avec sa silhouette ventripotente, ses jambes trop courtes et ses longs bras traînant sur le sol, il aurait peut-être pu paraître grotesque ou ridicule ; mais sans barreaux pour la protéger, Keren n'avait pas envie de rire. Elle ressentait à distance l'incroyable puissance de l'animal. Elle se leva d'un bond et se mit à courir en direction de Martha en hurlant. L'orang-outan, visiblement contrarié par cette réaction, laissa échapper à son tour un grognement. Il frappa le sol de ses deux poings et poussa un cri terrifiant.

*

* *

Nathan n'avait guère mis de temps à recouvrer ses forces ; une pratique sportive régulière lui avait permis d'acquérir une capacité de récupération remarquable pour son âge. Il s'approchait à présent d'un rocher haut de huit mètres environ, et dont la pente, douce et pourvue de multiples prises, permettait l'escalade. Une épreuve qui était loin de l'effrayer, lui qui s'était plus d'une fois transformé en cabri sur les rochers de la forêt de Fontainebleau. Il prit son souffle et accomplit son ascension sans rencontrer la moindre difficulté. Une fois parvenu au sommet, il profita d'une vue relativement dégagée. L'endroit d'où provenait la fumée se trouvait assez loin, mais Nathan pouvait néanmoins distinguer un large tuyau métallique qui traversait la grotte de part en part, tranché en deux à mi-parcours. La partie gauche pendait dans le vide comme un serpent décapité. L'origine de la fumée se trouvait juste en dessous, s'échappant d'un amas métallique qui gisait au sol misérablement. Sans doute était-il tombé du tuyau.

Tout autour de cette zone, des constructions s'éparpillaient à flanc de collines pour former une sorte de petit village. Nathan plissa les yeux, à la recherche d'une quelconque trace de vie. Au début, tout lui sembla calme et désert. Et puis, il vit quelque chose bouger. Il crut qu'il s'agissait d'un homme, et son premier réflexe fut d'agiter la main dans sa direction. Mais la créature ne se déplaçait pas normalement. La silhouette était plus massive que celle d'un humain, avec des mouvements plus souples. Bientôt, une autre créature, puis une troisième, traversèrent son champ de vision, pour disparaître à l'intérieur des constructions. Nathan, peu rassuré par ce spectacle, se décida alors à rejoindre son amie. Avant de redescendre, il ne put s'empêcher de jeter un dernier coup d'œil à la voûte lumineuse. Toujours le même bleu, toujours le même filet de nuages, le même soleil couchant : mais à cette distance, la texture du ciel lui parut un peu différente, moins uniforme et comme dotée d'une imperceptible granulosité. Étourdi par toutes les questions qui s'agitaient dans sa tête, il commença à descendre.

Un cri le freina tout net dans son élan. C'était Keren. Un étau de glace serra son cœur, et il accéléra le mouvement. Dans sa hâte, son pied droit dérapa sur l'une des aspérités de la roche et, déséquilibré, Nathan glissa

le long de la paroi. Il lui sembla qu'une pluie de coups s'abattait sur lui alors qu'il rebondissait sur la moindre irrégularité de la roche. Une fois parvenu au pied du rocher, il lui fallut quelques instants pour reprendre ses esprits. Un nouveau cri de Keren retentit. Mais cette fois, il fut suivi d'un autre cri, bien différent : bestial, empli de rage, d'une puissance telle que même les rochers parurent en trembler.
Nathan s'élança en direction des cris, le corps tout endolori. Parvenu près du lac souterrain, il découvrit une scène de cauchemar. Keren, pieds nus, courait comme un bolide vers Martha. Derrière elle, un orang-outan s'agitait en poussant des grognements furieux. « Pourvu qu'il ne me remarque pas », pensa immédiatement Nathan. Mais c'était déjà trop tard. L'orang-outan, alerté, tournait la tête vers lui, les babines retroussées. L'animal hésita un instant, puis choisit de s'élancer à la poursuite de la jeune fille qu'il talonna très vite. Nathan ne savait que faire. Il chercha une aide providentielle autour de lui, en vain. Alors, il ramassa une pierre et, les jambes flageolantes, se hâta en direction du singe.
Un bruit sourd résonna. Nathan marqua un temps d'arrêt, aux aguets. Il reprit sa course, mais très vite, le bruit s'éleva de nouveau, pour ne plus cesser. C'était un martèlement puissant, régulier et rapide. Nathan repensa alors à ce qu'il avait vu depuis son observatoire et comprit. À sa droite, un autre orang-outan venait de dévaler un rocher et fonçait vers lui.

Nathan, les mains crispées autour de sa pierre, tenta de rebrousser chemin, mais se retrouva face à un autre singe qui lui barrait la route. Courageusement, il menaça son adversaire. Mais le caillou qu'il brandissait n'impressionna nullement le singe. Le bras tremblant, encore meurtri par la chute, Nathan s'apprêta à lancer son projectile. C'est alors qu'un troisième orang-outan, qui devait observer la scène d'un peu plus loin, prêt à agir, avala en quelques sauts la distance qui le séparait de Nathan. Il était affublé d'une étoffe noire, en lambeaux, qui avait dû être, dans un autre temps, un vêtement humain. Un objet en bois pendait à son cou. Nathan n'eut pas le temps de réaliser ce qui lui arrivait. Le singe lui saisit le poignet avec une force mesurée, et lui fit lâcher son projectile sans le blesser. Nathan sentit la panique s'emparer de lui. Ses jambes chancelèrent, son ventre devint un tourbillon, et il cria de toutes ses forces. Le singe n'eut pas l'air d'apprécier, et montra les dents. Nathan, par réflexe, chercha à repousser l'animal de sa main libre. En vain. Il s'accrocha à la seule chose que ses doigts purent saisir, le pendentif en bois ; il s'y cramponna avec tant d'énergie que la cordelette céda. Le singe n'en parut pas affecté le moins du monde, et entreprit, impassible, de traîner Nathan derrière lui. Les deux autres orangs-outans, jugeant sans doute que la situation ne requérait pas leur présence, repartirent comme ils étaient venus.

Un bruit sourd retentit, et le singe laissa échapper un gémissement de douleur. Il lâcha Nathan et se retourna promptement, crocs en avant. Une jeune femme vêtue d'un costume de corsaire lui faisait face, épaulant un long tube métallique. Elle tourna une poignée, visa, et un nouveau bruit partit du tube. Cette fois, Nathan comprit qu'il devait s'agir d'un fusil. Le singe gémit encore et recula. Toutefois, plutôt que de battre en retraite, il se saisit de la pierre que Nathan avait laissée tomber et la jeta avec une force et une rapidité sidérantes sur la jeune femme. Touchée en plein ventre, elle s'écroula sous le choc en se tordant, laissant échapper son arme. Nathan n'était plus en mesure d'avoir la moindre pensée logique. Il se jeta sur le tube tombé au sol et, imitant ce qu'il avait vu faire l'instant précédent, l'arma, le pointa vers le singe et appuya au seul endroit qui lui semblait pouvoir faire office de détente. Le projectile atteignit le singe à l'œil droit. Le primate détourna la tête et de sa poitrine s'éleva un cri de colère qui emplit toute la grotte. La jeune femme, le visage déformé par la douleur, se releva péniblement et arracha le tube métallique des mains de Nathan. Dans un demi-souffle, elle dit :

« Petit, viens, il ne faut surtout pas rester là. »

Elle lui prit la main fermement et l'entraîna dans la direction opposée, là où Keren avait pris la fuite. À cet endroit, une nouvelle scène d'affrontement avait lieu. Deux hommes, armés eux aussi de tubes, plus courts, se tenaient entre Keren et l'orang-outan qui la poursuivait. Le primate agitait ses poings comme s'il s'agissait de boulets au bout de leurs chaînes. Une détonation sourde partit d'une des armes, et une gerbe de sang jaillit de l'épaule du singe dont la plainte, démoniaque, fit reculer les deux hommes. Avant que son agresseur n'ait eu le temps de réarmer, l'orang-outan se jeta sur lui et écrasa une main immense sur son visage. L'homme fut projeté en arrière, inanimé. Son compagnon à la corpulence impressionnante n'était autre qu'Auguste Fulgence. D'un geste sûr, il tira à son tour sur le singe, à la naissance de son cou. Un geyser écarlate bouillonna sur la fourrure de l'orang-outan. Sévèrement blessé, l'animal s'enfuit en direction d'un rocher, laissant une trace sanglante derrière lui. Nathan et la jeune femme furent bientôt à la hauteur du petit groupe, que Keren venait de rejoindre. Elle courut vers son compagnon de fuite, et, tremblante, les joues inondées de larmes, elle posa sa tête contre sa poitrine. Nathan, embarrassé, devint rouge comme un piment et posa une main balourde sur l'épaule de Keren.

Fulgence ne mit pas longtemps à remarquer que la jeune femme qui l'accompagnait se tenait le ventre.

« Vous êtes blessée, Marguerite ? demanda-t-il d'une voix tonnante.

– Oui, répondit la jeune femme, le souffle court. Je ne pourrai pas aller loin comme ça.

– Et Corentin est étalé pour le compte, gronda l'homme en regardant le corps étendu à ses pieds. Vous avez vu Bartoli ?

– Non. Mais Kerizouet et lui ont vraisemblablement été attaqués quand ils étaient dans le Pneumopolitain. Vous avez vu, là-bas ? »

La jeune femme tendit un doigt au loin, là où le tunnel métallique avait rencontré sa triste fin.

« J'ai vu, oui. Bartoli savait ce qu'il risquait en empruntant cette ligne-là. Quoi qu'il en soit, on ne peut pas traîner ici. Les singes vont revenir, beaucoup plus nombreux, et cette fois, on pourrait bien ne pas avoir le dessus.

– Surtout si Hutan s'en mêle », dit la jeune femme avec une pointe d'angoisse dans la voix.

Fulgence posa alors un regard noir de colère sur les deux enfants, et le doigt dressé, il leur dit :

« Vous... Si vous aviez obéi dès le départ... Si vous n'aviez pas cherché à fuir... Nous n'en serions pas là ! J'ai deux personnes blessées, par votre faute.

– Auguste, dit la jeune femme en lui effleurant craintivement l'épaule, nous aurions pu être blessés à n'importe quel moment, enfants ou pas.

– Si vous le dites, grogna Auguste Fulgence en haussant les épaules. En attendant, ne traînons pas ici. Il faut retourner chez nous et réfléchir à un moyen d'agir. »

Puis, s'agenouillant auprès de Keren et Nathan, il ajouta :

« Et vous... Si vous essayez encore de m'échapper... je vous jure que je vous fais cuire dans de l'eau bouillante et que je vous jette aux singes. »

Sans même guetter leur réaction, il se pencha vers Corentin, et comme s'il s'agissait d'un tapis, le hissa sur son épaule.

« Hector nous attend, nous n'avons plus le temps. »
Il sourit à la jeune femme et reprit :
« Courage, Marguerite, on va se dépêcher de vous soigner. Prenons la Sprague-Thomson pour rejoindre le Pneumopolitain, nous irons plus vite. »
La petite troupe partit au pas de course vers la vieille motrice, qui démarra sans se faire prier.

*
* *

Hutan salua avec calme le retour de ses trois sujets. Mais quand il remarqua que deux d'entre eux avaient été blessés, il sortit de sa réserve et frappa le sol avec une force inouïe. Deux jeunes singes, qui jouaient non loin autour d'un vase rempli d'eau, détalèrent à toute vitesse en gémissant. La vallée entière résonna de la colère du roi des orangs-outans.
Voilà bien longtemps qu'Hutan n'avait pas vu d'hommes. Bien sûr, en tant que singe, il n'avait pas tout à fait la même notion du temps que les humains ; il lui semblait toutefois que plusieurs cycles solaires s'étaient écoulés depuis que le dernier imprudent avait tenté de pénétrer sur son territoire. Depuis sa naissance, Hutan admirait les humains autant qu'il les détestait. Il s'était souvent demandé comment ces frêles animaux, si fragiles physiquement, avaient toujours su, malgré leur peur évidente, garder le dessus. Il y avait leurs armes, bien sûr, ces bâtons métalliques

qui projetaient en silence des pointes tranchantes. Mais ce n'était pas tout : les humains semblaient toujours tout mieux comprendre que Hutan et les siens, et cette compréhension leur donnait un avantage tactique permanent. Pourtant, le roi des singes n'avait pas renoncé à son vieux rêve : remporter la victoire qui ôterait définitivement aux hommes l'envie de le narguer. L'heure approchait-elle ? L'arrivée de tous ces hommes, un peu plus tôt, marquait-elle le signal tant attendu ? Ces questions se heurtaient aux limites de son intelligence.

Hutan était l'un des plus vieux orangs-outans du groupe à être né dans le royaume souterrain. Pourtant, l'histoire de ses semblables remontait bien avant sa naissance. En janvier 1910, la Seine connut la crue la plus importante de son histoire. Des dizaines de milliers d'immeubles furent inondés, et les dégâts se comptèrent en milliards. Le Jardin des Plantes, ce haut lieu parisien de la botanique et de la zoologie, n'échappa pas au désastre. Parfois, sur les étals des bouquinistes, on trouve encore de vieilles cartes postales montrant Martin, l'ours le plus populaire du zoo, pataugeant dans une eau marécageuse. La singerie[1] connut elle aussi de sérieuses avaries. Certes, les animaux eux-mêmes ne furent pas mis en réel danger.

1. La singerie d'origine a été détruite et remplacée par un bâtiment plus spacieux depuis 1934.

La Commune, en 1871, avait été bien plus meurtrière, avec la quasi-totalité des pensionnaires de la ménagerie dévorés par les Parisiens affamés. Mais quelques orangs-outans virent dans cette panique l'occasion de retrouver un peu de liberté. Profitant d'une ouverture de la singerie que les gardiens s'étaient mis en devoir d'écoper, quatre jeunes spécimens prirent la poudre d'escampette. Rapidement talonnés et acculés par le personnel de la ménagerie, ils se fièrent à leur instinct et s'engouffrèrent dans un conduit d'évacuation, dont la grille avait été retirée pour hâter l'écoulement des eaux. Leur disparition ne fit pas grand bruit. La population était déjà suffisamment traumatisée par la crue, et il ne sembla pas opportun à la direction du zoo d'attirer l'attention du public sur cette mésaventure. Aussi mit-on la disparition des singes sur le compte de la catastrophe naturelle.

Les quatre singes errèrent plusieurs jours dans les égouts de Paris, se nourrissant comme ils pouvaient de rats, épluchures et autres ordures ménagères. Après des jours de marche dans l'obscurité, les orangs-outans firent une découverte extraordinaire. Loin de la surface, une grotte abritait une variété de champignons qui offrait le même goût que les mangues et les litchis dont ils raffolaient à Bornéo. Mieux, tout près de la grotte aux champignons s'étalait un paysage de rochers et de cours d'eau, coiffé d'un ciel lumineux qui leur apportait la lumière dont ils avaient tant manqué pendant leur errance. Un paradis pour singes ? Hélas, au milieu des rochers vivaient quelques hommes, installés dans de petites demeures en pierre. Peut-être auraient-ils pu cohabiter si les hommes n'avaient pas eu, immédiatement, le réflexe d'agresser les singes. Tirs de semonce avec d'étranges armes, murs de fumée et de feu… Le vague souvenir de leur capture, la méchanceté dont certains promeneurs du zoo avaient fait preuve à leur égard, et maintenant cette attitude hostile, acculèrent les singes à une contre-attaque en bonne et due forme. Ivres de rage, ils commencèrent par se retirer dans les rochers, se cachant dans les nombreuses crevasses. Puis, après plusieurs jours de jeûne et d'immobilité, ils profitèrent de l'obscurité pour s'abattre sur les constructions humaines. Pris au dépourvu, ne pouvant compter sur leurs armes, les hommes battirent en retraite. Très vite, cependant, les singes constatèrent que la plupart des issues de leur nouveau territoire avaient été condamnées. Et au bout des quelques rares tunnels qui auraient pu amener les orangs-outans à gagner quelques centaines de mètres de liberté, les hommes veillaient, équipés de leurs terribles armes. Les singes ne s'étaient échappés de leur prison que pour en trouver une nouvelle, bien plus grande, certes, mais à l'entourage immédiat tout aussi inhospitalier.

Les intrusions humaines furent rares durant les décennies suivantes. Les singes eurent des enfants, qui enfantèrent eux-mêmes, et bientôt, le nombre d'individus crût de manière significative, jusqu'à former une véritable communauté. Hutan naquit au cœur des années 1960. Dès son plus jeune âge, il se distingua des autres orangs-outans non seulement par sa taille considérable, mais aussi par sa vivacité d'esprit. Hutan comprenait d'instinct la façon dont les humains avaient assemblé les édifices que les singes avaient depuis investis ; il était capable de confectionner des outils simples ; il avait aussi parfaitement saisi de quelle manière les humains avaient circonscrit leur territoire. À l'âge de vingt ans, il assista à une nouvelle tentative des humains pour récupérer cette zone. Ce n'était pas son premier contact avec cette race étrange, aussi ne se laissa-t-il pas impressionner. En véritable général, il leva une armée d'orangs-outans, parvint à attirer ses ennemis dans un petit défilé, et les fit lapider depuis les hauteurs. Les survivants furent rares. Hutan fit croître la haine des hommes dans le cœur des singes, y compris auprès de ceux qui, spontanément, auraient probablement accepté la cohabitation. Courageusement, il lui arriva même à de nombreuses reprises de passer outre les barrages pour se rendre sur le territoire des humains afin de mieux observer leurs coutumes si complexes. Hutan avait bien conscience d'être plus intelligent que les autres singes, et aussi bien plus limité qu'un homme, mais il partageait avec la race honnie une caractéristique : la fierté. Lui vivant, il n'accepterait pas que les humains empiètent sur le peu qu'ils lui avaient laissé.

Tout à ses rêves de revanche, Hutan se dirigeait vers une fosse d'une démarche décidée. Une fois parvenu au bord, il observa placidement l'homme aux cheveux blancs qui gisait au fond du trou sur un manteau de feuilles séchées et de mousse. Celui-ci bougea un bras, puis une jambe, comme s'il s'agitait dans un cauchemar. Hutan pencha la tête sur le côté, captivé par cette vision. Ce soir, sans tout à fait comprendre ni pourquoi ni comment, il lui semblait que le vieil homme au fond de la fosse allait pouvoir lui être d'une grande utilité. Il laissa échapper un drôle de son qui ressemblait à s'y méprendre à un rire.

6

Sublutetia

Le petit groupe mené par Auguste Fulgence s'était précipité à l'intérieur de Martha. Fulgence avait étendu Corentin sur l'une des banquettes en bois du côté passager, avant de s'enfermer, seul, dans la cabine du conducteur. La motrice avait démarré peu après en suivant une accélération harmonieuse, abandonnant derrière elle le territoire des orangs-outans.

Après un peu plus d'un kilomètre, tous descendirent de Martha pour se diriger vers un passage étroit au bout duquel les attendait une porte métallique. Marguerite récupéra une clé dans la poche de Fulgence et fit jouer la serrure. Derrière la porte se dévoila alors un tunnel creusé dans la roche blanche, lisse comme du marbre. Un peu plus loin, le tunnel débouchait sur un vaste quai, au milieu duquel trônait ce qui aurait pu passer pour une ancienne rame de métro. Mais cette rame était en réalité fort singulière. À chaque extrémité parfaitement plate, un énorme anneau en caoutchouc encerclait les habituelles ouvertures vitrées. Un écusson peint ornait l'une des portières, d'où se détachait le mot *Sublutetia*. En tête du véhicule, Nathan aperçut la silhouette d'un homme déguisé en mousquetaire, très probablement installé aux commandes. Une portière s'ouvrit dans un imperceptible soupir mécanique. À l'intérieur, une décoration bien plus luxueuse que celle de la Sprague-Thomson offrait ses charmes aux voyageurs : des sièges en cuir sombre, quelques boiseries joliment travaillées et vernies, des pièces métalliques en cuivre polies et étincelantes… Fulgence allongea Corentin, qui ne montrait pas le moindre signe de rétablissement. D'un petit mouvement sec du menton, il signifia à Hector de démarrer. Celui-ci débloqua un levier, et la rame se mit à avancer paisiblement, sans que le moindre bruit de machinerie soit audible. Il semblait à Nathan que le véhicule se contentait de glisser sur les rails, freins desserrés, sans le moindre travail de motorisation. Une fois la bordure du quai dépassée, la rame s'engagea, toujours sur le même rythme placide, dans un tunnel si étroit que sa paroi frôlait presque celle du véhicule. Alors, un puissant bruit d'aspiration se fit entendre, et la rame fut tout à coup projetée comme une balle de fusil à l'intérieur du tunnel. Nathan n'avait jamais assisté à une accélération semblable dans un métro ou même un train. Il courut presser son nez et ses mains contre l'une des vitres, fou d'excitation, mais Fulgence l'attrapa par l'épaule, et l'obligea à se rasseoir face à lui sur l'une des banquettes. Keren observait avec inquiétude Marguerite grimacer de douleur. La jeune femme, pliée en deux, massait en vain son ventre endolori. Fulgence balaya tout ce petit monde de son regard de braise et déclara :

« Vous voilà tirés d'affaire… Pour le moment. Mais de toute évidence, les enfants, vous ne savez pas dans quoi vous avez mis les pieds. Ah ! Ça, vous n'en avez pas la moindre idée. »
Il insista sur les derniers mots dans un élan théâtral.
Keren et Nathan ne répondirent rien et se contentèrent de baisser la tête, un peu honteux. Ils étaient redevenus des enfants de onze ans, à la fois heureux et apeurés de se retrouver, à nouveau, sous l'autorité des adultes.
« Bien, je vois que l'on fait moins les fiers. Marguerite, vous allez mieux ? »
La jeune femme leva son pouce, mais le sourire qui accompagnait son geste manquait cruellement de naturel.
« Vivement que l'on arrive », poursuivit Fulgence.
D'une voix plus apaisée, il ajouta :
« Les enfants, pouvez-vous me donner vos noms ? Ou du moins vos prénoms ?
– K… Keren.
– Nathan.
– Keren et Nathan. Parfait. Je suis M. Fulgence, mais si vous y tenez, vous pouvez m'appeler Auguste. C'est comme vous préférez, vraiment. »
Nathan haussa les épaules, et Keren se contenta de soulever la commissure de ses lèvres.
Fulgence tira de sa poche deux étoffes noires roulées en boule, et promena son regard du visage des enfants au contenu de sa main.

« Il faudrait que je vous bande les yeux, dit-il d'un air ennuyé. L'endroit où nous allons est secret. C'est pour notre bien comme pour le vôtre. »
Nathan et Keren ne dirent rien. Fulgence regarda de nouveau les foulards, soupira, et les rangea dans sa poche.
« De toutes les manières, ajouta-t-il, au point où nous en sommes... Le Conseil décidera plus tard. Hector, est-ce que l'on arrive bientôt ? Je ne vois pas, d'ici.
– Nous serons à Sublutetia dans une minute, monsieur. La voie est dégagée.
– Parfait. Keren, Nathan... Vous avez d'ores et déjà vu des choses extraordinaires depuis ce matin. Préparez-vous à recevoir un nouveau choc. »
Comme s'il s'était rendu compte que sa voix avait perdu de son caractère menaçant, Fulgence durcit le ton :
« Et pas d'entourloupe, hein ! Vous restez avec moi tout le temps. On verra quoi faire de vous plus tard. Du reste, je crois que nous sommes arrivés. »
Un impressionnant bruit de ventouse accompagna le ralentissement de la rame jusqu'à son immobilisation complète. La porte coulissa. À l'extérieur, Nathan et Keren remarquèrent immédiatement une vaste esplanade en bois, de forme circulaire et ceinte d'une barrière, où aboutissaient des escaliers en fer forgé tortueux comme des lianes. Au-dessus d'eux, il y avait de nouveau un ciel, où un soleil couchant dardait ses derniers rayons, qui s'étendait sur une surface bien plus importante que ce qu'ils avaient pu voir dans le

territoire des orangs-outans. Trois personnages en redingote et chapeau melon accoururent en direction du petit groupe, et Fulgence leur désigna Marguerite et Corentin, qu'ils portèrent hors de la rame. Keren et Nathan avancèrent un peu plus loin sur la place, et découvrirent une enseigne métallique, fixée entre deux piliers, où était écrit le mot *Pneumopolitain*. Ils continuèrent à marcher jusqu'à la barrière. Keren et Nathan surplombaient un panorama tellement extraordinaire qu'ils crurent rêver. Sous leurs pieds s'étendait une ville. Une ville avec des bâtiments, des rues, et, semblait-il, des promeneurs, baignant dans une tendre lumière phosphorescente qui donnait l'impression que tout était fait de jade. Mais le plus stupéfiant, c'était le silence qui se dégageait de la scène. Même en tendant l'oreille, on n'entendait aucun des bruits caractéristiques d'une ville. Pas de klaxons, pas de cris, pas de vrombissements de moteurs… La tranquillité d'un village de campagne, en pleine zone urbaine.
Fulgence posa une main sur l'épaule des enfants, et, d'un ton cérémonieux, annonça :
« Nathan et Keren, bienvenue à Sublutetia. »
Les deux enfants ne pouvaient s'arracher à la vision fabuleuse qui s'offrait à eux. Maintenant, ils distinguaient des filets argentés serpentant entre les immeubles et qui, pensa Nathan, devaient être des canaux. Un grand canal faisait même tout le tour de la zone construite. Fulgence accentua sa pression sur les épaules de Keren et Nathan :

« Bon, les enfants… Il va falloir me suivre, maintenant. Je vais vous expliquer un peu de quoi il retourne. »

Nathan et Keren obtempérèrent sans poser la moindre question ; accompagnés de Fulgence, ils se dirigèrent vers l'un des escaliers en fer forgé, qui plongeait dans le vide comme la branche d'un vieux saule. Tout au long de leur descente, les enfants purent remarquer, le long des murs, de petits globes de verre luminescents ; c'était d'eux que provenait l'apaisante lumière qui éclairait la cité. Fulgence perçut l'air intrigué de Keren, et anticipant une éventuelle question, se contenta de dire :

« Patience, patience, vous allez tout savoir sur notre ville. »

Sublutetia, comme l'avait appelée Fulgence, bénéficiait d'un terrain beaucoup plus plat que celui du territoire des singes. On remarquait çà et là des rochers proéminents, souvent recouverts d'échafaudages ou d'installations diverses, mais ils se montraient plutôt rares, et se fondaient harmonieusement dans le paysage urbain. D'ailleurs, de toute évidence, en bâtissant leur ville, les Sublutetiens n'avaient pas cherché à plier la nature à leurs exigences, mais plutôt à s'y conformer. L'agencement des bâtiments épousait le cours sinueux des canaux et les aspérités du terrain, donnant lieu à quelques bizarreries ; ici, un immeuble construit sur une petite butte toisait ses voisins soigneusement alignés ; là, au contraire, un jardin touffu avait été planté au creux du sol, sous le niveau de l'eau, et on

y accédait soit par un escalier en métal, soit, pour les plus audacieux, par une sorte de toboggan en cuivre. Ni Keren ni Nathan n'aurait été surpris de voir une calèche ou un cabriolet tourner au coin d'une rue. Les bâtiments, en effet, ressemblaient pour la plupart à ceux qui avaient poussé autour de la gare Saint-Lazare, à Paris. Toutefois, contrairement à ces derniers, les constructions de Sublutetia étaient restées figées dans le temps. Pas de boutiques à la mode dans la rue ; pas de devantures clinquantes, de lettres lumineuses, ou de hauteurs trop importantes. En fait, beaucoup d'immeubles ne comportaient en tout et pour tout que trois étages. Les façades, impeccables, avaient conservé le gris tendre de leurs origines, à l'abri des fumées de voitures et d'usines. Çà et là, quelques bâtiments tranchaient avec la relative unité architecturale ; à deux pas d'une villa romaine, un très solennel édifice d'aspect londonien se déployait en arc de cercle autour d'une place à l'andalouse. Mais au sein du sympathique chaos dans lequel la ville semblait avoir été construite, ces quelques ruptures de style n'avaient rien de particulièrement étonnant.
Il était difficile d'estimer la surface occupée par Sublutetia. Comme pour le territoire des orangs-outans, une paroi rocheuse en déterminait les limites, mais son immensité faussait la perception des distances. Tout autour, de gigantesques réverbères terminés par des globes phosphorescents s'élevaient au-dessus du sol. Au loin, un poteau beaucoup plus

grand que les autres jaillissait de ce qui devait être le centre-ville et irradiait avec l'intensité d'un phare. Alors que Keren l'observait, le ciel connut un faible vacillement. La jeune fille cligna des yeux et mit cela sur le compte de la fatigue. Sur la paroi, d'autres plates-formes, identiques à celle par laquelle ils venaient d'arriver, se découpaient discrètement.

Fulgence fit signe aux enfants d'avancer en leur tapotant le dos. Autour d'eux avait accouru une foule bigarrée, d'où émergeaient les costumes les plus invraisemblables. Des murmures s'en échappèrent, mélange de questions, de craintes chuchotées, et de jurons anciens. Keren et Nathan essuyèrent des regards au mieux méfiants, le plus souvent hargneux. Fulgence leva une main en signe d'apaisement et fit en sorte que les badauds se dispersent. Keren, Nathan et leur guide parvinrent alors à proximité du grand canal qu'ils avaient aperçu depuis la plate-forme. Une curieuse barque munie d'un petit habitacle les attendait, amarrée à un anneau.

« Montez là-dedans ! dit Fulgence. C'est un peu notre gondole à nous. Ah ! ah ! »

Les enfants obéirent, abasourdis par tant de découvertes, et prirent place. Fulgence remonta le marchepied, débloqua un levier, et la cabine commença à suivre le cours d'eau en direction du centre-ville. Fulgence s'assit face aux enfants, les mains jointes. Il parut hésiter, puis se lança dans une longue tirade.

« Je ne sais pas par où commencer. Je ne sais même pas s'il est juste que vous sachiez tout cela. Mais vous en avez déjà vu tellement : comment vous mentir ou vous dissimuler la vérité, maintenant ? Ce que vous voyez, autour de vous, c'est le fruit du travail acharné d'un nombre de personnes somme toute assez modeste, qui s'est étalé sur plusieurs décennies. Je veux dire, plusieurs dizaines d'années.

– On connaît le mot “décennie”, répliqua Keren, piquée au vif.

– Ah ! Bien, très bien. Savez-vous de quand date la création du métro parisien ?

– Non, avoua Karen.

– 1900, répondit Nathan sans y mettre le moindre signe de triomphe.

– Voilà, exactement. Plus d'un siècle, en effet. Vous devez vous douter que la percée des lignes fut un travail long et extrêmement difficile. Mais Paris, déjà à l'époque, était un vrai gruyère. Vous avez dû entendre parler des catacombes, par exemple ?

– Il paraît que ma mère y allait avec ses amis, mais je ne sais pas trop ce que c'est, dit Keren.

– Ce sont des constructions souterraines, mais peu importe. Elles étaient déjà connues à l'époque. Là où nous nous trouvons, nous sommes bien en dessous des catacombes. Vous avez dû vous rendre compte que vous descendiez très profondément, n'est-ce pas ? »

Les enfants acquiescèrent, tandis que la cabine flottante poursuivait paisiblement sa progression sur le canal. Autour d'eux, la monotonie des premiers immeubles avait cédé la place à un paysage urbain plus varié. Là, on distinguait une place pavée bordée d'orangers, ornée d'une fontaine en bronze ; plus loin, un pont aérien en dentelle de métal lancé entre deux bâtiments, des escaliers en colimaçon dressés comme des vrilles, ou encore une imposante construction ovale. D'autres canaux jaillissaient de part et d'autre du parcours, plongeant entre les artères sombres dans un doux clapotis. Fulgence laissa un instant les enfants observer ce qui les entourait, puis reprit :

« Pendant la percée de la première ligne de métro, un ingénieur appelé Rémy Jacquant a découvert un tunnel, qui existait depuis déjà bien longtemps. Un sacré type, ce Jacquant, je peux vous le dire. Un vrai visionnaire, qui avait de grands projets pour Paris et le monde. Seulement, à l'époque, il était très jeune. Trop jeune pour qu'on lui confie quelque chose d'important, vous voyez ?

– Euh, oui, bredouillèrent de concert Nathan et Keren.

– Enfin, j'en reviens au fameux tunnel. Ce n'était pas qu'un simple passage naturel, comme on en a trouvé après. La main de l'homme était passée par là, indéniablement. Qui l'avait percé, alors ?

– Euh, les Vikings ? essaya Keren avec un sourire crispé.

– Plutôt les Gaulois, non ? » dit Nathan en levant les yeux au ciel.

Fulgence caressa sa barbe, secoua la tête et poursuivit :

« Les Romains, en fait, à l'époque où Paris s'appelait encore Lutèce et commençait à se développer sur les flancs de la montagne Sainte-Geneviève[1]. Mais je digresse. Toujours est-il que Jacquant a préféré ne pas avertir ses supérieurs de l'existence de ce tunnel, et en a même masqué l'entrée. Eh oui ! Ne me demandez pas pourquoi, d'ailleurs. Parfois, on sent les choses et c'est tout. Il a dû se douter qu'un secret plus important se cachait tout au bout. »

Fulgence marqua une pause, et observa le paysage à travers l'un des hublots de la cabine. Puis il se tourna de nouveau vers les enfants.

« Avec quelques collaborateurs fidèles, Jacquant est revenu régulièrement sur le lieu de sa découverte. Et il s'est aperçu qu'il existait un réseau entier de tunnels, répartis sur plusieurs niveaux ! L'un d'entre eux, le plus haut, collait partiellement avec les tracés des compagnies de chemin de fer de l'époque. Quelques tunnels avaient même été redécouverts, semble-t-il, au XVIIe siècle, si l'on en croit certains vestiges. Vous connaissez la station Châtelet, bien sûr ? »

Keren et Nathan agitèrent la tête en signe d'acquiescement.

« Eh bien, ce tronçon de tunnel est très ancien, et il a été réutilisé tel quel. Mais c'est à peu près le seul, aujourd'hui, que les Surfaciens connaissent. »

Nathan buvait les paroles de Fulgence, mais Keren, pour sa part, luttait contre le sommeil, que la paisible

1. Initialement, Lutèce se trouvait non pas à l'emplacement actuel de Paris, mais au niveau de Nanterre.

descente sur l'eau ne faisait que rendre plus pressant. Fulgence s'en aperçut, mais ne s'arrêta pas pour autant.

« Chaque jour après l'arrêt des travaux officiels, Jacquant et ses amis sont revenus explorer les tunnels. Cela n'avait rien d'évident, à l'époque, vous vous en doutez. Ils ne dormaient plus, les pauvres, ou presque ! D'abord le premier niveau, puis le deuxième, jusqu'à celui où nous nous trouvons maintenant. Ils ont fait des découvertes extraordinaires ! Des carrières de gypse, par exemple, même si cet aspect du Paris souterrain est désormais connu par tous, à la surface. Mais il n'y a pas que ça. La découverte la plus marquante, c'est cette grotte, ainsi que celle qu'occupent actuellement les singes. Ces grottes, et surtout… leur ciel. Oh ! un instant. »

Fulgence se leva et actionna une petite roue. La cabine tourna à quatre-vingt dix degrés et emprunta un autre canal.

« Où en étais-je ? Ah, oui, le ciel. Je peux vous dire qu'ils se sont cassé la tête sur cette histoire, nos amis. Leur surprise a été l'égale de la vôtre, tout à l'heure : un vrai ciel sous la terre ! Au départ, ils ont cru, comme nous tous, qu'il s'agissait d'une simple ouverture. Mais on aurait remarqué un trou de la taille d'un arrondissement, dans Paris ! »

Keren retrouva un peu de son tonus.

« Mais alors… C'est quoi, ce ciel ?

– Un reflet, jeune fille. Ou plus exactement… Ah, mais nous sommes arrivés, on va descendre. Venez. »

Fulgence manipula deux ou trois commandes. La cabine s'immobilisa, et le marchepied qui servait de hayon arrière se déplia. Keren et Nathan descendirent à terre, en face d'un imposant bâtiment. Malgré sa sobriété, il se distinguait très nettement des autres : une façade beaucoup plus longue, des colonnades, une avant-cour pavée, garnie d'une rutilante fontaine en bronze. Derrière la façade, on distinguait même le sommet d'une coupole striée d'or. Comme le reste de la ville souterraine, le bâtiment baignait dans un calme parfait.

« Je vais finir mon explication, ne vous inquiétez pas, déclara Fulgence. Ne serait-ce que parce qu'il faut que vous compreniez où nous sommes, maintenant. Et ce qui va se passer. Pour nous. Mais aussi pour vous. »

Il pointa un doigt en direction de la coupole et ajouta :

« C'est là. C'est là que votre sort va se jouer dans les prochaines minutes. »

Les deux enfants demeurèrent interdits. Auguste Fulgence, depuis qu'il les avait recueillis, leur avait plutôt inspiré confiance, et ses quelques accès d'autorité leur avaient semblé plus paternalistes que menaçants. Toutefois, il y avait dans sa dernière phrase une dimension funèbre, que le désespoir disputait à l'incertitude. Fulgence sentit le trouble grandir dans le cœur des enfants, et abandonnant provisoirement son air martial, il s'agenouilla devant eux.

« Écoutez-moi… Je ne veux pas que vous vous inquiétiez. Quelle que soit la décision prise, votre vie n'est pas en danger. »

Il toussota à ces derniers mots.
« Enfin… *Nous* ne la mettrons pas en danger.
– Ce que c'est rassurant ! » gémit Keren.
Fulgence se releva, et passa une main dans son épaisse barbe.
« Allons… venez. Je vais vous raconter la suite en marchant. »
Fulgence, Keren et Nathan parvinrent bientôt à une double porte en bois. Fulgence frappa quelques brefs coups à l'aide d'un heurtoir et les panneaux s'ouvrirent sur une grande cour garnie de palmiers. Au fond de celle-ci, deux individus étaient adossés de chaque côté d'une porte majestueuse.
« D'ici quelques minutes, je vais passer cette porte. Quand je reviendrai vers vous, vous saurez à quoi vous en tenir.
– Il y a quoi, là derrière ? demanda Nathan avec les sourcils froncés.
– Je vous le dirai, je vous le dirai. Maintenant, asseyez-vous sur ce banc. Je vais finir mon histoire. Où en étais-je ?
– Au ciel ! répondit sans hésiter Keren.
– Ah oui, le ciel. Bien… Ce ciel est ce qui a permis à notre… société, dirais-je, de se développer. Enfin, notre communauté, si vous préférez. Ce ciel… est en réalité une concentration de minuscules cristaux, qui recouvrent complètement la surface de la roche. Mais ils ont une particularité. Ils sont comme, hum… comme liés, par une relation invisible, à d'autres cristaux à la surface. »

Nathan se gratta la tête. Keren tordit la bouche et, timidement, demanda :
« Euh… liés ? C'est-à-dire qu'ils s'envoient des ondes, un truc comme ça ? Comme deux téléphones ?
– C'est à peu près ça, reprit Fulgence. Mais il faut plutôt imaginer cela comme une diffusion à la télévision. À la surface, il y a des cristaux qui capturent la lumière et la transmettent à notre "ciel".
– Ça alors ! dit Nathan. Les cristaux à la surface, alors, ce sont un peu comme des caméras, et ici, on a un écran géant ?
– Oui, mais ce n'est pas tout. Non seulement la lumière est transmise, mais elle garde toutes ses propriétés. C'est comme si elle se transportait ici, littéralement. La photosynthèse est possible, nous en avons fait l'expérience. La chaleur de l'été, nous la ressentons aussi. En bref, nous voyons le ciel exactement tel qu'il est à la surface. Et avec un ciel au-dessus de nos têtes, tout devient possible. »
Fulgence se rengorgea.
« La première grotte découverte a été celle des singes. Ce qui explique que quelques constructions restent encore sur le territoire. Mais quand les singes sont arrivés, il ne restait plus grand monde à cet endroit, la seconde grotte, plus grande, avait déjà été trouvée.
– Ils sont venus pourquoi, les singes ? interrogea Keren.
– Ça, je l'ignore. Mais ils sont venus, on ne peut pas y faire grand-chose. Enfin… Il faut que j'en revienne à

notre ami Rémy Jacquant. Après la découverte des grottes, Jacquant s'est dit qu'il n'était pas question de divulguer la vérité. Il a immédiatement vu cela comme une sorte de paradis perdu, et refusait qu'on en fasse une exploitation commerciale. Vous me suivez, jusque-là ?

– Oui, oui, dirent Nathan et Keren en chœur.

– À vrai dire, les choses en seraient certainement restées là s'il n'y avait pas eu une deuxième découverte capitale : les hypnofonges.

– Les quoi ? demanda à nouveau le chœur.

– Hypnofonges. Ce sont des champignons assez semblables, par leur aspect, aux champignons de Paris que vous connaissez. Ils poussent à de nombreux endroits, à ce niveau de profondeur. Et ils ont deux caractéristiques. La première, c'est un apport nutritionnel extrêmement élevé. On pourrait se nourrir uniquement de ces champignons, même si nous nous débrouillons aussi pour faire venir de la nourriture de la surface. Ensuite, et c'est là le plus important… ces champignons n'ont pas de goût en soi.

– Si, ils ont le même goût que des sandwiches au jambon ! protesta Nathan.

– Non, ils ont le goût de la brioche au sucre ! » s'insurgea Keren.

Les deux enfants eurent l'impression qu'un tremblement de terre grondait, mais ce n'était que le rire de Fulgence.

« Nous avons déjà eu souvent ce débat, ici. Ce que je voulais dire, c'est que ces champignons n'ont à la fois aucun goût et tous les goûts. En fait, ils contiennent une spore hypnotique, qui se fixe sur les papilles et donne l'illusion que l'on mange exactement ce qu'on a envie de manger à un moment donné. »

Nathan eut l'air extatique.

« Si seulement ma mère pouvait en avoir en stock !

– Tu m'étonnes, ajouta Keren à qui la terrible vision d'un plat d'épinards venait de s'imposer.

Fulgence reprit son sérieux.

« Tout est allé extrêmement vite, après ça. Jacquant a eu "son" idée. Une idée que vous êtes probablement trop jeunes pour comprendre, d'ailleurs. Ah ! par Pluton, comment vous expliquer cela…

– Essayez toujours », lança Nathan dans un accès de confiance.

Fulgence fronça les sourcils.

« Fais attention à la manière dont tu me parles, mon garçon ! Je ne suis pas n'importe qui, pour ta gouverne. »

Devant la mine déconfite de Nathan, Fulgence se radoucit.

« Je m'emporte, je m'emporte, je suis comme ça. Bien, je continue donc. Jacquant était jeune et très idéaliste. Il s'est imaginé que ce coin de monde souterrain était peut-être l'endroit rêvé pour bâtir une société différente de celle de la surface. Une société fondamentalement non-violente, où il n'y aurait pas d'argent, et où chacun pourrait, à un moment de sa vie, occuper un rôle important. Vous comprenez ? Balayeur un jour,

ministre le lendemain ! C'est ça l'idée ! Une utopie, parfaitement réalisable.
– Mais comment on peut faire sans argent ? demanda Keren, intriguée.
– De l'argent pour quoi faire ? Pour acheter à manger ? Nous avons les champignons en quantité bien suffisante ! Pour le reste, de quoi avons-nous réellement besoin ? De gens travailleurs, c'est tout. Ici, nous n'avons aucun vrai luxe. Tout le monde vit peu ou prou de la même manière. Il n'y a pas d'élections, juste des roulements en fonction de critères d'ancienneté, d'âge, etc. Chacun cherche simplement à se rendre utile… Loin d'un monde qui nous a parfois rejetés.
– Rejetés ? Comment ça ? » demanda Keren.
Fulgence réfléchit.
« Disons que… les gens qui vivent ici, que vous ne voyez pas pour l'instant parce qu'il est tard… se sont tous trouvés, à un moment donné, à la surface, dans des situations, euh… compliquées. Ils ont préféré continuer leur vie ici. Parce qu'ils avaient été déçus, trahis… que sais-je ? »
Nathan s'étonna :
« Mais comment ont-ils eu l'idée de venir ici, si c'est secret ? »
Fulgence poursuivit, sans se soucier de cette remarque.
« Quand son projet a pris forme, Rémy Jacquant a proposé à tous ceux qui l'avaient aidé dans ses explorations de venir vivre avec lui dans ce nouveau monde, pour l'aider à le bâtir. Ils étaient peu, au départ. Une

vingtaine ? Mais ils étaient intelligents et acharnés, et il n'y avait pas de tunnel à creuser, c'était l'avantage. À la tombée de la nuit, au mépris de leur santé, ils ont commencé par poser les bases d'un réseau ferré parallèle, capable de s'interconnecter avec celui de la Compagnie du chemin de fer métropolitain de Paris. »

Fulgence se racla la gorge et continua son récit :

« Ce réseau permet de rejoindre la surface ou du moins, de s'en approcher. Des rames classiques peuvent y circuler, comme vous avez pu le remarquer.

– Waouw ! fit Nathan, la bouche en O.

– Et puis, nos… hum… “pères fondateurs” ont développé leur propre système de transport, inspirés par d'anciens projets pour le métro qui avaient été écartés. En particulier, ils ont imaginé toute une variété de techniques utilisant l'air comprimé. Aujourd'hui, nous en sommes les maîtres ! Les Anciens nous ont légué un réseau d'air comprimé pour communiquer, pour se déplacer ; même nos armes fonctionnent à l'air comprimé. Mais cela n'a rien de si extraordinaire : La Poste utilisait naguère un réseau comme le nôtre pour faire transiter le courrier sous Paris.

– Mais comment vous faites l'air, dans les tunnels ?

– Bonne question, Keren, avoua Nathan.

– Ah ! ah ! Les petits curieux ! Nous avons des machines qui utilisent l'énergie sismique.

– Sismique ? interrogea Keren.

– L'énergie du sol, oui. Le sol bouge, même si vous ne le sentez pas ! Et quand il y a du mouvement, il y a de l'énergie. Bah, c'est un peu compliqué. Mais sachez que nos machines sont disséminées à l'extérieur de Sublutetia pour plus de sûreté. »

Keren hésita, puis demanda :

« Vous m'avez l'air d'être bien plus que vingt, maintenant. On ne construit pas tout cela à vingt, n'est-ce pas ?

– Ah, nous y voilà, rétorqua Fulgence. La population de Sublutetia s'est d'abord étoffée par le bouche-à-oreille. Des amis de Jacquant en parlaient à d'autres amis proches, et ainsi de suite. Vingt personnes qui en parlent à vingt autres, cela fait quarante personnes qui en parlent bien vite à quarante autres. Vous seriez surpris de savoir à quelle rapidité notre population a grandi. »

Il gratta sa barbe et reprit :

« Il fallait qu'elles soient sûres d'elles, évidemment, pour que le projet ne soit jamais connu. Mais jusqu'à aujourd'hui, le secret est demeuré intact. »

Fulgence balaya l'horizon de sa main, et ajouta fièrement :

« Aujourd'hui, nous autres Sublutetiens, nous voyons tout ce qui se passe à la surface ! Nous avons des yeux partout. Sur le quai du métro Opéra, ce matin, nous vous observions. Vous n'avez sans doute pas remarqué la petite cabine de chef de gare abandonnée ? Ah ! ah ! Eh bien, c'est un bon poste d'observation, pour nous ! »

Nathan se mordit la lèvre inférieure et réfléchit : il se rappelait en effet avoir eu l'impression qu'on le regardait quand il se tenait seul sur le quai.

« Bien sûr, un secret n'est jamais totalement à l'abri d'une fuite. Il s'est trouvé, à quelques rares occasions, des personnes qui ont découvert seules le chemin de Sublutetia. Comme vous, en somme. Toutes ont décidé de rester : au fond, peut-être ignoraient-elles tout simplement qu'elles nous cherchaient. »

À ces mots, Nathan sentit un picotement grandir au creux de son ventre. Il cessa de respirer, et son cœur se mit à battre la chamade. Sa gorge se serra et ses pensées s'agitèrent comme des feuilles mortes chassées par un vent d'octobre. Se pouvait-il… Il se rappela sa peur dans un tunnel noir, ses années d'enfance heureuses, les derniers mots de son père. Sa langue refusait de fonctionner. Il aurait aimé poser la question, mais il n'aurait accepté qu'une seule réponse. En quelques secondes, il avait fait son choix : l'espoir, plutôt qu'une certitude déçue. Il devrait trouver par lui-même.

Keren, qui n'avait rien remarqué du trouble de son camarade, demanda :

« Il y a quelque chose que je ne comprends pas… Pourquoi on est là ? C'était qui, ce monsieur, avec nous dans le métro, ce matin ? Et au fait, il y a d'autres enfants, ici ? »

Fulgence s'empourpra et la braise se ralluma au fond de ses yeux.

« Ah ! Nous y voilà ! Non, il n'y a pas d'autres enfants. Personne ne naît, ici. C'est la règle. Les enfants doivent avoir leur chance à la surface. On ne peut pas imposer notre condition à un enfant. Du moins…

– Quoi ?

– Bah ! Rien, laissez-moi finir, par Pluton ! Quant à l'homme que vous avez vu, c'est très simple… »

Il ravala sa salive.

« C'est l'homme qui va détruire Sublutetia. »

Fulgence, pendant les deux ou trois secondes qui suivirent, sembla satisfait de son petit effet. Cependant, une fois la surprise dissipée, il reprit une mine grave et poursuivit son explication.

« Voyez-vous, les enfants, notre ciel est notre vie. Sans lui, nous ne pourrions tout simplement rien faire. Comme je vous l'ai expliqué, notre ciel transmet la lumière absorbée par d'autres cristaux, à la surface. »

Keren, d'une voix timide, osa :

« Mais… où donc, à la surface ? Ils sont… dans Paris ? On devrait les voir, non ? Est-ce qu'ils sont sur un toit ?

– C'est là tout le souci, Keren. Ces cristaux ne se trouvent pas à Paris, non, mais pas très loin néanmoins. En proche périphérie, dans une grande carrière à ciel ouvert. Depuis des siècles, cette carrière se situe sur un immense terrain privé. Les propriétaires n'y prêtaient aucune attention.

– *Prêtaient* ? demanda à nouveau Keren. Pourquoi le passé ? Ils sont morts ?

– Non, mais ils ont vendu leur terrain récemment à M. Kerizouet, qui est quelqu'un de très puissant, à la surface. Et M. Kerizouet a bien d'autres projets pour cet endroit. Il veut détruire la carrière et construire à sa place un grand centre de loisirs, des commerces en pagaille, des hôtels... Les cristaux seront anéantis. Et notre monde avec. La peur de voir le soleil s'éteindre n'est pas nouvelle, et c'est exactement ce qui nous menace aujourd'hui. »

Keren fut agitée par un frisson.

« Et ça doit arriver quand ?

– Demain, répondit Fulgence d'une voix glaciale. Demain matin à l'aube. »

Les deux enfants, passablement ébranlés par cette annonce, attendirent, immobiles et silencieux, que Fulgence continuât son explication. Les lèvres de Nathan tremblèrent. Ses fragiles espoirs, nés à peine quelques minutes plus tôt, s'effondraient déjà. Ainsi, ce monde qui contenait peut-être la réponse à ses angoisses, le remède à sa tristesse, allait mourir dans les prochaines heures. Son trouble n'échappa pas au regard inquisiteur de Fulgence qui, faute d'en connaître la cause exacte, se contenta de lui tapoter l'épaule.

« Pendant des mois, depuis que nous avons eu vent de ce projet, nous avons essayé de convaincre Kerizouet de changer d'avis. Nous avons tenté l'argent, pour commencer. Car de l'argent, nous n'en utilisons pas, mais nous en avons ! Des richesses qui ne nous servent à rien, apportées par certains, trouvées par d'autres... Mais Kerizouet n'en a pas voulu. Il faut dire que nous ne pouvions être trop précis sur notre origine, et il s'est méfié. Nous avons essayé la menace. Mais il en a vu d'autres dans son métier et il n'a rien lâché. Alors, nous l'avons capturé.

– Ah, parfait ! s'exclama Keren. Il va vous aider ? »

Fulgence secoua la tête.

« Quelqu'un d'ici… l'a aidé à fuir. »

Keren et Nathan restèrent silencieux, et Fulgence reprit :

« Notre seule chance, c'est de remettre la main sur lui avant qu'il ne soit trop tard. En espérant qu'il soit encore vivant.

– Mais si le ciel s'éteint… se décida à demander Nathan, que va-t-il se passer pour vous ? »

Fulgence soupira.

« Nous pouvons tenir un jour ou deux avec nos pierres phosphorescentes, celles qui éclairent notre ville la nuit, avec cette belle lumière verte. Mais il faudra ensuite que… que nous retournions à la surface, pour ceux qui le souhaitent. »

Il avala avec difficulté sa salive et sa voix vacilla.

« Mais certains préfèreront sans doute rester ici et survivre le temps qu'ils pourront. Parce qu'à la surface, il n'y a plus rien pour eux. »

Fulgence réajusta son épaulette droite, et Keren en profita pour poser la question qui la taraudait depuis son arrivée dans les profondeurs :

« Pourquoi vous êtes tous déguisés, au fait ? »

Fulgence leva la pointe du menton vers le ciel, la mine sévère.

« Jeune fille, nous ne sommes pas déguisés ! Nous avons ces costumes dépareillés pour nous démarquer des codes de la surface ! En fait… »

Il reprit son souffle et se radoucit.

« En fait, nous avons exploré tellement de souterrains, découvert tellement de choses enfouies sous terre... qu'un jour, nous sommes tombés sur un passage qui donnait directement sous le célèbre Opéra Garnier. Et ce passage mène à une remise où sont rangés les costumes qui ne servent plus. Nous avons décidé d'y puiser, afin que chacun puisse devenir ce qu'il a toujours voulu être. Un général, un mousquetaire, une princesse asiatique, un prêtre... »

À ces mots, Nathan se rappela l'objet qu'il avait arraché à l'orang-outan, et glissé machinalement dans son pantalon, sans y accorder la moindre attention depuis. Il alla le repêcher : c'était une croix en bois.

Fulgence, en l'apercevant, poussa un juron tonitruant et incompréhensible, et sans s'embarrasser d'usages, l'arracha des doigts de Nathan.

« Bartoli, Bartoli, Bartoli ! hurla Fulgence. Où as-tu trouvé cela, fiston ? Où ?

– C'était au cou du singe qui m'a attaqué. Il portait des vêtements tout déchirés. »

Fulgence bouillonnait, sans parvenir à interpréter cette information. Bartoli était-il mort, tué par l'un des orangs-outans, ou tout cela cachait-il quelque chose de plus funeste encore ? Il agita sa crinière comme un chasse-mouches, pour éloigner ces pensées.

« Ah ! par Pluton, voilà qui ne m'arrange pas ! Les enfants, le temps presse. Je vais devoir vous laisser, maintenant. Car avant même de retrouver Kerizouet, il reste une chose à faire : décider de votre sort. »

Fulgence lut le trouble sur le visage des enfants, mais ne changea pas de ton.

« Vous avez vu des choses que nul autre Surfacien n'a vues. Si vous vous étiez laissés capturer, ce matin, vous auriez eu droit à une explication très satisfaisante. Partielle, sans doute, et vous seriez retournés à la surface sans trop vous poser de questions. Maintenant, vous êtes allés trop loin. Vous en savez trop. Ce que je viens de vous dire a peut-être éclairé votre lanterne, mais cela ne change pas grand-chose : vous aviez déjà vu le ciel, les singes, les champignons... Notre Conseil va devoir décider.

– De quoi ? s'inquiéta Keren.

– Soit de vous renvoyer à la surface, avec les risques que cela comporte... Soit de vous garder avec nous.

– Si votre ciel s'éteint, protesta Keren, ça sert à quoi de nous garder ?

– À rien, peut-être. En revanche, si nous parvenons à empêcher cette catastrophe, vous représenterez un danger pour nous. »

Fulgence claqua dans ses mains, et deux hommes, habillés en gondoliers, accoururent.

« Messieurs, je vous confie ces deux enfants. Enfermez-les soigneusement dans une chambre confortable. Ils ont besoin de dormir. »

Il baissa de nouveau la tête vers Nathan et Keren.

« Quant à vous, pas d'entourloupe, hein ? Je sais que ce qui vous arrive est très dur. Mais il va falloir faire avec. C'est votre destin, que voulez-vous ? Vous avez fait des choix, aujourd'hui, et voilà le résultat. Je vous tiendrai personnellement au courant. Allez ! »

Il fit signe aux gondoliers qui, plutôt que d'attraper les enfants comme des prisonniers, leur tendirent la main. Keren tendit la sienne, mais Nathan fourra les poings dans ses poches, les épaules levées. Ils sortirent de la cour, et laissèrent Fulgence seul. Un sanglot fit hoqueter le géant ; un sanglot unique, refoulé depuis des heures, des jours, peut-être même des mois. Il se passa une main sur le front, essuya la larme qui venait de rouler sur sa joue, lourde comme une goutte de pluie au mois d'août, et avança vers la porte du Conseil.

7

L'impossible alliance

Recroquevillé et à demi nu dans un étroit passage au sol humide, sans lumière, Bartoli grelottait de froid. Il frotta son épaule endolorie, sur laquelle un énorme hématome avait fait son apparition. On y distinguait clairement la marque des doigts puissants d'un orang-outan. Juste après l'accident du Pneumopolitain, un singe s'était en effet emparé de lui, et Bartoli n'avait dû son salut qu'à son airolver… et à une bonne dose de sang-froid. Il chercha des doigts la crosse de l'arme. Elle était toujours là, reposant dans une petite mare spongieuse, le canon légèrement tordu. Il était fort peu probable que l'airolver fût capable de fonctionner sans un retour à la forge, mais Bartoli se consola en se disant que les orangs-outans, eux, l'ignoraient certainement.
À l'extérieur, un bruit le fit sursauter. Il recula tout au fond de son abri, mais rien ne se passa. Bartoli laissa échapper un soupir de soulagement.
Il ferma les yeux et réfléchit aux options qui s'offraient à lui. Fallait-il revenir sur ses pas et sauver Kerizouet ? Compliqué. Vivant ou pas, pensa Bartoli, l'industriel avait dû être passablement refroidi par

l'accident, et il serait impossible de regagner sa confiance. Bartoli réalisa qu'il connaissait le moindre recoin des terres souterraines, maîtrisait l'emplacement de chaque tunnel, de chaque embranchement, de chaque grotte, et qu'il aurait pu retourner sans trop de difficultés à Sublutetia. Mais à quoi bon ! Pour Fulgence et tous les autres, se résigna Bartoli avec froideur, il était désormais un traître, qui avait permis l'évasion du seul homme capable d'empêcher la destruction de Sublutetia. La surface, dans le temps, n'avait plus voulu de lui et désormais, sa terre d'accueil lui était aussi devenue inhospitalière. Pourtant, une solution commençait à se former dans son esprit. Une solution à la fois évidente et terrifiante.

Il avala une grande bouffée d'air, saisit l'airolver et, en rampant dans l'eau stagnante, se dirigea vers la sortie du tunnel. Si ses estimations étaient bonnes, la demeure de Hutan, le roi des orangs-outans, se trouvait à quelques minutes de marche. Bartoli se rappela un ancien voyage au Japon, où il avait appris qu'en ce pays, le singe était réputé pour chasser les mauvais esprits. Et si son mauvais esprit à lui s'appelait Auguste Fulgence ?

*

* *

Il semblait à Nathan et Keren que l'attitude des Sublutetiens à leur égard s'était quelque peu adoucie.

Bien que retenus prisonniers – car il n'y avait guère d'autre mot pour décrire leur situation – ils avaient été traités avec beaucoup de délicatesse. La grande chambre où ils tournaient à présent en rond était confortable au possible, avec deux grands lits moelleux qu'ils avaient essayés timidement avant de se relever, fous de nervosité, pour discuter de la suite des événements.

« Nathan, imagine qu'ils nous gardent ici... On va faire quoi ? Tu crois que nos parents vont nous retrouver ?

– Je ne pense pas, dit Nathan d'une voix éteinte. Enfin je ne vois pas comment. Mais tu sais, moi...

– Quoi donc ?

– J'aimerais bien rester un peu plus longtemps. »

Keren mit les mains sur ses hanches, l'air offusqué.

« Pardon ? Mais tu ne te rends pas compte ? Imagine comme ta mère doit être angoissée !

– Oui, ma mère... » murmura Nathan.

Keren se ravisa, et une pointe de compassion perça dans sa voix.

« Oh, excuse-moi... Je n'avais pas songé à cela. Tu penses que... ton père pourrait être ici ? »

Nathan hocha la tête.

« Et pourquoi tu ne demandes pas, alors ? Ça serait plus rapide !

– S'il était là, il serait venu me voir, non ?

– Pas forcément ! Tout le monde ne doit pas être au courant, pour nous. Et puis personne n'a demandé nos noms de famille.

– Oui, c'est vrai. Mais je n'ose pas demander. Je préfère attendre, et chercher. Tu vois, j'ai l'impression que si ce n'est pas moi qui cherche, je ne trouverai pas. »

Keren sourit.

« Tu sais que je t'ai toujours trouvé un peu bizarre !

– Merci, répondit Nathan d'un ton à la fois amusé et vexé. Non, mais je ne sais pas comment te dire ça mieux. C'est une impression que j'ai, c'est tout.

– Oui, oui, je plaisante, tu sais. Mais en attendant, moi, j'ai peur.

– Je n'ai pas peur, moi. C'est différent. »

Nathan réalisa alors que Keren attendait certainement une autre réaction de sa part. Il s'approcha d'elle, lui posa une main sur chaque épaule, et lui dit :

« Ne t'inquiète pas. Si jamais ils décident de nous garder ici, je trouverai un moyen de nous faire sortir. Tu sais, j'ai l'impression que j'ai au moins hérité ça de mon père : cette espèce de sixième sens pour les souterrains !

– Espérons, bafouilla Keren. Quelle drôle d'histoire, quand même !

– Oui. Mais je crois qu'il faudrait dormir, maintenant. On tient à peine debout. De toutes les manières, je ne vois pas quoi faire d'autre.

– J'ai essayé tout à l'heure, gémit Keren. Je n'arrête pas de revoir la tête du singe, quand je ferme les yeux. »

Nathan poussa alors Keren vers le lit, et insista pour qu'elle s'y allongeât. Puis il attrapa une chaise, la plaça à la tête du lit de Keren et s'y assit, l'air déterminé.

« Dors, maintenant. Et ne pense plus aux singes. Je monte la garde pour toi ! »
Keren ne répondit rien. Elle voulut tendre la main vers Nathan, mais son geste resta à l'état d'intention, fauché par une vague de sommeil. Nathan, les bras serrés autour de ses genoux ramenés près de son menton, resta seul avec ses questions et ses souvenirs.

*
* *

Bartoli savait qu'il jouait gros. La main crispée sur la crosse de son airolver, il avançait en direction de Hutan. À de nombreuses reprises, alors qu'il travaillait à l'amélioration du Pneumopolitain, Bartoli avait manipulé des cartes mentionnant l'emplacement des divers groupes de singes. Aujourd'hui, sa mémoire et son sens de l'orientation suffisaient à le guider.
Malgré ses précautions, il croisa plusieurs orangs-outans, qui se contentèrent de grogner. De toute évidence, il ne s'agissait pas de guerriers. Mais les choses allaient prendre un tour décisif. Il apercevait déjà, au loin, les quelques constructions que les premiers habitants des souterrains avaient bâties avant de s'installer à l'actuel emplacement de Sublutetia. Son cœur battait de plus en plus fort. Il se doutait qu'à présent, les singes le regardaient depuis des positions plus élevées et qu'à tout moment, ils pouvaient fondre sur lui et le mettre en pièces. Certes, avec les quelques

haillons qui lui restaient sur le dos, il devait avoir l'air plutôt inoffensif pour un autre humain. Mais pour les singes ? Le doute – et le danger – demeuraient entiers. Un premier orang-outan sauta d'un rocher, une dizaine de mètres à gauche devant lui. Le singe n'émit aucun son, et ses petits yeux noirs le fixèrent sans trahir la moindre excitation. Bartoli fit un pas supplémentaire, et un nouveau singe jaillit sur sa droite. Celui-ci, en revanche, avait les babines retroussées, les dents saillantes, et ses longs bras se balançaient en signe de nervosité. Bartoli déglutit, et son dos se recouvrit d'une sueur glacée. Son pied pesait désormais des tonnes, et il le leva avec difficulté. Les deux singes s'arc-boutèrent sur leurs poings, prêts à charger. C'est alors que derrière eux, suivi de quatre autres singes, apparut un orang-outan aux dimensions colossales, la démarche bien plus vive que ses frères, l'œil pétillant de malice. Il dépassa les deux premiers singes, et se figea à trois mètres à peine de Bartoli, sans émettre le moindre son. L'homme et le singe demeurèrent plusieurs longues secondes à s'observer, chacun attendant que l'autre trahisse son intention. « Hutan… il est encore plus énorme qu'on le dit », pensa Bartoli. Il ferma les yeux, et chercha au fond de lui quelques ultimes bribes de courage. Il brandit alors son airolver, le canon dirigé sur le côté. Hutan plissa les yeux ; ses muscles étaient tendus comme une corde à piano. Derrière lui, les autres singes poussèrent des cris. Bartoli, lentement, s'agenouilla devant l'orang-outan, posa l'arme à terre et la fit rouler devant lui d'un coup de pied. Puis, toujours sans le moindre à-coup, il se releva et fit de nouveau face à Hutan.

L'orang-outan eut l'air perplexe. Il alla ramasser l'arme, qui semblait minuscule entre ses doigts gigantesques, et regagna sa position. Il tourna l'airolver en tous sens, intrigué et fasciné. Son regard plongea de nouveau dans celui de Bartoli. Un combat invisible eut alors lieu : le reste d'animalité de l'homme contre l'embryon d'humanité de la bête. La tension était tellement palpable, si solide, que les autres singes reculèrent comme s'ils avaient frôlé une barrière électrique. Bartoli était en nage, mais refusait de se laisser gagner par la peur. Et puis, Hutan reposa l'airolver, comme un enfant lassé de son jouet. Il poussa un grognement et d'un mouvement de tête, indiqua à l'homme de le suivre. Bartoli avala une large bouffée d'air et avança au milieu des singes jusqu'à la demeure de Hutan.

Le clair de lune, sur le ciel de cristaux, n'éclairait que faiblement la grotte. Bartoli remarqua que plus loin les singes avaient eux aussi utilisé des pierres phosphorescentes pour éclairer les zones d'habitation. Une fois à destination, l'escorte de singes rompit le rang, et Bartoli se retrouva seul en présence de l'animal. Le plus dur était probablement derrière lui, mais Bartoli ne put s'empêcher de frémir. Comment allait-il pouvoir expliquer son plan à un singe ? Hutan, cependant, n'était décidément pas un singe ordinaire. Il s'assit à terre, ses pattes arrière dépassant à peine de son ventre énorme, et fit quelques gestes avec ses mains. Au départ, Bartoli n'y prêta guère attention. Et puis, alors que le singe recommençait inlassablement les mêmes gestes, son cœur cessa de battre un court instant : l'orang-outan s'exprimait très probablement en langage des signes. Certes, Bartoli avait déjà entendu parler d'expériences visant à apprendre le langage des sourds-muets aux grands singes. Mais comment celui-ci, né de toute évidence sous terre, avait-il pu acquérir cette connaissance ? Comme s'il avait lu cette question dans les pensées de Bartoli, le singe se traîna dans un coin sombre de sa demeure, là où une vieille paillasse avait été étendue. Il en tira une valise en toile fort ancienne, déchirée à plusieurs endroits, sans couleur, et fit jouer les fermoirs. Puis, il s'écarta et Bartoli comprit qu'il était invité à en examiner le contenu. Vraisemblablement abandonnée à cet endroit par les premiers occupants des lieux, la valise contenait des bibelots, des ouvrages jaunis, des lettres manuscrites et quelques vêtements. L'œil de Bartoli fut attiré par une liasse de photos en noir et blanc, très abîmées et maintenues par une bande en caoutchouc. Sur la plupart, on pouvait voir un couple d'une trentaine d'années, vêtu à la mode du début du XXe siècle, dans des décors variés. Sur plusieurs photos, le couple posait accompagné d'un petit chimpanzé, y compris sur les derniers clichés qui portaient, à la plume, la date de 1909 au dos. Bartoli ne pouvait retracer avec ces seules photos toute l'histoire du couple, mais il pressentait que ce chimpanzé avait pu être, en son temps, le passeur d'un certain savoir entre les hommes et les orangs-outans. Cela ne lui donnait hélas pas davantage de solutions pour communiquer avec Hutan. Il fouilla de nouveau la valise, et finit par trouver un petit carnet en cuir. Il y était question des progrès d'un certain Basil, que Bartoli identifia comme le singe des photos. Le carnet comportait de nombreux schémas représentant des positions de mains, légendées. Était-il possible que Hutan ait compris quoi que ce soit à ces notes austères, qui ne comportaient aucune correspondance entre les signes et le dessin d'un objet ? Bartoli, pour sa part, ne tarda pas à réaliser quel avantage il pouvait en tirer. Il resta un bon quart d'heure accroupi à feuilleter le carnet, sous l'œil attentif de Hutan, à la faveur d'une lumière verdâtre. L'orang-outan finit par émettre un grognement et répéta les mêmes gestes. Bartoli compulsa les pages à un rythme plus intensif, et parvint finalement à déchiffrer la phrase, somme toute assez simple : « Je veux le grand ciel. » Après une dizaine de minutes de recherche, il fut en mesure de répondre « Montre-moi le vieil homme ». L'orang-outan l'attrapa par le col comme s'il s'agissait d'un chaton, et le sortit de sa demeure sans que ses pieds touchent le sol.

*

* *

Le cou à demi tordu, écroulé sur sa chaise, Nathan ne se rendit même pas compte que Fulgence était de retour dans la pièce. Ce dernier contemplait les enfants endormis sans rien dire, éclairé par la faible lumière verte en provenance du couloir. La pierre phosphorescente de la chambre, elle, avait cessé de luire depuis une bonne heure déjà. Il toussota, la main devant sa bouche, mais le sommeil de Keren et Nathan était trop profond. Il se résolut à avancer, et secoua doucement l'épaule de Nathan. Le garçon eut toutes les peines du monde à se soustraire à ses rêves, et il lui fallut une bonne minute avant de se rappeler où il était, et ce qu'il y faisait.

« Réveille ton amie, mon garçon », annonça Fulgence d'une voix calme.

Nathan se pencha vers Keren en retenant un petit cri de douleur, car son corps tout entier était parcouru de crampes dues à sa mauvaise posture. La fillette s'étira en gémissant, et mit aussi un petit moment pour émerger complètement. Fulgence attendit qu'ils soient tous deux attentifs pour parler.

« Bien. Le Conseil a délibéré. Âprement, je dois dire. Le problème est que le temps passe très vite. Prendre une décision en ce qui vous concerne aurait dû nous demander davantage de réflexion, mais… que faire ? »

Il toussa de nouveau.

« Vous êtes des intrus et par là même, vous êtes un danger pour nous. Vous êtes jeunes. Vous êtes immatures. Nous ne pensons pas que vous serez capables de tenir votre langue si nous vous renvoyons à la surface.

– Mais si ! s'insurgea Keren. Je suis une tombe !

– Une tombe, répéta Fulgence avec un petit sourire. Voyez-vous ça ! »

Il reprit, l'air grave.

« Écoutez-moi bien… »

Il s'assit au bord du lit, qui grinça sous son poids de géant.

« Ici, ce n'est pas une prison. Les Sublutetiens sont là parce qu'ils l'ont choisi, malgré les sacrifices que cela implique. Il n'y a pas d'électricité à Sublutetia, ni de techniques de communication modernes. Notre chauffage, nous l'obtenons grâce aux lacs chauds qui pullulent dans cette zone. Nous savons ce que sont Internet, les téléphones portables, mais nous ne les utilisons pas. Et pourquoi ? Parce que nous sommes libres ! Libres ! Vous autres, Surfaciens, êtes devenus les esclaves de vos techniques. À Sublutetia, les choses reposent uniquement sur la bonne volonté des habitants.

– On sait tout ça, s'impatienta Nathan.

– Ah, doucement mon garçon ! Ne m'interromps pas ! »

Nathan se recroquevilla.

« Notre règle a toujours été de respecter ceux qui nous découvrent par hasard. Après tout, c'est sur un hasard, justement, que s'est bâti notre monde ! Bref, nous estimons de notre devoir de donner le choix. Retourner à la surface, ou rester parmi nous. »

Keren et Nathan retenaient leur souffle.

« Jusqu'à présent, je vous l'ai dit, tous les visiteurs ont voulu rester. On peut penser que le hasard n'était pas total, qu'ils avaient sans doute une idée de ce qu'ils venaient faire ici-bas, mais peu importe ! Ils ont eu le choix. Il était donc normal que vous aussi, vous puissiez choisir. Seulement... »

Il marqua une pause, et Keren blêmit.

« Seulement, vous êtes jeunes. Trop jeunes pour décider quoi faire de votre vie. Notre monde est à moins de vingt-quatre heures de sa fin possible. C'est un risque que nous ne pouvons vous faire courir. Autrement dit... nous allons vous renvoyer à la surface. »

Keren poussa un soupir de soulagement, mais Nathan demeura impassible.

« Nous risquons gros. Si nous parvenons à déjouer les projets de Kerizouet, vous pourrez très bien nous compromettre en racontant tout. Maintenant... nous n'avons pas le choix, malheureusement. Nous ne pouvons que vous demander de garder le silence sur ce que vous avez vu ici. Vous le promettez ?

– On le promet », répondirent en chœur Nathan et Keren. Mais le visage à l'abri dans la pénombre, Nathan se montrait bien moins enjoué que sa camarade.

« Très bien. Alors d'ici une heure tout au plus, vous serez expédiés à la surface. Nous n'avons pas eu le temps de vous soigner, je vois de vilaines bosses sur ces jeunes fronts. Nous allons nous occuper de ça avant. Keren, tu es pieds nus depuis ta rencontre avec le singe, nous allons arranger ça aussi. Les petits rats de l'Opéra[1] ont

1. Nom habituellement donné aux élèves de la classe de danse de l'Opéra de Paris.

sans doute laissé quelque chose pour toi. Et toi, Nathan, on devrait bien te trouver un lacet neuf.

– Et vous ? lança Nathan.

– Nous quoi ?

– Eh bien, qu'allez-vous faire ? Vous n'allez pas laisser votre monde s'éteindre ? »

Fulgence soupira.

« Nous n'allons pas le laisser s'éteindre. Nous allons nous battre. Cela étant, c'est notre affaire, à présent. Je vous laisse, maintenant. On va venir vous préparer. Reposez-vous encore un peu. »

Fulgence quitta la pièce. Les deux enfants avaient les larmes aux yeux.

Mais pas pour les mêmes raisons.

8

Faux retour

Quand Keren et Nathan furent à nouveau à l'extérieur du bâtiment, une belle lumière vint les envelopper. Le ciel, balayé de stries orangées et d'écumes nuageuses, offrait déjà la promesse d'une journée magnifique. Pour un peu, les enfants en auraient oublié que tout cela n'était qu'un reflet et que directement au-dessus de leurs têtes, il n'y avait qu'une grande voûte rocheuse. Ce fut l'homme au jabot, l'un de ceux qui avait tenté de les empêcher de monter dans Martha quelques heures plus tôt, qui les escorta en barque, puis à pied, sans desserrer les dents, jusqu'à la plate-forme par laquelle ils étaient arrivés la veille. Durant le court trajet, Keren et Nathan purent mieux constater, à la faveur du jour, à quel point les hommes et femmes qui avaient bâti cette ville souterraine avaient mis du cœur à l'ouvrage. Il se dégageait du lieu une véritable douceur de vivre, que l'imminence de la catastrophe ne parvenait pas totalement à entamer. Au tumulte d'une grande ville ordinaire se substituait le son apaisant de l'eau filant dans les canaux, du clapotis des barques. Ni Keren ni Nathan n'étaient jamais allés à Venise, mais aujourd'hui, il leur semblait que c'était Venise qui était venue à eux. Pourtant, les toits en ardoise où ne manquaient que les pigeons, les façades sculptées et les balcons de fer forgé ne trompaient pas : on était, avant tout, dans un petit Paris, moins solennel et plus rassurant que celui de la surface.

À voix basse, Keren demanda à Nathan :

« Tu as vu des magasins ?

– Pas un seul, répondit Nathan. Mais j'imagine que les, euh… Sublutetiens, n'ont rien à vendre ou acheter ?

– Oui, sans doute, après tout. Et puis, ils ne dépensent rien en nourriture et en logement. » Dans l'absolu, Sublutetia s'étalait sur une surface modeste – peut-être celle d'une petite ville – mais sa géographie la rendait particulièrement labyrinthique. « Comment retrouver quelqu'un là-dedans ? », soupira Nathan.

Une fois parvenus à la plate-forme, après avoir gravi les marches métalliques, Keren et Nathan furent accueillis par Fulgence, l'air grave. Il n'était d'ailleurs pas le seul : les rares Sublutetiens croisés durant les minutes précédentes affichaient le même teint grisâtre et morose. L'angoisse liée au danger avait étendu son funeste voile sur l'ensemble de la population souterraine et malgré le soleil souriant, tous tremblaient de froid.

« Mes enfants, nos routes se séparent ici, annonça Fulgence sans davantage de précautions. J'espère que vous ferez bonne route. Vous trouverez sur les sièges du Pneumopolitain deux lettres manuscrites, dont il vous faudra apprendre le contenu par cœur. C'est votre alibi, la raison que vous donnerez pour votre absence ces deux derniers jours. »

Il marqua un temps d'arrêt, et reprit :

« Comme je vous l'ai déjà dit, nous comptons tous sur votre discrétion, quoi qu'il advienne de notre monde. Pendant un temps, nous pourrons vous surveiller. Rien de ce qui se passe sur terre ne nous est inconnu. Nous saurons ce que vous avez mangé, combien de fois vous prendrez le métro... Jusqu'à un certain point, bien sûr...

– Comment on saura que tout s'est bien passé pour vous ? demanda Keren.

– Vous ne le saurez pas. Enfin... si dans un an ou deux, vous entendez parler d'un centre commercial flambant neuf en proche banlieue, vous pourrez probablement en déduire que nous avons perdu. Nous et les singes... »

À ce dernier mot, Keren réagit brutalement.

« Les singes ? On ne va quand même pas les plaindre après ce qu'ils m'ont fait ? »

Fulgence haussa les épaules.

« Je sais que tu as été très éprouvée. Mais vous savez, fondamentalement, nous n'avons rien contre ces bêtes. Nous ne sommes pas partis du bon pied, c'est tout. Eux, comme nous. »

Il observa un court instant de silence et reprit :

« Enfin... Ne perdons pas de temps. L'aventure se termine pour vous, la bataille commence pour nous. Montez ! Allez ! »

Les deux enfants grimpèrent à bord du Pneumopolitain sans grand enthousiasme. Keren ne pouvait s'empêcher de penser à tous les Sublutetiens qui risquaient de voir leur vie détruite aussi vite qu'une ampoule qui éclate ; quant à Nathan, il abandonnait derrière lui le dernier espoir de revoir son père. Ils s'installèrent sur les sièges en cuir où les attendaient deux papiers pliés en quatre, tandis que l'homme au jabot, du nom de Ferdinand, prenait place aux commandes. Fulgence ne prononça pas même un au revoir et se contenta d'un signe de tête alors que le puissant appel d'air propulsait le Pneumopolitain dans les entrailles de Paris.

Keren et Nathan parcoururent chacun leur lettre. Keren, sans la quitter du regard, s'exclama :

« Donc, notre alibi officiel, c'est qu'on a été... coincés dans un escalier de service à "fermeture automatique" ? C'est ça qu'ils veulent qu'on dise ?

– Apparemment, oui, répondit Nathan d'une voix blanche.

– Comment veulent-ils que nos parents avalent ça ? Et si on nous demande de retrouver l'endroit, on fait comment ? À mon avis, il faudra trouver quelque chose de plus solide que ça.

– Tu sais, parfois, plus c'est énorme, plus ça passe. »

Keren réfléchit à une autre version, mais n'en trouvant pas, se résolut à retenir celle-ci. Puis, se tournant vers son camarade, elle déclara :

« Les gens ne nous croiront jamais si on leur raconte ce qui nous est vraiment arrivé.

– Oui, mais en même temps, on a promis de ne rien dire.
– Je sais, oui. Tu penses y arriver, toi ? Moi, je vais avoir du mal.
– Les secrets, j'ai l'habitude, dit Nathan d'une moue boudeuse. Celui-ci n'est pas pire qu'un autre. »
Cette dernière phrase plongea Keren dans un profond silence. Le Pneumopolitain ralentit, et se retrouva bientôt à l'arrêt le long d'une plate-forme de débarquement. Ferdinand ouvrit les portes et indiqua la sortie aux enfants.
« Par ici, les petits. On va prendre le métro que vous connaissez. Mais cette fois, on évitera la pause pique-nique sur le territoire des singes ! »
Nathan leva un sourcil :
« Je peux conduire ?
– Hors de question. Tu as eu de la chance de t'en sortir avec Martha la première fois, mais maintenant, fini de plaisanter. Allez, dépêche-toi. »
Tous trois firent en sens inverse le chemin qui les avait amenés à Sublutetia la première fois. Nathan, plongé dans ses pensées, scrutait avec attention le moindre détail du décor. Enfin, après avoir passé le sas de sûreté, ils parvinrent de nouveau à proximité de la fidèle Martha. Ferdinand se saisit d'un airolver passé à sa ceinture et inspecta le quai d'un coup d'œil circulaire.
« On ne sait jamais, dit-il, les singes sont malins. Ils pourraient très bien nous avoir suivis jusqu'ici. »
Les mains sur les hanches, le menton dressé, il lança :
« Bon, ça m'a l'air parfait, venez ! »

Nathan s'accrocha alors aux vêtements de Ferdinand et fit d'une voix geignarde :
« Monsieur ! Laissez-moi conduire, je vous en supplie ! »
Ferdinand le repoussa avec calme, et gronda :
« Tu crois qu'on a quelque chose à faire de tes caprices ? Tiens-toi tranquille, ou tout ce que tu auras gagné, c'est une bonne paire de claques, même si je n'aime pas ça ! »
Nathan recula, l'air déçu. En apparence seulement, car tout venait de se dérouler exactement comme il l'avait imaginé quelques minutes plus tôt. Keren ne comprenait pas grand-chose à la scène qui venait d'avoir lieu, et avait du mal à reconnaître son ami dans une pareille attitude. Elle n'y prêta pas davantage attention.
Ferdinand s'installa aux commandes de Martha et ouvrit les portières latérales. Les enfants prirent place, et quelques secondes plus tard, le vrombissement désormais familier de Martha s'éleva dans le tunnel. La motrice quitta le quai, en route vers la surface.
« Dis-moi, Nathan… Tu as compris comment sont éclairés les tunnels, là ?
– Je crois. J'ai l'impression qu'ils ont mis des cristaux de ciel dans des globes. J'ai vu ça à plusieurs reprises, ce matin.
– Ah oui ! Pratique, dis donc.
– Mais d'après ce que j'ai compris, les Sublutetiens piratent l'électricité du "vrai" métro. Il y a peut-être aussi des ampoules normales, je n'en sais rien.
– Oui, enfin, ça ne nous concerne plus trop, maintenant. »

Nathan ne répondit rien. Keren remarqua alors que son ami tenait quelque chose dans sa main.
« C'est quoi, ce que tu as, là ?
– Ce n'est rien, dit-il.
– J'ai déjà vu ce truc !
– Tu es très observatrice », dit Nathan en souriant.
Keren comprit et blêmit.
« Nathan, non ! Attends, ce n'est pas possible ? C'est la clé de déblocage ? Non, tu ne veux pas faire ça ? »
Nathan se leva et se dirigea vers l'une des portières. Son corps semblait mû par une énergie nouvelle, à la fois irrésistible et effrayante.
« Ça va être bientôt, dit-il.
– Mais quoi ? cria Keren. Ça va être bientôt quoi ? Arrête ! »
Seul un bruit étouffé parvint à la cabine de Ferdinand, qui se contenta de lâcher dans le micro : « Tout va bien derrière ? » sans attendre vraiment de réponse.
« C'est ici ! » s'exclama Nathan.
La motrice connut un net ralentissement alors qu'elle amorçait un long virage, un ralentissement qui n'avait pas échappé à Nathan lors du voyage aller. Armé de sa clé, il introduisit celle-ci dans l'orifice prévu sur la portière. Keren hurla encore :
« Nathan ! Tu es fou ! Tu vas te tuer !
– Non, ça va ralentir encore un peu dans quelques secondes. J'en suis sûr.
– Mais pourquoi tu fais ça ? demanda Keren dont les yeux, subitement, furent envahis de larmes.

– Je dois savoir, Keren. Je dois savoir si mon père est à Sublutetia !

– Mais tu ne veux pas retourner là-bas !

– S'il y est, je dois le trouver. Je ne peux pas laisser passer ma chance à nouveau. »

Il baissa la tête et reprit :

« Prends bien soin de toi, d'accord ? On se reverra bientôt, c'est promis. »

Le métro ralentit encore, alors que la portion de tunnel s'élargissait un peu. Nathan, serrant la clé à deux mains, la tourna vers la droite de toutes ses forces. La porte émit un sifflement et s'entrouvrit. Nathan glissa les doigts dans la fente et l'agrandit. Il avala une grande bouffée d'air, se pencha, et s'apprêta à sauter. Mais au moment où ses pieds allaient quitter le sol, Keren bondit de son siège, l'attrapa à la taille, et cria :

« Je ne te laisserai pas ! »

Dans un enchevêtrement de bras et de jambes, les deux enfants basculèrent dans le vide.

*

* *

Henry Kerizouet avait le visage tuméfié ; une plaie importante lui barrait le front, et du sang en coulait encore en un mince filet. Son beau costume était en lambeaux, et il avait du mal à se tenir assis. Son dos reposait contre un petit rocher moussu, et sa tête cherchait désespérément un angle pour se poser un peu plus confortablement. Debout face à lui, Bartoli, qui s'était enveloppé d'une espèce de toge, le toisait les bras dans le dos, l'œil inquisiteur. Deux orangs-outans observaient la scène assis sur leur séant, impassibles.

« Eh bien, mon ami... Allez-vous un peu mieux ? demanda Bartoli avec une pointe d'ironie.

– Soyez maudit, Bartoli, lâcha Kerizouet d'une voix faible.

– Allons, allons ! Reprenez-vous, cher monsieur, l'heure n'est pas aux jurons. Elle est à l'action ! Aux décisions ! »

Kerizouet ferma les yeux et appuya sa joue contre le rocher, à la recherche d'un contact frais. Bartoli s'approcha d'un pas, et fit mine de poser son pied sur la jambe de Kerizouet, à un endroit où l'étoffe déchirée laissait apparaître une sérieuse blessure. Il se figea dans cette position, talon rivé au sol, sa semelle levée à quelques millimètres seulement de la plaie. Kerizouet lui lança un regard angoissé, les yeux exorbités.

« Henry... Je peux vous appeler Henry ? Nous n'avons pas beaucoup de temps, et je crois que vous m'en faites perdre. Voyez-vous... Je crois que je vous comprends. Là-haut, vous êtes ce qu'on appelle "quelqu'un". Vous êtes riche. Les gens vous obéissent. On ne vous aime sans doute pas beaucoup, mais on vous craint. Moi... »

Bartoli eut un geste de tête circulaire et posa les mains sur sa poitrine d'un air candide.

« Moi, je ne suis rien ! Là-haut, j'étais un modeste ingénieur, puis un modeste rien-du-tout. Ici, j'ai cru que

les choses changeraient. Mais non, je suis resté un moins que rien. Alors, je comprends que cela soit dur pour vous de se soumettre à quelqu'un comme moi. »
Bartoli se racla la gorge, et poursuivit.
« Je vais finir par avoir une crampe, à me tenir comme ça. Peut-être que je pourrais poser mon pied ? Juste là, sur votre jambe. Je n'ai qu'un tout petit mouvement à faire. Bien sûr, je suppose que cela serait très douloureux pour vous, n'est-ce pas ? »
Le corps de Kerizouet tout entier se raidit, son cœur battant à en exploser. Il essaya de dire quelque chose, mais la terreur l'en empêchait. Douloureusement, il tourna la tête à gauche et à droite à la recherche d'une aide providentielle. Bartoli, triomphant, reposa son pied à côté de Kerizouet et reprit avec entrain :
« Je vais jouer cartes sur table. Vous êtes à ma merci. Je peux faire de vous ce que je veux, à commencer par vous torturer. »
Il prit un ton mielleux et poursuivit :
« Toutefois, vous savez, je ne crois pas qu'un humain devrait s'abaisser à faire cela à un autre humain. »
Il s'agenouilla près de Kerizouet, et parla tout près de son oreille.
« En revanche, chuuuut… Je crois que ces singes que vous voyez tout autour de nous, eux, n'ont pas ce genre d'état d'âme. Et la mauvaise nouvelle, pour vous, c'est qu'ils me font confiance. Je peux leur demander de vous mettre en charpie. Vous imaginez ces grosses mains attraper vos vieux os, les réduire en poudre ? »

Kerizouet s'efforçait justement de regarder ailleurs. Bartoli lui attrapa le menton et le força à tourner la tête en direction du singe le plus proche.

« Vous avez vu cet animal ? Impressionnant, n'est-ce pas ? C'est quand on les voit grimper que l'on sent leur force. Ils sont lourds comme des *sumotori*, et pourtant, ils ont l'aisance d'une gymnaste de treize ans. Je pense qu'ils pourraient briser votre crâne comme si c'était une coquille de noix. »

Kerizouet ferma les yeux, et Bartoli continua à lui parler à l'oreille.

« Henry, mon pathétique petit monsieur... Vous avez un grand sens de l'honneur, c'est certain. Mais l'honneur, cela ne sert que dans un cas : quand les autres sont capables de le mesurer et de l'apprécier. Ici, c'est une vertu qui est puissamment superflue, croyez-moi... Demain, je vous jetterai aux égouts comme un reste de repas de Noël. Personne ne saura ce que vous êtes devenu. Votre honneur n'aura servi à rien ! »

Kerizouet articula d'une voix faible :

« De toute façon... Vous êtes perdus... Votre ciel va mourir... »

Bartoli eut un sourire chaleureux.

« Non, notre ciel ne va pas mourir. Parce que vous allez empêcher ça. Parce que vous n'avez pas envie de souffrir, même si je rends hommage à votre ténacité. »

Bartoli marqua une pause, puis reprit :

« Voici ce que nous allons faire. Vous allez servir d'appât pour nous faire revenir là-bas. Vous savez, je ne

suis pas en odeur de sainteté, à Sublutetia. Mais si je vous ramène, nous avons une chance de les prendre par surprise. Et après… moi et mes nouveaux amis prendrons possession de la ville. Tout cela sera à nous. »
Bartoli tapota amicalement l'épaule de Kerizouet.
« Bien sûr, vous pourrez en profiter, si vous m'êtes loyal. Oh, je sais ce que vous pensez, mais non, ne rêvez pas ! Vous ne reverrez jamais la surface. Vous parleriez, bien sûr. Je vous offre simplement la possibilité de rester en vie ici, à la lumière, plutôt que de mourir dans les ténèbres. Une fois que nous aurons pris possession de Sublutetia, vous donnerez l'ordre d'arrêter les travaux en surface. Il faudra faire vite, il ne reste que quelques heures. »
À la suite de quoi, il mordilla le lobe de Kerizouet en imitant le cri guttural d'un orang-outan. Kerizouet eut une grimace de dégoût. Après quelques secondes, il dit :
« On s'amuse, on s'amuse, mais imaginez ce que des dents de singe feraient à la place des miennes, dit Bartoli en riant. Quel succulent hors-d'œuvre pour eux ! Plus sérieusement… et c'est la dernière fois que je vous le demande, est-ce que je peux compter sur votre collaboration ?
– Vous… voulez devenir le roi des singes ? », ricana Kerizouet dans un hoquet.
Bartoli éclata de rire à nouveau.
« Le roi des singes ! Je n'y avais pas pensé. Pensez-vous vraiment que je veuille régner sur ces êtres idiots ?

Nous nous débarrasserons d'eux le moment venu. Mais pour l'instant, ils me sont utiles. C'est mon armée. Nous allons conquérir Sublutetia par la force, puis vous allez donner l'ordre d'arrêter la catastrophe.
– Comment ? Vous n'avez même pas de téléphone ! Laissez-moi remonter !
– Non, non, vous ne remonterez pas, vous ne reviendriez jamais. Et quant au téléphone, ne vous inquiétez pas : il y a des choses que je suis seul à savoir, ici. Le tout est de procéder dans l'ordre. Nous finirons par être les maîtres de Sublutetia, et j'aurai enfin le rang que j'aurais dû avoir depuis longtemps. Je reconstruirai Sublutetia sur de nouvelles bases, des bases dont je déciderai seul !
– Vous êtes fou...
– Je ne dis pas le contraire.
– Alors...
– Alors quoi ? Dois-je conclure que vous acceptez ? »
La tête penchée, le menton contre sa poitrine, les yeux éteints, Kerizouet répondit :
« Je suppose que je n'ai plus le choix.
– À la bonne heure ! claironna Bartoli en frappant des mains. Vous avez fait le bon choix. La vie est toujours le bon choix, je pense. Enfin, je crois. Allez, préparons-nous... »
Bartoli fit signe aux deux singes d'emporter Kerizouet. Il poussa un soupir de soulagement, et tourna la tête vers sa gauche. Posté sur un rocher, Hutan l'observait depuis le début. Ils échangèrent un regard, et une

détermination mêlée de rage se lut dans les yeux de l'orang-outan.

*
* *

La chute, improvisée, avait été rude. Nathan avait longuement anticipé son saut hors de la rame, mais il n'avait pas prévu que Keren se colle à lui. Impossible de se rouler en boule à la réception, d'autant que l'espace entre l'habitacle et la paroi du tunnel n'était guère important. Nathan s'était donc aplati au sol comme une crêpe, et quand bien même la motrice ne roulait pas vite, l'impact l'avait considérablement sonné. Keren ne bougeait plus, toujours accrochée à lui, mais il ne s'agissait que de peur, car son camarade avait largement amorti le choc. Peu à peu, Nathan revint à lui et vérifia si tous ses os étaient en place. Sa cheville, déjà malmenée précédemment, protestait avec vigueur.

« Keren ? Ça va ? demanda-t-il.

– O... Oui, ça va. Je crois.

– Tu pourrais me lâcher, si ça ne te dérange pas ? J'ai besoin de bouger.

– Ah, oui, pardon. »

Elle desserra son étreinte et chercha un endroit où s'adosser. Ils ne risquaient pas, a priori, la venue d'une autre rame. Nathan souleva le bas de son pantalon pour dévoiler sa cheville, où un petit œuf venait de faire son apparition. Il essaya de tourner son pied en faisant la grimace.

« Bon... Je me suis foulé la cheville, annonça-t-il en fronçant les sourcils. Mais ça ne m'a pas l'air trop méchant, ça m'est déjà arrivé une fois au judo. Je pense que je vais pouvoir marcher, mais sûrement pas courir un marathon.

– Laisse-moi regarder », ordonna Keren du ton assuré d'un médecin urgentiste. Son diagnostic, en revanche, manquait quelque peu de précision :

« Ah oui, dis donc, c'est enflé, constata-t-elle.

– Il ne faudrait pas mettre quelque chose de froid dessus ?

– Si. J'ai vu un grand frigo américain avec un distributeur de glaçons, un peu plus loin. Tu ne veux pas que j'aille t'en chercher ?

– Très drôle », répondit Nathan.

Ils restèrent un moment tous deux dos au mur, et rassemblèrent leurs forces.

« Pourquoi tu t'es accrochée à moi comme ça ? » demanda Nathan d'un ton ferme.

Keren baissa la tête.

« Je ne sais pas. Enfin si, je ne voulais pas te laisser prendre des risques tout seul.

– Ce sont mes affaires, tu sais. C'est de mon père qu'il s'agit. Pas du tien. Toi, tu as tes deux parents.

– Et alors ? s'offusqua Keren. J'ai mes deux parents, donc je n'ai pas le droit de t'aider ? »

Nathan réfléchit un moment et se ravisa.

« Si, bien sûr. Excuse-moi. Je suis content que tu sois là. »

Il sourit timidement à son amie.

« Bon, il faut qu'on y retourne, Keren. Mais nous devons absolument prendre un autre chemin. Si on reste sur la voie, on va nous retrouver.

– Nathan... Et si on arrive trop tard ? Si le ciel s'est déjà éteint ? On fera quoi ? »

Nathan s'assombrit.

« Hum, tu sais faire du feu avec des silex ? Non ? Moi non plus. Alors, on va devoir faire vite. Allez, viens ! »

Les deux enfants se levèrent. La cheville de Nathan le faisait souffrir plus qu'il ne voulait le laisser paraître, mais Keren n'était pas dupe. Elle garda le silence, plus inquiète que jamais.

Les enfants marchèrent dans la pénombre pendant une bonne dizaine de minutes en longeant les rails du métro. Keren eut un petit pincement au cœur en songeant que derrière elle, ces mêmes rails se jetaient, comme l'affluent d'une rivière, dans le vrai métro, qui aurait pu la ramener chez elle. Mais il était désormais impossible de faire machine arrière. Nathan, pour sa part, avait l'air concentré, comme s'il cherchait quelque chose de précis. Tout en dissimulant du mieux qu'il pouvait la gêne qu'il éprouvait à marcher, il parcourait des doigts la surface du tunnel.

« Tu cherches quelque chose ? demanda Keren.

– Oui.

– Quoi donc ?

– Je ne sais pas si tu as envie de savoir.

– Mais dis-moi ! s'inquiéta Keren.

– Bon. Tu te rappelles, cette nuit, tu t'es endormie.

– Oui, et ?
– Moi, je cogitais trop. Je n'ai pas réussi à m'endormir tout de suite.
– D'accord… Et donc ?
– Bah… tu sais… Je ne sais pas où ils nous avaient enfermés exactement. Mais il y avait pas mal de livres. Alors, je suis allé en feuilleter. Ce n'était pas facile sans lumière, mais j'ai quand même trouvé quelque chose d'intéressant.
– Est-ce que tu vas finir par me le dire ? »
Nathan fouilla dans sa poche et en sortit une feuille diaphane pliée en huit, qu'il étendit devant eux. Des petites traces de déchirure étaient visibles sur l'un des bords, et il était probable que la feuille provenait d'un grand livre.
« Tu as volé cette page ? C'est quoi ?
– Ça se voit, non ? J'ai trouvé ça dans un grand cahier de notes. Regarde bien. »
Des lignes rouges, vertes et bleues striaient une forme ovale bien connue. Il s'agissait d'un plan de Paris, comportant des indications de lignes de transport.
Visiblement fier de lui, Nathan posa un doigt sur la ligne rouge.
« Regarde. Tu vois, les lignes qui partent dans plein de directions… C'est le Pneumopolitain. Tout part de Sublutetia, qui se trouve ici. Au début, je pensais que c'était dans le Quartier latin, mais c'est peut-être plus au nord, à la réflexion. On est tout près, en fait. Les lignes vertes, au-dessus, elles reprennent en partie

le tracé du métro parisien. C'est le réseau parallèle, qu'on avait déjà vu sur le Pili géant. Apparemment, il rejoint le réseau normal à certains endroits. C'est sûrement comme ça qu'ils ont fait venir une de leurs rames sur le quai d'Opéra. »

Nathan s'était mis à parler très vite. Il reprit son souffle, et poursuivit :

« La ligne bleue, tu vois, prend un drôle de chemin. C'est la ligne où on est maintenant. Elle sert de liaison entre le réseau parallèle et le Pneumopolitain. Mais bon, ça, tu l'avais compris.

– Bien sûr… maugréa Keren.

– Ce qui m'a intrigué, ce sont ces espèces de traits, là. Regarde. »

Des lignes pointillées partaient, à plusieurs endroits, du tracé bleu.

« Je pense que ce sont des voies de communication. Vers quoi, je n'en sais rien. Mais si tu regardes bien, ça a l'air de revenir vers Sublutetia en faisant un détour. Bon, la seule chose…

– Quoi ?

– Tu vois la grosse tache, là ? Je pense que c'est la grotte des singes. »

Keren s'étrangla.

« Attends ! Mais ton chemin, il passe juste à côté !

– Je sais. Mais pas dedans, à côté !

– Oui, mais quand même ! Tu ne veux pas qu'on se jette dans leurs bras ? Non mais, tu as perdu la tête ?

– Calme-toi. Je ne vois pas d'autre solution. Si on reste

là, la motrice va finir par repasser en sens inverse et nous cueillir, tu peux parier là-dessus. Mais si tu veux l'attendre, je comprendrai. »

Keren poussa un profond soupir, où se mêlaient agacement, résignation et angoisse.

« C'est bon. On va prendre ton chemin. Mais je ne sais pas pourquoi, je ne le sens pas…

– Pour le moment, tout s'est bien passé, non ? »

Il y eut un instant de flottement, et Keren comprit que Nathan, une fois n'est pas coutume, était ironique. Ils éclatèrent de rire tous les deux. Nathan rangea la carte et ils poursuivirent leur marche. Mais leur bonne humeur s'évanouit bien vite.

Nathan venait de pousser un juron. La paroi laissait certes voir la forme d'une arche en pierre de taille, indiquant un passage, mais à l'intérieur, une masse sombre en condamnait l'accès.

« Zut ! Ils ont bloqué le passage ! gémit Nathan.

– C'était peut-être dangereux ?

– Je ne sais pas. C'est bizarre, quand même. Le plan indique un passage à cet endroit. Oui, j'en suis sûr, ce ne peut-être que là.

– Il est sûrement vieux, ton plan.

– Oui. Il a dû y avoir un éboulement, quelque chose dans ce genre. Je n'arrive pas bien à voir de quoi il s'agit. »

Nathan regarda autour de lui, mais le faible éclairage de la voie ne l'aidait guère.

« Tu es sûr que tu tiens le plan dans le bon sens ? demanda Keren.

– Ah oui, ça, évidemm... »

Nathan poussa un cri. Keren sursauta, les cheveux dressés sur la tête.

« Qu'est-ce qui se passe ?

– Attends, je vérifie. On dirait que... »

Nathan tendit la main vers la masse qui obstruait le passage. Il rencontra une matière fraîche, légère et tendre, là où il se serait attendu à toucher des pierres. Nathan continua son mouvement, et son bras disparut totalement à l'intérieur de la zone d'ombre. Keren mit la main devant sa bouche pour retenir un cri.

« C'est bon, Keren. Alors ça !

– Mais qu'est-ce que c'est ? Où est ton bras ? gémit la jeune fille.

– Dedans.

– Mais dans quoi ? C'est quoi ce truc ? »

Nathan fit un pas en arrière et abasourdi, répondit :

« Keren... je crois que ce qui nous bloque le passage...

– Oui ?

– Eh bien... c'est un feuillage. Il y a un arbre là-derrière... »

9

La marche des singes

À Sublutetia, la tension liée à l'approche de la catastrophe grandissait de minute en minute. Retranchés dans leurs appartements, beaucoup avaient commencé à faire leurs bagages, résignés à retourner à la surface, là où ils avaient pourtant abandonné métier, famille et amis. Le monde d'en haut ne voudrait probablement pas davantage d'eux aujourd'hui, mais il était soudain devenu leur seul espoir. Les Sublutetiens s'étaient habitués à vivre de peu, se consacrant au bien de la communauté plutôt qu'à leur prospérité personnelle ; ce qu'ils laissaient derrière eux était, de fait, bien plus précieux que des objets. C'était une certaine idée de l'harmonie, du partage, de la vie en communauté qui, là-haut, n'existait que dans les livres.

D'autres Sublutetiens, en revanche, se refusaient à partir. Nul n'aurait pu dire si ce qui les retenait était davantage de l'espoir, de la résignation ou de la tristesse. Tels les capitaines courageux d'autrefois, ils mettaient un point d'honneur à rester jusqu'au bout, coûte que coûte. Certains d'entre eux s'étaient éparpillés dans les rues, les uns marchant tête baissée le long des canaux ; d'autres, au contraire, avalaient du regard les dernières heures de lumière de leur royaume souterrain, adossés à un mur. Minute après minute, les rues s'emplissaient. Les Sublutetiens prêts au départ, les bras chargés de leurs quelques biens, se mêlaient aux irréductibles qui les toisaient avec dédain. Puis les émigrants s'éloignèrent du centre-ville, formant petit à petit, et de manière inconsciente, une longue colonne articulée le long des canaux. La morne procession serpenta en direction des plates-formes situées à l'extérieur de l'enceinte de la ville. Pas un mot, ni même un chuchotement. L'heure était au recueillement, car les funérailles qui auraient peut-être lieu dans les prochaines heures n'étaient pas des moindres. Il s'agissait, ni plus ni moins, de la mort du ciel et de tout ce qu'il avait éclairé pendant des siècles.

Les mains posées sur le rebord de sa fenêtre, Auguste Fulgence observait ce triste spectacle avec inquiétude. Il sentait que les choses pouvaient dégénérer d'un moment à l'autre. La tension entre émigrants et irréductibles était déjà palpable, et le moindre écart des uns ou des autres pouvait mettre le feu aux poudres. Sur le lit de Fulgence reposaient un long airolver et une cartouchière, une carte des souterrains dépliée, ainsi que quelques rouleaux de papier qui venaient de lui parvenir par le réseau à air comprimé. L'heure du danger approchait pour lui et les hommes qui s'étaient portés volontaires pour retrouver Kerizouet avant qu'il ne soit trop tard.

En attendant que de nouvelles informations ne lui viennent des éclaireurs, Fulgence revivait mentalement son arrivée à Sublutetia, sa vie en surface avant cette découverte. Il se revoyait, modeste et jeune instituteur, banni de l'établissement où il enseignait depuis cinq ans. Tout cela à cause d'un simple cours d'histoire, et d'une phrase peu élogieuse sur Napoléon qui lui avait attiré les foudres de son directeur. Fulgence, rendu fou de rage par ses reproches, avait entrepris de lui faire avaler deux ou trois pages d'un manuel. Le lendemain, il était sans travail. Et quelques jours plus tard, sans famille. Une longue et triste période s'en était suivie, au cours de laquelle Fulgence, impuissant à retrouver un poste ailleurs, avait fini par être contacté. Une étrange missive, trouvée sur le carrelage de sa cuisine, l'enjoignait à abandonner ce qui le rattachait à son ancienne vie, pour rejoindre un «*nouveau territoire où règne l'entente entre les hommes, sans aucune des entraves philosophiques, politiques ou financières du monde connu*». Sans trop y croire, après des mois de réflexion, Fulgence avait simplement lancé sa réponse dans la bonde de son lavabo, enveloppée dans un petit étui en caoutchouc. Le geste, à l'époque, lui avait semblé totalement stupide, mais telles étaient les instructions de la lettre. La nuit suivante, alors qu'il rentrait chez lui en métro, Fulgence s'était retrouvé dans une rame déserte qui l'avait mené tout droit à Sublutetia. C'était il y a trente ans, et dans quelques jours, il en aurait le double. Il avait toujours rêvé de passer cet anniversaire sous terre, dans ce monde qu'il avait tant contribué à étendre. Cette simple joie risquait de lui être interdite. Comme tous les habitants de Sublutetia, Fulgence avait occupé les fonctions les plus triviales, et aussi les plus hautes. Après avoir exercé le rôle d'administrateur, le grade le plus élevé dans cette société, il aurait dû redevenir simple citoyen préposé à la récolte des champignons ; mais sa compétence, son caractère d'acier et son courage l'avaient maintenu dans les hautes sphères à la demande générale. Un cas exceptionnel dans la courte histoire de Sublutetia.

Et puis, Fulgence s'assombrit en repensant à l'arrivée de Bartoli, dont il se souvenait parfaitement. Ce jeune ingénieur très posé, au regard pénétrant, avait grandement participé à l'amélioration du Pneumopolitain. Mais Bartoli n'avait accepté d'accomplir les basses tâches qu'avec beaucoup de réticence, et Fulgence se doutait, depuis le début, que cette attitude ne présageait rien de bon.

Fulgence n'avait jamais vraiment cru que vivre sous terre était la solution aux problèmes du monde ; toutefois, il pensait que Sublutetia aurait pu poser les fondements d'un monde meilleur qui, le temps venu, se seraient imposés également à la surface. « On sait bien que tout rêve a une fin, mais on espère toujours qu'elle arrivera le plus tard possible », observa Fulgence en soupirant. Il se détourna de la fenêtre et se dirigea vers l'un des tuyaux de communication pour vérifier si un message ne lui était pas parvenu à son insu, mais l'arrivée était vide. Alors, il grommela quelques syllabes mal définies, et actionna un interrupteur près de son bureau. Dans un cornet acoustique de gramophone accroché à l'un des angles de la pièce, une voix égrena l'heure. Fulgence était très fier d'avoir mis la main sur ce prototype de l'horloge parlante, construit en 1933 par Ernest Esclangon et oublié dans l'un des souterrains de l'Observatoire de Paris. Bien sûr, elle n'était pas aussi perfectionnée que les modèles des années 1960 et 1970, mais elle rendait bien des services à Sublutetia qui n'avait nul besoin de la précision d'une horloge atomique. « Que fabriquent-ils donc ? Ah, il est grand temps que je m'en mêle, par Pluton ! », dit Fulgence entre ses dents. Il s'équipa de l'airolver, fourra la carte dans sa ceinture, et sortit de la pièce en claquant la porte.

*
* *

Tout en se protégeant le visage, Keren et Nathan traversèrent l'épais feuillage de l'arbre qui masquait le passage. C'était un saule pleureur, ou du moins, il y ressemblait fort. Et alors que les enfants se rapprochaient du tronc, une agréable lumière commença à filtrer de l'autre côté du feuillage. Tout en progressant, ils éprouvèrent ce sentiment de sérénité que les arbres ont parfois la bonté d'offrir à ceux qui cherchent le repos entre leurs racines. Mais l'heure n'était pas à la communion avec la nature. Ils franchirent le second rideau végétal, et se retrouvèrent alors dans un couloir qui n'avait pas dû être emprunté depuis des années, tant la végétation y était chaotique. Quant à la lumière, elle parvenait de cristaux semblables à ceux du ciel de Sublutetia, moins denses cependant, qui recouvraient également la voûte du passage. Le sol était composé d'une argile brune et moelleuse, et une belle mousse verte recouvrait presque entièrement les parois du tunnel. Çà et là, sous les branches d'autres arbres, moins imposants, jaillissaient hors du sol d'épais fourrés chargés de minuscules fruits ronds. Du sommet de la voûte pendaient de longs filaments blanchâtres entremêlés comme une chevelure, qui allaient ensuite s'étaler au sol. Malgré leur appréhension, les enfants éprouvèrent de l'apaisement à déambuler à l'intérieur de cette jungle miniature. Sans s'en rendre compte, Keren et Nathan se serrèrent l'un contre l'autre, et trouvèrent leur chemin à travers les plantes. Après de longues minutes de marche, la végétation se fit moins présente. Les champignons hypnofonges remplaçaient progressivement la mousse.

« Ce sont les champignons ! s'exclama Keren.

– Oui. On doit se rapprocher de la grotte des singes, c'est par là qu'on en avait vu la première fois. Au fait, tu as faim ? Moi, oui.

– Pareil. Je me demande bien quel goût ils auront, aujourd'hui. Je ne sais même pas ce que j'ai envie de manger.

– Bah, on va bien voir. »

Nathan décrocha deux gros champignons, et en tendit un à Keren tandis qu'il croquait à belles dents dans le sien. Les deux enfants mâchèrent un petit moment, l'air concentré, puis Keren déclara :

« Rien de très original, dis donc. Mon champignon avait le goût de tartines au chocolat.

– Oh ! Le mien aussi ! C'est l'heure du goûter, déjà ?

– Va savoir... En tout cas, je suis contente qu'on ait eu l'impression de manger la même chose.

– Ben, on *a* mangé la même chose, dit Nathan en faisant un petit clin d'œil. Bon, on se remet en route ?

– C'est parti. »

Les champignons avaient fait leur office. Keren et Nathan, revigorés, repartirent de plus belle. Néanmoins, la marche soutenue n'avait rien arrangé à la foulure de Nathan. Keren lui proposa de s'appuyer sur elle, et après avoir refusé une première fois pour la forme, le jeune garçon ne se fit pas davantage prier.

Bientôt, ils approchèrent de deux renfoncements importants qui se faisaient face de chaque côté du tunnel. À cet endroit, un amoncellement de pierres formait un petit obstacle facile à escalader ou même à contourner. Cependant, les gravas ne semblaient pas être de simples pierres brutes détachées de la paroi.

Nathan les contempla, intrigué, avant de lancer :

« Keren... On dirait... d'anciennes colonnes ? »

Keren examina les blocs de pierre à son tour, et acquiesça.

« Oui, tu as raison. Comme dans un temple romain. Ou grec. Je n'ai jamais su faire la différence.
– Qu'est-ce que ça fait là ? Cela ne ressemble pas du tout à Sublutetia. »
Du côté droit du tunnel, le renfoncement était semblable à une alcôve, abritant une forme haute, recouverte de plantes et de ronces. Keren, curieuse, s'en approcha la première. Elle distingua un socle et sur ce socle, malgré la végétation parasite, la forme de deux pieds taillés dans la pierre. Il s'agissait d'une statue à échelle humaine.
« Nathan, viens voir ! s'exclama Keren. Il y a quelque chose de marqué. »
Nathan la rejoignit en claudiquant.
« Tu vois ? Là, regarde. C'est un peu effacé, mais on arrive à lire quand même.
– *MA... MARIVS* ? C'est quoi ça ? Ah, attends, ça doit être du latin. Alors, le *v*, ça se dit *u*... *MARIUS*, plutôt. *MARIUS H... HIRTIUS*.
– Qu'est-ce qu'elle fait ici, cette statue ?
– Ben... Rappelle-toi ce que nous avait dit Fulgence. Ce sont probablement les Romains qui ont trouvé cet endroit en premier, et qui ont commencé à élargir les tunnels. Ils devaient avoir une idée derrière la tête.
– Sûrement. Et de l'autre côté, il y a quoi ?
– Ah, allons voir. »
Nathan et Keren traversèrent le tunnel appuyés l'un contre l'autre. Cette fois, dans le renfoncement, ils ne virent qu'un grand socle en pierre sur lequel reposait une lourde dalle. Un petit éboulement avait eu raison

de celle-ci, et une fente considérable la parcourait dans sa largeur. Il y avait quelque chose de grave et d'un peu inquiétant dans cette vision. Ce lieu, à n'en pas douter, avait soigneusement conservé un mystère vieux de deux millénaires. Une odeur, semblable à celle que l'on peut sentir dans une église, flottait dans l'air. Mais bientôt, la curiosité l'emporta.

« J'ai envie de regarder ce qu'il y a dedans, grimaça Keren.

– Ça doit être plein d'insectes, je te préviens.

– Je m'en doute. Mais j'ai quand même envie de regarder.

– Bon, ben vas-y, alors... »

Keren se hissa sur la dalle, et à plat ventre, glissa la tête à l'intérieur du socle. Elle ne tarda pas à pousser un cri d'horreur, et en voulant retirer la tête trop précipitamment, la cogna sur l'un des bords de la dalle. Elle lança un deuxième cri, de douleur cette fois, et sauta à terre.

« Quoi ? C'était quoi ? demanda Nathan, inquiet.

– Il y a... Il y a quelqu'un dedans ! Un mort !

– Pardon ?

– Il y a un mort là-dedans ! C'est horrible !

– Euh... laisse-moi voir.

– Non, tu es fou !

– S'il est mort, il ne va pas me manger, et quelque chose me dit que ça fait un moment qu'il n'a pas bougé.

– Mais je ne sais pas, s'agita Keren, peut-être qu'il va aspirer notre énergie et se relever d'un coup ! Comme dans le film, là !

– Ça n'existe pas, la magie, Keren.
– Non, bien sûr ! Pas plus que les mondes souterrains ! »
Nathan eut l'air embarrassé, mais tâcha de garder son aplomb.
« Bon, faisons vite. Je devrais pouvoir me hisser tout seul. »
Nathan fut rapidement dans la même position que Keren, la tête plongeant à l'intérieur du bloc de pierre. Son corps fut agité d'un soubresaut. Il venait de se retrouver nez à nez avec un visage d'homme parfaitement conservé, qui le regardait sans ciller. Nathan ne réfréna sa terreur qu'à grand-peine, les membres tremblants. Une fois son calme revenu, il comprit que le visage immobile était un masque peint, posé sur une momie. Nathan entreprit alors d'observer plus attentivement l'intérieur du sarcophage. Il ressortit la tête, et y plongea son bras droit. Keren sauta sur place en hurlant.
« Mais arrête, enfin ! Qu'est-ce que tu fais ! Arrête !
– J'ai vu quelque chose !
– Moi aussi, j'ai vu une tête !
– C'est un masque, ta tête, dit Nathan. Et je ne tiens pas non plus à voir ce qu'il y a en dessous.
– Je n'aime pas ça, Nathan !
– Voilà, je le tiens ! dit Nathan en se trémoussant. J'espère qu'il ne m'en voudra pas. »
Nathan se redressa triomphalement en brandissant un glaive romain rongé par les siècles, qui reposait sur le corps embaumé. Keren le regardait, muette, blanche d'effroi.

« Pourquoi tu as pris ça ? Remets-le tout de suite !
– Tu ne veux pas que je te défende contre les singes ?
– Si, mais depuis quand tu es gladiateur ?
– Bah… ça doit pas être bien compliqué de s'en servir. »
Keren haussa les épaules, l'air indigné.
« Tu es au courant que tu viens de profaner une tombe ?
– Je te promets que je remettrai ça à sa place.
– Ah oui, quand ?
– Quand tout sera fini… Enfin, si ça finit bien », répondit Nathan.
Keren soupira, l'air navré, puis annonça :
« Bon… Avançons, le temps presse ! »
Nathan tendit la main vers elle, et ils se remirent en route à travers la champignonnière, loin de soupçonner que le danger se rapprochait à grands pas.

*
* *

Le mot avait eu la force d'un coup de tonnerre. « Traîtres ! », avait lancé l'un des irréductibles à ceux qui s'amassaient vers les issues d'évacuation. Un murmure d'indignation avait parcouru la foule des émigrants. À nouveau, l'invective fusa : « Traîtres ! » Et sans aucune concertation, il se forma deux fronts parmi les Sublutetiens. Dos à la roche, les émigrants avaient resserré leurs rangs, prêts à défendre leur honneur, tandis qu'en face, séparés d'eux par un mince canal, les irréductibles s'enivraient de leur propre agressivité, multipliant les insultes et les gestes de défi. L'un d'eux ramassa une pierre et la lança à l'aveuglette vers la foule des émigrants. Le projectile heurta une jeune femme à la tempe ; elle s'écroula en poussant un cri sourd. Son voisin s'agenouilla auprès d'elle, et après avoir vérifié qu'elle n'était qu'assommée, se releva en ramassant la pierre et se dirigea, l'air féroce, vers les agresseurs. Deux autres hommes se détachèrent de la foule et lui emboîtèrent le pas ; de l'autre côté du canal, trois adversaires se groupèrent derrière le lanceur de pierres. Les combattants pressèrent le pas pour finalement s'élancer les uns contre les autres. L'eau ne les arrêta pas, et ils s'y enfoncèrent jusqu'à la taille. Les coups et les invectives plurent comme des grêlons. L'un des combattants s'écroula bientôt sur la rive, la bouche en sang. De chaque côté de l'eau, ceux qui n'avaient pas participé au combat se rapprochèrent, hésitants. Les deux foules se jaugèrent. Et ce fut un geste tout simple qui mit le feu aux poudres. L'un des émigrants fit un pas en avant, peut-être pour mieux voir, peut-être pour arrêter le combat. Mais ce fut suffisant pour qu'en face, on l'interprète comme le signal marquant le début des hostilités. Les deux groupes se mirent en mouvement, ne laissant derrière eux que quelques dizaines d'hommes et femmes consternés. Le choc, les cris furent terribles et résonnèrent dans tout Sublutetia. On s'arrachait les cheveux, on se mordait, on s'insultait. En quelques secondes, tout ce qui avait fait la grandeur de la ville souterraine s'était envolé. Pour les uns, il était insupportable de perdre la lumière ; pour les autres, il était intolérable de se voir ravir la liberté. Ils avaient tous raison, et tous tort. Et dans l'eau, couverts de boue et de sang, ils se ressemblaient tous.

Après plusieurs minutes d'affrontement, les plus sombres de l'histoire de la ville, un sifflement épouvantable emplit la grotte. Tous les combattants se figèrent.

Auguste Fulgence, debout sur un étrange échafaudage à roulettes et appuyé sur son long airolver, se tenait derrière un cône métallique grand comme une cheminée de paquebot, relié à un caisson d'où émergeaient bobines de cuivre, manettes et fils de fer. Il actionna du pied l'une des manettes et le sifflement s'éteignit. Puis, il se plaça derrière le cône et parla ; sa voix amplifiée s'entendit dans la ville entière, avec la force du tonnerre.

« Sublutetiens ! Ce spectacle est indigne de vous ! Regardez-vous ! Regardez-vous ! »

Boueux, détrempés, parfois couverts de sang, les hommes et les femmes qui, la seconde d'avant, se battaient comme des enragés, eurent d'un coup conscience de leurs actes.

« Nous avons fui la surface pour que ces choses n'arrivent plus ! Pour que le respect mutuel soit notre raison de vivre ! J'ai honte ! Honte ! »

La foule demeura silencieuse.

« Nous affrontons aujourd'hui le plus grand danger de notre courte histoire. Votre bataille ridicule nous fait perdre du temps ! Je ne devrais plus être là, à vous parler

comme on parle à des enfants. Je devrais être déjà là-bas, à chercher l'homme qui pourra peut-être nous sauver. »
Fulgence marqua une pause.
« Si nous réussissons, si nous gardons notre ciel... qu'adviendra-t-il de notre société ? Comment garder intacte notre fraternité après ce qui vient de se passer ? Votre voisin sera-t-il votre ami, ou celui qui vous a frappé, insulté ? Réfléchissez ! »
Hommes et femmes s'observèrent avec gêne.
« On peut perdre son sang-froid, continua Fulgence. Je suis ici parce qu'un jour, moi aussi, j'ai perdu le mien. Et je n'en suis pas fier, quelles qu'aient pu être mes raisons à l'époque. Mais il ne faut jamais perdre sa dignité ! Et aujourd'hui, la dignité des Sublutetiens est réduite à néant ! Peut-être vaut-il mieux que nous disparaissions tous ! »
Un vent de protestation souffla depuis la foule.
« Non ? Vous n'êtes pas d'accord ? poursuivit Fulgence. Vous pensez que vous êtes encore dignes de rester à Sublutetia ? »
De part et d'autre du canal, hommes et femmes poussèrent un « oui » timide.
« En êtes-vous vraiment convaincus ? Tout cela me semble bien timide ! »
Cette fois, le « oui » retentit glorieusement, en une même clameur.
« Sublutetiens, nous allons peut-être devoir nous battre, aujourd'hui, mais pas entre nous ! Pour nous, mais pas entre nous ! Vous ai-je bien entendus ? Sommes-nous

prêts à rester unis, quoi qu'il arrive, quels que soient les choix de chacun ? »
Ce ne fut pas un « oui », mais un chant, bref, pur, qui balaya en un instant la souffrance et la tension des minutes précédentes. Les combattants se serrèrent dans les bras, s'embrassèrent. Leurs larmes, chaudes et sincères, se mélangeaient à l'eau ruisselant sur leur visage. Lentement, tous sortirent du canal, mais au lieu de reprendre leurs positions respectives, il se forma un groupe uni, à mi-chemin entre les bâtiments de la ville et les issues d'évacuation.
Fulgence, du haut de son échafaudage, soupira : « Bon... Au moins une chose de réglée. Il fallait que ça arrive. »
À ce moment-là, quelqu'un l'interpella. Il baissa la tête et un jeune homme habillé en marin lui dit :
« Monsieur Fulgence ! Nous avons enfin des informations de nos éclaireurs ! Deux hommes ont été aperçus. Ils se dirigent par ici.
– Deux hommes ? Et qui donc ?
– Aucune idée. Mais on suppose qu'il y a Kerizouet, à cause des cheveux blancs. L'autre, c'est plus difficile à dire. »
Fulgence réfléchit.
« Ils sont où, pour le moment ?
– On ne sait pas exactement, leur position a été signalée il y a déjà un petit moment. Mais probablement à mi-chemin entre ici et la grotte des singes.
– À mi-chemin entre... ? gronda Fulgence. Mais... par où passent-ils ? Comment est-ce possible ? Il n'y a que

des rails ou des tunnels de Pneumopolitain dans cette zone !

– Et les champignonnières, monsieur... y compris celles qui sont à l'abandon ! Cela étant, c'est bien par le tunnel ferré qu'ils arrivent.

– Bon, bon... Eh bien, il faut aller à leur rencontre sans plus attendre.

– Hum, sinon, monsieur...

– Quoi ? Je sens que je vais me mettre en colère.

– C'est possible monsieur.

– J'écoute ?

– Ferdinand est revenu. Avec une mauvaise nouvelle... Les enfants ont disparu en cours de route.

– Quoi ? hurla Fulgence.

– Ils ont disparu. Ils se sont échappés du métro en marche.

– Mais pourquoi ?

– Personne ne sait, monsieur. »

Fulgence réfléchit un instant, puis déclara.

« Écoutez, on n'a plus le temps pour eux. Tant pis. On se lancera à leur recherche dès qu'on pourra, mais pour l'heure, il faut en savoir plus sur ces deux hommes. Je descends. »

Fulgence glissa le long d'une échelle en bois et se précipita au pas de course vers l'un des avant-postes de surveillance. Le moment de vérité approchait.

*
* *

Nathan n'en pouvait plus. Sa cheville, de plus en plus enflée, lui faisait souffrir le martyre. Keren avait beau lui prêter son épaule, la route commençait à s'éterniser. Il demanda à faire une pause, et s'assit sans ménagement sur un parterre de champignons qui s'affaissèrent dans un bruit d'éponge.

« Je pense qu'on n'est plus très loin du but, la grotte des singes doit être à peu près là, annonça-t-il en faisant un geste vague de la main. Il nous fait faire un sacré détour, ce chemin, mais ça m'a semblé plus sûr. »

Keren s'assit à côté de lui, l'air abattu.

« J'espère. Et qui nous dit qu'après, le ciel ne va pas s'éteindre sous nos yeux, comme ça ? »

Elle fit claquer son pouce contre son index. Nathan jeta un œil à la poignée vermoulue du glaive qu'il avait passé à sa ceinture.

« En parlant de Romains… Nous, on est comme les Gaulois. On a peur que le ciel nous tombe sur la tête. »

Keren allait répondre quelque chose quand un bruit sourd, répétitif et puissant les fit sursauter tous les deux. Sa régularité faisait penser à des pas, mais des pas qui n'auraient rien eu d'humain. Nathan porta un doigt devant ses lèvres pour signifier à Keren de garder le silence. Les deux enfants se turent, attentifs. Le bruit continuait, mais sa provenance restait compliquée à identifier. Venait-il de dessus ou de dessous ? Les distorsions acoustiques du lieu ne rendaient guère la tâche aisée. Nathan se redressa en essayant d'être le plus discret possible, et grimaça quand son poids se déporta sur sa cheville. Il se mordit la lèvre inférieure et tint bon. Keren l'imita, blême d'inquiétude.

Ensemble, ils marchèrent à pas de loup en foulant les champignons qui amortissaient leur progression. « Rien de grave, pensa Nathan, ça repousse vite, il paraît. » Après une trentaine de mètres, le tunnel décrivit un tournant sévère. Nathan et Keren se plaquèrent contre le mur et tendirent discrètement la tête en direction du bruit qui ne cessait de croître. Keren crut s'évanouir : devant eux, il y avait quatre orangs-outans avançant à quatre pattes, décidés. Nathan posa instinctivement la main sur la poignée de son glaive.

« Comment c'est possible… murmura Keren.

– Je ne sais pas, répondit Nathan en chuchotant. Attends, tais-toi ! »

Un orang-outan s'était arrêté, et jetait un coup d'œil suspicieux derrière lui. Les enfants se collèrent à la paroi, en rêvant d'être de simples affiches sans épaisseur, et leur cœur se mit à battre très fort, si fort qu'ils eurent peur que lui aussi ne résonne dans le passage. Le petit œil noir du singe balaya le tunnel, sans passion. Puis, il détourna la tête et se remit en route. Une fois que les singes furent hors de vue, les enfants reprirent leur souffle.

« Qu'est-ce qu'ils faisaient là, Nathan ?

– Je ne sais pas ! Sur mon plan, ce tunnel ne fait pas

partie de leur territoire. Ils ont dû trouver un chemin pour venir ici. Il y a sûrement des tas de passages dont le plan ne parle pas.
– Mais comment ça se fait ? »
Nathan s'impatienta.
« Mais je te dis que je n'en sais rien ! Je ne connais pas cet endroit plus que toi, moi. Ce qui est sûr, c'est qu'on est obligés d'avancer.
– D'avancer ? Avancer vers eux ? Et s'ils se retournent ?
– Si tu as une autre solution, je suis preneur ! lança Nathan, agacé. Moi, je ne vois pas d'autre moyen de retourner à Sublutetia. »
Keren balaya l'air devant son visage dans un geste d'humeur, et tourna le dos à Nathan. Celui-ci soupira et un peu radouci, déclara :
« Keren, je suis désolé, mais on n'a vraiment pas le choix.
– Oh si, on a le choix ! rétorqua bruyamment Keren en haussant les épaules. On fait demi-tour et…
– Chut ! lança Nathan entre ses dents. Ne crie pas comme ça ! Tu veux qu'ils nous entendent ? »
Keren ne répondit rien. Nathan se frotta l'arrière du crâne et dit :
« Écoute, avançons le plus discrètement possible. Si ça se trouve, on va trouver un autre chemin, nous aussi. D'accord ? »
Keren mima le geste de se coudre la bouche, puis acquiesça, l'air renfrogné.
Ils se remirent en route, et ne tardèrent pas à découvrir, à même le sol, une grille ouverte dévoilant un

escalier rudimentaire fait de pierres entassées. Sur la grille pendait un cadenas, ouvert lui aussi.
«Mm… tout s'explique, chuchota Nathan. Ce chemin doit être un raccourci menant à leur territoire. Mais qui peut avoir intérêt à leur faciliter le passage ?»
Keren demeura silencieuse et pointa un doigt vers sa bouche, exagérément pincée.
«Keren, tu peux arrêter tes bêtises ? s'agaça Nathan.
– Bon, bon… Mais c'est que j'ai peur de faire du bruit, moi, maintenant.
– Allez, ça va, excuse-moi. Tu es contente ?
– Oui, très.
– Alors si tu me disais ce que tu penses de cette grille ?
– Je ne sais pas, répondit Keren, peu inspirée. C'est bizarre, et ça me fait un peu peur.»
Nathan réfléchit.
«Keren, je crois qu'il faut prendre ce passage.»
La jeune fille n'en crut pas ses oreilles.
«Quoi ? Mais tu viens toi-même de me dire que ça va sûrement chez les singes ! Ah non, moi je n'y remets pas les pieds ! Cette fois, tu te débrouilles. Ah ! là là ! si j'avais su ! Il sert à quoi, notre raccourci, si on retourne dans la gueule du loup ?»
Elle reprit son souffle.
«Et puis, il y a deux minutes, tu me disais que tu voulais retourner coûte que coûte à Sublutetia ! Pourquoi tu as changé d'avis ?»
Nathan n'eut pas l'air de tenir compte de l'objection.

« Je veux toujours y aller ! Mais devant nous, il y a quatre singes, peut-être davantage. Et ils sont certainement accompagnés de l'humain qui leur a ouvert. Je suis sûr que ce monsieur aux cheveux blancs est mêlé à cette histoire. »

À nouveau, le martèlement de la marche des singes leur parvint dans un écho. Ils frissonnèrent et Nathan, d'une voix hésitante, bredouilla :

« Je… Euh, je ne sais plus ce que je voulais dire.

– Moi si : ces bruits vont me rendre folle. »

Nathan chercha une réponse rassurante, et préféra poursuivre :

« Ah, voilà. Si on retourne sur le territoire des singes, on pourra peut-être se repérer. On y est déjà allés, on sait comment retrouver la voie ferrée.

– Je suis d'accord, répondit Keren, mais je te signale que cette fois, on n'aura plus Martha ! Tu comptes remonter la voie à pieds ?

– Pourquoi pas ? Cela ne doit pas être si long !

– On court le risque d'être électrocutés ou écrasés si une rame passe. Tu y as pensé, à ça ?

– Oui, mais je me disais qu'il n'y avait pas de raison que ça arrive. »

Keren soupira avant d'ajouter :

« Quel optimisme ! Bon, de toute façon, je suppose que c'est comme si l'on passait de Karim à Chiba.

– Pardon ?

– Oh, tu sais, une des épreuves d'Ulysse dans l'*Odyssée*.

– Ah ! De Charybde à… hum…

– Sheila ?

– Un truc dans le genre », dit Nathan de guerre lasse.

Chassant Ulysse, Charybde et Scylla de ses pensées, les sourcils froncés, Keren passa la première par l'ouverture, descendant rapidement les marches de pierre. Une fois en bas, l'air toujours renfrogné, elle tendit la main à Nathan ; sa cheville blessée risquait de lui jouer un tour pendant la descente. La lumière de la champignonnière éclairait partiellement le début du passage, mais bientôt, ce fut le noir complet. D'une voix sèche, Keren demanda :

« Super. On fait quoi, maintenant ? On avance dans le noir ? »

Nathan eut l'air embarrassé.

« Euh, là, je ne sais pas. Comment ont-ils fait pour s'éclairer ?

– C'est toi le petit malin, maugréa Keren. Je donne ma langue au chat.

– Oh, écoute, c'est pas le moment. Peut-être que si on av… »

Nathan posa un pied devant lui. Un bruit d'éclaboussure retentit alors, et son pied s'enfonça dans quelques centimètres d'eau. Mais à la grande stupeur des enfants, un anneau vert lumineux naquit autour de la cheville de Nathan, et s'agrandit jusqu'à atteindre un mètre de diamètre environ ; après quoi, la lumière se dissipa.

« C'était quoi, ça ? s'exclama Keren.

– J… Je ne sais pas. C'était… »

Nathan posa un autre pied devant lui. Le même

phénomène se produisit, comme si l'onde de choc dans l'eau était capable de produire de la lumière.

Le garçon se pencha et, formant une coupe avec ses mains, récolta à l'aveuglette un peu d'eau qu'il agita d'un mouvement circulaire du poignet. Une légère lumière verdâtre apparut au creux de sa paume.

« J'ai l'impression... commença-t-il...

– Quoi ?

– Tu te rappelles les lampes phosphorescentes, à Sublutetia ? J'ai l'impression qu'il y a une espèce de vase, ici, qui émet de la lumière quand on l'agite. Ça doit provenir du même minéral. »

Keren fit la moue.

« Bon, génial, et maintenant ? »

En guise de réponse, Nathan se mit à patauger dans la mare. Celle-ci s'éclaira progressivement, diffusant une lumière chancelante autour d'eux.

« C'est très, très, discret, niveau bruit, ironisa Keren. On devrait agiter une clochette pour être certains de bien se faire entendre. »

Nathan la fusilla du regard.

Main dans la main, ils avancèrent dans l'eau qui, par endroits, leur montait jusqu'aux mollets, créant autour d'eux de pâles halos qui éclairaient à grand-peine leurs pas et les murs du tunnel. Parfois, sur plusieurs mètres, la vase phosphorescente perdait ses propriétés et ils durent progresser sans rien y voir. À d'autres endroits, elle était présente plus densément et, tant bien que mal, ils finirent par atteindre l'autre extrémité du tunnel. Une nappe de vraie lumière s'y engouffrait. « Je pense que la vase est chargée en lumière à chaque bout, dit Nathan, et que celle-ci s'éparpille dans le tunnel quand des gens passent et la remuent. Ça explique qu'à des endroits, on…

– C'est très intéressant, le coupa Keren. Mais regarde devant toi. »

Encore aveuglé, Nathan n'avait pas remarqué une nouvelle volée de marches, s'élevant avec raideur vers une ouverture semblable à celle qu'ils avaient empruntée pour descendre. Les enfants gravirent ces quelques mètres avec précaution. Une fois sortis du tunnel, il ne leur fallut pas longtemps pour se repérer. Ils se tenaient sur le territoire des singes, tout près de l'endroit où ils les avaient rencontrés la première fois. Ils reconnaissaient le petit lac, le relief abondant et tortueux, et bien entendu, le ciel artificiel, sans l'ombre d'un nuage… Par chance, aucun singe n'était en vue.

« Allons vers les rails, dit Nathan. C'est par là, tu te souviens ?

– Ça, je m'en souviens ! protesta Keren en donnant un petit coup de coude à son camarade. J'en suis malade ! Nathan, si un singe arrive…

– Je suis sûr qu'il n'y en aura pas. Il se passe quelque chose, j'en suis sûr, mais pas ici. Viens… »

Ils se dirigèrent vers la voie aussi rapidement que la cheville de Nathan le permettait et, comme ils l'avaient déjà fait à plusieurs reprises, longèrent la paroi de celle-ci en prenant soin de se tenir à l'écart du rail électrifié.

La route fut longue. Nathan dut bientôt reconnaître qu'il avait sous-estimé la distance qui séparait cette portion du tunnel de la rampe d'accès au métropolitain. Ce qui n'avait pris qu'une poignée de minutes à bord de Martha devenait une nouvelle équipée. Privés de repères visuels, Keren et Nathan finirent par penser qu'ils avaient raté un embranchement, et qu'ils se dirigeaient peut-être vers un nouveau piège. Nathan sentit l'appréhension monter, et guettait tout élément du décor qui aurait pu le rassurer sur la direction prise.

Ils marchèrent ainsi, dans l'ombre et le doute, pendant près d'une demi-heure, jusqu'au moment où le son de deux voix leur parvint. Ils s'immobilisèrent tout net et s'accroupirent contre la roche, tendant l'oreille.

« Bartoli, dit la première voix, vous savez ce que vous faites, je suppose ?

– Ce n'est plus le moment de se poser ce genre de question, M. Kerizouet, dit la seconde voix. Nous y sommes presque, encore quelques mètres. Tout se passera bien.

– Oui, comme l'autre jour, n'est-ce pas ?

– Les ennuis, ça arrive, cher ami. »

Nathan fit signe à Keren d'avancer. À quatre pattes, ils progressèrent de quelques mètres, pour se rapprocher des individus. Bientôt, ils reconnurent Kerizouet, dans un état de saleté lamentable. Ses vêtements étaient déchirés, crasseux, et couverts de sang. À côté de lui, le soutenant par les épaules, Bartoli, vêtu d'une sorte de toge, affichait une mine réjouie.

« C'est le moment, très cher », dit-il.

Il jeta alors un coup d'œil derrière lui, mais heureusement pour les deux enfants, accroupis à quelques mètres de là, il scruta la voûte du tunnel plutôt que les rails. Bartoli eut un geste curieux dans la même direction, qui semblait s'adresser à quelqu'un. Keren et Nathan en frémirent de terreur. Ils virent ensuite les deux hommes s'approcher d'une porte métallique qu'ils reconnurent immédiatement. Keren déglutit et murmura :
« Nathan, ce n'est pas la porte d'accès au Pneumopolitain ?
– Si. C'est exactement par là qu'on est passés l'autre fois. »
Bartoli frappa vigoureusement contre la porte. De longues secondes s'écoulèrent, et enfin, les enfants reconnurent la voix tonitruante de Fulgence, qui s'élevait d'un haut-parleur.
« Bartoli ! J'ai été prévenu de votre retour. Kerizouet est avec vous ? Parlez, j'entends tout, d'ici.
– Je sais, Auguste. Et, oui, il est avec moi, en piteux état, mais décidé à collaborer.
– Le temps presse, vous le savez.
– C'est pourquoi vous feriez bien de me laisser entrer. »
Un silence. Puis, Fulgence parla à nouveau.
« Qu'avez-vous derrière la tête, Bartoli ? Je ne vous fais pas confiance.
– Ce qui est sûr, c'est que nous n'en parlerons pas à travers une porte, Auguste.
– Très bien. »
Un cliquetis se fit entendre. Keren observait la porte

s'entrebâiller quand Nathan, troublé, se décida à lever les yeux derrière lui, là où Bartoli avait regardé quelques instants plus tôt. Il découvrit une corniche naturelle, bordant une galerie. Et sur le rebord de celle-ci, prêt à bondir, babines retroussées, il y avait un orang-outan ; du moins, Nathan ne pouvait en voir qu'un depuis sa position. Il serra de toutes ses forces le poignet de Keren, qui tourna d'instinct la tête dans la même direction que son ami. En voyant le singe, elle poussa un cri strident. Bartoli tourna la tête vers les enfants, et sans réfléchir davantage, poussa la porte d'un coup d'épaule.

Nathan tira Keren de toutes ses forces pour qu'elle se relève et, essayant d'oublier sa douleur, courut avec elle vers la porte. Plusieurs grognements terrifiants leur parvinrent, puis des bruits de chute. Une armée de singes s'était mise en marche derrière eux.

10

Cris et chaos

Keren et Nathan atteignirent la porte à demi asphyxiés par leur course. Ils avisèrent immédiatement Bartoli, de dos, les poings sur les hanches et Kerizouet, écroulé à ses pieds, mais conscient. À l'opposé, quatre gardes armés de longs airolvers le tenaient en joue. L'irruption des deux enfants avait visiblement troublé les gardes, et l'un d'eux fit un petit pas en leur direction. Nathan, sans attendre, entreprit de refermer la porte. Il hurla :
« La porte ! Aidez-moi à la verrouiller ! Les singes ! Ils arrivent !
– Q… quoi ? » bredouilla l'un des gardes, ahuri.
C'était déjà trop tard. La porte venait d'être arrachée de ses gonds, et Nathan alla voler plusieurs mètres en arrière comme une poupée de chiffon. Cinq orangs-outans, la mine féroce, firent irruption sur le quai du Pneumopolitain. Bartoli aida Kerizouet à se mettre debout, tout en se dégageant sur le côté pour laisser le champ libre aux bêtes. Keren courut vers Nathan, qui se relevait en se frottant le bas du dos. Tous deux se tenaient désormais entre les singes et les gardes. Des fusils à air comprimé d'un côté, des poings puissants et

des crocs acérés de l'autre ; Keren et Nathan n'avaient plus aucun espoir de s'en sortir indemnes… ou même vivants.

« Faites votre office, mes amis à poil roux », ricana Bartoli.

Les singes comprirent ce que Bartoli attendait d'eux. Ils progressèrent en direction des enfants en s'appuyant sur leurs formidables poings, et firent trembler le sol à chaque pas. Keren et Nathan se serrèrent l'un contre l'autre. Ils pouvaient pratiquement sentir l'haleine des orangs-outans sur leur visage. Finalement, l'un des gardes prit l'initiative. Il visa, appuya sur la détente, et le bruit sec de l'airolver retentit. Le premier singe fut frappé en pleine poitrine et marqua un temps d'arrêt en grognant. Les gardes, qui ne s'attendaient pas à voir débarquer des singes, ne s'étaient hélas pas équipés de projectiles perforants. Le tireur qui semblait être le chef de patrouille, un certain Gustave, abaissa son arme, hésita, puis courut vers Keren et Nathan.

« Couvrez-moi ! » cria-t-il à ses compagnons.

Ceux-ci ouvrirent le feu en direction des singes qui furent momentanément bloqués dans leur avancée. Gustave attrapa un enfant sous chaque bras et s'élança en direction de la rame tout en lançant des ordres :

« On ne les arrêtera pas ! C'est même pas la peine d'y penser ! On se replie ! On se replie ! »

La voix de Fulgence s'éleva alors depuis un cornet métallique fixé dans la paroi.

« Que se passe-t-il ? Gustave, répondez ! hurla-t-il. Êtes-vous attaqués ? »
Mais personne ne prit le temps de lui répondre. Les quatre gardes, Keren et Nathan s'étaient précipités à l'intérieur de la rame, alors que les singes reprenaient leurs esprits, plus agressifs que jamais. Bartoli éclata de rire, et s'exclama :
« Auguste ? Pour répondre à votre question… Oui, vous *êtes* attaqués. À partir d'aujourd'hui, je suis le roi de Sublutetia. Il était temps que la monarchie soit rétablie dans ce pays, non ? Si elle ne peut l'être au-dessus… qu'elle le soit… en dessous ! Ah ! ah ! »
Un long silence lui répondit. Puis, la voix de Fulgence s'éleva de nouveau :
« Nous t'attendons de pied ferme, espèce de traître.
– Pas de rodomontade, mon ami… Cette fois, vous êtes dépassé. »
Bartoli décrocha un trousseau de clés de sa ceinture qu'il fit tinter près du cornet.
« Vous entendez ce bruit, Auguste ? Vous le reconnaissez ? C'est mon trousseau ! Celui qui ouvre la moindre porte du monde souterrain, la moindre trappe. Et c'est vous qui me l'avez confié, vous vous rappelez ? Ah ! ah ! ah ! Vous me l'avez confié à contrecœur, peut-être, mais avouez que la situation est drôle, non ? Non ? Auguste, je ne vous entends pas rire, comment est-ce possible ? »
Bartoli partit dans un long ricanement. Plus loin, les singes avaient commencé à prendre la rame d'assaut

alors que Gustave cherchait à la démarrer. Le système de verrouillage des portes était trop puissant pour que les singes puissent le forcer. Mais il n'en était pas de même des fenêtres et hublots, qui commencèrent à se fendiller sous leurs coups de poing. À l'intérieur, Keren hurlait, les mains sur les oreilles. Nathan tremblait de tous ses membres, tournant la tête à droite et à gauche sans savoir où regarder exactement.

«Accrochez-vous, je débloque les freins», lança Gustave.

La rame se mit à glisser doucement sur les rails, et deux singes s'y accrochèrent. Elle entra bientôt dans l'étroit tunnel de propulsion.

« Tenez-vous bien ! »

Gustave appuya sur un bouton, et la rame partit comme une fusée, faisant lâcher prise aux orangs-outans, qui atterrirent à demi assommés sur la voie. Pourtant, Bartoli ne sembla pas le moins du monde surpris ou embarrassé par cette fuite.

« Fulgence ? demanda-t-il dans le cornet. Vos amis arrivent. Soignez-les bien, je crois que le garçon est blessé. Mais attention : ils arrivent plus vite que prévu !

– Qu'est-ce que vous racontez encore ? gronda Bartoli à l'autre bout du cornet.

– Vous verrez, mon ami, vous verrez… »

Bartoli s'éloigna sans prêter attention aux grondements de Fulgence qui lui parvenaient encore. Il se tourna vers Kerizouet, livide.

« Je vais vous montrer quelque chose, mon cher partenaire », lança-t-il, narquois.

Les singes s'étaient regroupés autour des deux hommes, attendant visiblement que Bartoli leur indiquât la marche à suivre. Celui-ci se dirigea alors vers la paroi du tunnel, et y passa la main comme s'il voulait la caresser. Il sembla réfléchir et finit par pousser un cri de victoire.

« Ah, c'est ici ! »

Il se tourna vers les singes et, tout en les regardant, comme pour leur montrer l'exemple, frappa du poing la roche. D'un mouvement de tête, il leur fit signe d'approcher, et réitéra son geste. Puis, il céda la place aux deux plus grands des orangs-outans. Leurs poings s'abattirent avec une puissance extraordinaire sur la surface rugueuse, qui commença à s'effriter dès le deuxième coup. Il ne s'agissait pas de pierre, à cet endroit, mais visiblement d'une imitation en plâtre. Au quatrième assaut, il n'en restait plus rien. Derrière, une petite grotte avait été creusée, au centre de laquelle un assemblage complexe de tuyaux, pistons, fils et machineries diverses trônait paisiblement, en émettant un ronflement continu. Bartoli entra prestement dans la grotte, jeta un coup d'œil circulaire, et avisa un pupitre de contrôle. Sans réfléchir plus de quelques secondes, il abaissa de toutes ses forces un levier qui se trouvait alors à mi-course. La machinerie s'ébroua, et le ronflement se fit plus bruyant.

« Je pense qu'il y en a qui vont bien s'amuser, maintenant », murmura Bartoli un petit sourire aux lèvres.

Dans le tunnel du Pneumopolitain, la conséquence de ce geste ne tarda pas à se révéler. La rame accéléra avec une puissance telle que tout le monde alla valser vers l'arrière.

Le conducteur, écroulé sur le tableau de bord, cria :

« C'est Bartoli ! Il a dû modifier la pression d'air dans le tunnel ! On ne va jamais pouvoir s'arrêter sur le quai ! On va s'écraser sur la ville ! »

Les deux enfants se blottirent l'un contre l'autre.

Le conducteur tira la manette de freinage, mais les freins n'étaient de toute évidence pas conçus pour répondre à ce niveau de propulsion et demeurèrent inefficaces. Alors, paniqué et en nage, il actionna le mécanisme d'urgence. Des bras articulés se déployèrent et vinrent s'accrocher à la paroi, tandis qu'un bruit strident s'ajoutait au sifflement de la rame. En vain. La voiture connut un léger ralentissement, mais la poussée d'air était bien trop forte. Les bras mécaniques cédèrent dans un bruit de métal froissé, et le Pneumopolitain récupéra presque instantanément le peu d'allure qu'il venait de perdre.

Un des gardes se releva, livide. La voix tremblante, il demanda à Gustave :

« On ne peut pas sauter en marche ? Il faut qu'on sorte de là !

– Sauter ? Il n'y a pratiquement aucun espace entre le tunnel et la cabine. Et même s'il y en avait, on serait transformés en balles d'airolver. »

Gustave se frotta nerveusement le menton et ajouta :

« Je… Je ne sais vraiment pas quoi faire. »

Il se dirigea vers le tableau de bord, et sa main hésita au-dessus de quelques commandes. Il se contenta de

s'y appuyer, sur les poings, le visage ruisselant de sueur.
« On arrive au bout du tunnel dans combien de temps ? s'inquiéta de nouveau son comparse.
– Quelques dizaines de secondes tout au plus, j'en ai peur. Il n'y a rien que l'on puisse faire. On n'a pas le contrôle, d'ici. »
Il se retourna vers les passagers, et la gorge nouée, commença :
« Mes amis… »
Nathan et Keren se regardèrent les larmes aux yeux, toujours serrés l'un contre l'autre. Alors, l'un des quatre gardes, qui portait une redingote, s'exclama :
« J'ai une idée ! Allongez-vous, tous ! Vite ! »
Hommes et enfants s'exécutèrent. À plat ventre, l'homme à la redingote sortit son airolver et tira un premier projectile vers la vitre avant, qui se fendit sous le choc. Il refit le plein d'air pour son arme, et tira de nouveau. Cette fois, la vitre vola en éclats, portant le bruit extérieur à un niveau insupportable.
« Protégez vos visages, mettez-vous à l'abri sous les sièges ! Allez-y ! » hurla-t-il.
Les passagers du Pneumopolitain rampèrent tant bien que mal sous les banquettes, et attendirent dans l'angoisse la suite du plan. Le tireur, toujours couché sur le ventre au milieu de l'allée centrale, visa cette fois la vitre arrière. Il ferma les yeux, murmura quelques mots inaudibles, et pressa la détente. Un appel d'air formidable fit s'envoler une nuée de débris de verre

à travers la voiture, comme une invasion d'insectes translucides. Le Pneumopolitain n'était plus une capsule étanche, mais un tube creux, ouvert aux deux extrémités : l'air propulsé dans le tunnel, au lieu de pousser le piston à l'arrière de la rame, s'y engouffrait désormais. Le véhicule ralentit de manière significative, sans pour autant s'arrêter. Gustave se rua alors sans réfléchir à son poste.

« J'espère que cette fois, les freins seront utiles ! » cria-t-il en mettant tout son poids sur le levier de freinage. Le Pneumopolitain commença à perdre de la vitesse, mais déjà la lumière du ciel pointait au bout du tunnel, pure et presque aveuglante. Le quai n'était pas loin. Le conducteur se coucha littéralement sur le levier, les yeux fermés. Le Pneumopolitain entra sur le quai comme un bolide, percuta la butée de sûreté et sortit de son sillon avec fracas, la carlingue métallique mordant le sol dans un festival d'étincelles. À l'intérieur de la rame, les passagers roulaient en tous sens, sans parvenir à s'agripper à quoi que ce soit, heurtant les banquettes, les portières, comme des boules de flipper. Finalement, la course démente du Pneumopolitain fut arrêtée par la barrière bordant la plate-forme ; le choc d'une rare violence manqua de l'arracher.

Nathan rampa à la recherche de son amie, et trouva Keren couchée sur le dos, les jambes par-dessus sa tête.

« Ça va ? » demanda-t-il, inquiet.

Sans bouger de sa position, Keren tendit son pouce vers le haut, et répondit :
« Oh oui, super ! Je faisais juste une petite séance de yoga pour me détendre, mais j'ai presque fini. J'ai raté quelque chose ? »
Nathan sourit, rassuré, et après s'être remis debout, aida Keren à en faire autant.
Gustave se tenait les côtes après avoir violemment heurté, à plusieurs reprises, le tableau de bord. Quant à ses compagnons, ils reprenaient petit à petit leurs esprits. Tous, sauf un. Le tireur à la redingote, lui, ne bougeait plus. D'un pas encore mal assuré, Gustave se dirigea vers lui, pour constater qu'une flaque de sang s'était formée sous son corps. Il le secoua par l'épaule, mais l'homme à la redingote ne répondait plus. Un fragment de verre avait transpercé l'épaule du tireur, probablement au moment du deuxième tir, sectionnant une artère près du cou. Nathan et Keren ne pouvaient détacher leur regard de la scène. Gustave s'approcha d'eux et les fit sortir de la rame. Les passagers miraculés du Pneumopolitain mirent tous quelques instants avant de réaliser ce qui se jouait autour d'eux, et plus exactement, *sous* eux. Encore ébranlés par l'accident, ils ne parvinrent pas immédiatement à saisir l'origine du vacarme qui les entourait : un mélange de cris, de grognements, de cliquetis, de sifflements, d'objets lourds lancés sur le sol. Nathan et Keren se dirigèrent jusqu'à la barrière déformée et, se hissant sur le premier barreau, contemplèrent la scène qui avait lieu quelques mètres plus bas.

Sublutetia était entrée en guerre.
Dans les rues, la population était en panique. Certains couraient de manière désordonnée entre les immeubles. D'autres se jetaient dans les canaux en hurlant. Tout autour de la ville, les rampes d'accès aux plates-formes de Pneumopolitain étaient prises d'assaut, mais la plupart avaient été gravement endommagées. La carcasse fumante d'un Pneumopolitain était plantée au beau milieu d'un canal. Dans sa chute, plusieurs habitations avaient été détruites.
Les orangs-outans avaient désormais encerclé la cité. Par petits groupes, ils progressaient avec assurance vers le centre-ville. Les hommes et femmes qui se mettaient sur leur passage se voyaient balayés comme s'ils n'étaient que de vulgaires moustiques. Certes, les singes étaient bien moins nombreux que les Sublutetiens. Un pour quatre habitants, peut-être ? Mais cette infériorité numérique ne faisait pas pour autant pencher la balance en faveur des hommes. Épouvantés, incapables d'opposer un front cohérent aux singes, leur débâcle semblait nette vue d'en haut.
Keren posa une main tremblante sur l'épaule de son ami et dit :
« Mais… Nathan… qu'est-ce qu'on va devenir ? »
Nathan ne répondit rien, horrifié et fasciné par ce qu'il voyait. Gustave s'approcha des enfants et leur dit :
« Restez ici. Il ne faut surtout pas que vous descendiez. »
Nathan leva les yeux vers lui et demanda :
« Ça changera quoi ?

– Je ne sais pas, admit Gustave.
– Alors je veux descendre aussi. Est-ce que Keren peut se cacher quelque part ? »
Le garde parut embarrassé, mais Keren coupa court à ses errances.
« Je viens aussi. Nathan, il faut bien que quelqu'un te surveille. »
Le jeune garçon ne répondit rien. Il regarda son amie avec reconnaissance, puis secoua la tête.
« Allons-y », dit-il.
S'adressant au garde, il ajouta :
« Vous n'auriez pas quelque chose de rassurant à nous dire, par hasard ? Que tout va s'arranger, que vous avez un plan ? »
Le garde secoua la tête.
« Non, désolé. Même en cherchant bien.
– Génial, dit Keren entre ses dents. Merci, ça va beaucoup mieux, monsieur euh…
– Gustave, compléta le garde. Mais trêve de bavardage, passez derrière moi. »
Il fit signe à ses compagnons valides, qui venaient de sortir le corps de leur ami pour le déposer à terre. La mort dans l'âme, ils l'abandonnèrent près de la carlingue du Pneumopolitain et rejoignirent Gustave et les enfants.
Nathan avait de plus en plus de mal à avancer, et le bruit de ses pas sur les marches métalliques produisait un rythme irrégulier. Gustave s'en aperçut et le prit dans ses bras jusqu'au seuil de l'escalier. Une

fois parvenue en bas, la petite troupe découvrit le chaos qui avait remplacé l'atmosphère paisible et mystérieuse de Sublutetia. Les citoyens avaient pris les armes et commençaient à s'organiser. Airolver au poing, ils s'étaient groupés en lignes serrées pour bloquer le passage aux orangs-outans.

Gustave fit signe à ses compagnons d'avancer discrètement, et alors qu'il envisageait de contourner le gros des bâtiments vers la droite, deux singes jaillirent devant lui. Gustave n'était pas un soldat, pas plus que les autres habitants de la ville ; il assurait seulement, à l'instar de ses compagnons, un tour de garde obligatoire et régulier. Ses réflexes n'étaient pas ceux d'un combattant, et en voyant les deux orangs-outans, si près de lui qu'il pouvait en sentir la forte odeur, il eut la même réaction que n'importe qui et paniqua, oubliant même de quel côté de sa ceinture il avait passé son arme. Son hésitation dura un instant de trop. D'un bond, l'un des deux orangs-outans fut près de lui, et son long bras poilu lui asséna une claque formidable. Gustave décolla du sol et vint s'écraser deux mètres plus loin, inanimé. Alors, l'un des deux gardes encore valides saisit Nathan et Keren par les épaules et hurla :

« Courez ! Courez ! »

Sans plus attendre, il dégaina son arme, bientôt imité par son acolyte, et mit en joue les deux singes. Les bêtes eurent un mouvement de recul ; Keren et Nathan s'enfuirent aussi vite qu'ils le purent alors que derrière eux grondaient des détonations sourdes, des râles animaux et des bruits de lutte. Après une cinquantaine de mètres, Nathan s'écroula. La douleur de sa cheville irradiait dans toute sa jambe et courir lui était devenu impossible. Keren se coucha à plat ventre près de lui.

« Nathan, dit-elle… On ne peut pas rester là… Ils vont nous voir.

– Je sais, gémit Nathan. Mais j'ai trop mal, je ne peux plus courir. Je suis désolé. »

Ils tournèrent la tête vers le théâtre des opérations. Les singes avaient gagné du terrain, cessant leurs manœuvres d'encerclement ; ils progressaient petit à petit, malgré la pluie de projectiles qui s'abattait maladroitement sur eux.

« Appuie-toi sur moi, dit Keren. On va essayer de se cacher là-bas, il y a des tas de trucs renversés. »

Ils se remirent en route à faible allure, tâchant d'atteindre sans être vus la carcasse d'une embarcation, échouée aux abords de la ville.

Au-dessus d'eux, le soleil brillait toujours avec la même sérénité. Le ciel, le vrai, semblait ignorer la douleur de ceux qui ne connaissaient que son reflet.

Keren et Nathan atteignirent leur objectif sans encombre. Ils n'osèrent regarder en arrière, redoutant d'y voir trois corps étendus et impuissants. De leur cachette, les enfants ne pouvaient deviner que les environs immédiats de Sublutetia, désertés. Tous les singes avaient réussi à progresser vers le centre-ville, là où les combats faisaient désormais rage. Après plusieurs minutes d'attente angoissée, ils virent un premier orang-outan reculer depuis l'avenue principale. Un second atterrit à quelques mètres du premier, comme s'il avait été frappé par un boulet de canon. Keren grimpa sur la carcasse qui les abritait, et en tendant le cou, découvrit ce qui était en train de changer le cours de la bataille. Flottant sur le grand canal, une machine en bois munie d'une tourelle projetait de l'eau à haute pression par une longue lance de cuivre fixée à la proue. L'appareil avait sans doute eu une autre utilité avant ce jour, mais sa reconversion en machine de guerre tombait à point nommé. Percutés par le jet, les singes roulaient en arrière, terrifiés à leur tour. Bien sûr, compte tenu de leur percée et de leur nombre, les orangs-outans encore valides auraient très bien pu encercler le canon flottant et le prendre d'assaut. Mais ils demeuraient des animaux, que la nouveauté et la surprise tenaient en respect.

Keren aida Nathan à se hisser à son niveau et tous deux assistèrent à la contre-attaque le cœur plein d'espoir.

« Ils s'enfuient, j'ai l'impression, dit Keren, enthousiaste. Ça a l'air de marcher, leur truc. Oh, regarde ! »

Fier comme un général au milieu de ses troupes, Auguste Fulgence se tenait au sommet de la tourelle. À ses côtés, le dénommé Hector actionnait une pompe avec vigueur. Des dizaines d'orangs-outans, touchés de plein fouet, chancelants, avaient maintenant reculé au-delà du grand canal.

« Ils s'en vont pour de bon, Nathan ! » insista Keren.

Nathan plissa les yeux pour mieux y voir, et laissa échapper un soupir de soulagement.

« Tu as raison, j'ai l'impression qu'ils sont en pleine panique. »

Il attrapa Keren par l'épaule, et la serra un bref instant contre lui. Les battements de leur cœur reprirent un rythme plus régulier tandis qu'ils essayaient de dénombrer, pleins d'espoir, quelle proportion de singes battait en retraite.

« J'espère que ça va suffire », dit faiblement Nathan.

Au bout d'un petit moment, Keren déclara :

« Même si ça suffit, ça ne résout pas l'histoire du ciel.

– Non, mais j'imagine que les choses seront plus simples maintenant que les singes ne sont plus un problème. »

Keren allait répondre quand tout à coup, une incroyable masse de poils roux traversa leur champ de vision à la vitesse de l'éclair. Les deux enfants se figèrent. Un orang-outan, bien plus grand que les autres, se ruait en direction de Fulgence. Le jet d'eau comprimée le visa, bien sûr, mais le singe l'évita avec adresse. Il bondit sur une façade et s'accrocha à un balcon, avec la même facilité que s'il se promenait d'arbre en arbre dans la jungle de ses ancêtres. À nouveau, Fulgence manœuvra le canon pour percuter le singe, mais l'appareil n'était décidément pas conçu dans ce but et sa maniabilité s'en ressentait. Le jet manqua le singe une seconde fois et fit exploser la vitre près de laquelle il se tenait l'instant précédent, emportant au passage un angle de mur.

Au bond suivant, les dés étaient jetés. L'orang-outan se lança dans les airs en prenant appui sur le mur et atterrit avec fracas sur la tourelle.

Désormais, l'homme et l'animal se dévisageaient en silence. Fulgence avait reconnu le colossal Hutan, et le singe savait pour sa part qu'il avait devant lui le chef des humains.

Ils se dévisagèrent, et cet instant parut interminable à tous ceux qui assistaient à la scène. Qui allait agir en premier, et pour quoi faire ? Fulgence ne bougeait pas d'un pouce ; le singe, lui, oscillait d'avant en arrière.

« Je ne te laisserai pas détruire notre rêve, Hutan », se décida à dire Fulgence.

Quelle lumière ces syllabes allumèrent-elles dans le cerveau du singe ? Il avança son imposante masse vers Fulgence, qui s'efforça de ne pas reculer. Désormais, Hutan était tout près de son ennemi. Hector observait la scène, figé. Au sol, singes et humains avaient suspendu leur respiration, les yeux braqués sur la confrontation silencieuse. L'avenir de Sublutetia se jouait là, sur une modeste plate-forme en bois, entre un singe et un homme. Les petits yeux noirs de Hutan se plissèrent ; Fulgence raidit tous les muscles de son corps.

Derrière leur abri de fortune, Keren et Nathan ne pouvaient voir la scène avec précision ; seule l'écume de la tension qui régnait plus loin roulait jusqu'à eux.

L'épreuve de force prit fin aussi brutalement qu'elle avait débuté. Hutan, toujours muet, leva son bras et attrapa Fulgence par le col. Bien que la stature de l'homme fût presque aussi impressionnante que celle du singe, il fut soulevé comme s'il n'était qu'un simple fétu de paille, et jeté en bas de la tourelle. Heureusement pour lui, c'est l'eau du canal que son dos rencontra. Le plongeon ne fit que le désorienter momentanément, mais l'issue de la bataille ne faisait désormais plus aucun doute. Rageusement, cette fois, Hutan arracha le canon à eau de la tourelle comme s'il s'agissait d'une construction en allumettes et, se penchant vers ses congénères amassés autour de l'embarcation, poussa un cri de victoire. Les autres singes lui répondirent dans un brouhaha indescriptible et autour d'eux, les hommes et femmes encore debout s'écroulèrent de peur et de désespoir.

Fulgence regagna le bord du canal. Il savait que la victoire lui avait échappé, à lui et aux siens.

Nathan murmura entre ses dents :

« Je ne peux pas y croire, ce n'est pas possible. »

Keren, elle, avait détourné les yeux, le ventre noué.

Nathan regarda autour de lui, à la recherche d'une solution providentielle. Mais il n'y avait rien d'autre que des corps de singes et d'hommes allongés, et des débris. Hutan, le souverain des orangs-outans, était descendu de sa tourelle ; ses soldats à poil roux s'amassaient autour de lui, tenant à nouveau la population désarmée en respect. L'un des singes vint saisir Fulgence, encore accroupi, et le traîna aux pieds de son chef.

Tandis que Fulgence tâchait douloureusement de se relever, Hutan scrutait les bâtiments avec intérêt. Peut-être appréciait-il les constructions à leur juste valeur. Après tout, il avait bien élu domicile dans l'une des premières demeures des humains, et non dans une cavité de la roche. Tout cela, tout cet espace, lui appartenait à présent. Ou presque. Car l'homme étrange qui disait s'appeler Bartoli lui avait dit que le ciel allait s'éteindre. Certes, Hutan n'avait rien trouvé d'anormal à cela, le ciel s'éteignait bien toutes les nuits, après tout. Mais son cerveau primitif avait toutefois saisi la nuance, et le caractère définitif de la menace.
Il posa sa main gigantesque sur l'épaule de Fulgence, trempé de la tête aux pieds, et le força à se mettre à genoux. C'est alors que Bartoli, qui n'avait pas perdu une miette de toute la scène, fit son apparition. Il était flanqué de deux singes dont l'un portait sur son dos le malheureux Kerizouet. Les Sublutetiens, ceux qui avaient cru à la victoire des leurs jusqu'à la dernière minute, s'étaient alignés, impuissants, le long de l'avenue principale. Ils savaient qu'au moindre geste de défi, les singes pouvaient les mettre en pièces. Keren et Nathan, sans pouvoir entendre ce qui se passait, tâchaient de comprendre la situation depuis leur abri.
Bartoli fit signe aux singes de déposer Kerizouet à terre, et se rapprocha de Hutan et Fulgence. Le chef des orangs-outans le toisa de haut en bas, visiblement indécis sur l'attitude à adopter à son égard. Fulgence, toujours à genoux, leva la tête vers Bartoli et dit :

« Bartoli… Pourquoi ? »
Bartoli sourit.
« Pourquoi, Auguste ? Parce que je ne suis pas quelqu'un qui se contente de peu.
– De peu ? Vous aviez tout, ici.
– Je n'avais rien.
– Rien ? Vous aviez la paix, l'ordre, la tranquillité, tous les livres que vous vouliez… Aucune contrainte, pas d'impôt, pas de travail harassant.
– Que c'est excitant ! s'exclama Bartoli. Vous pensez que je peux me contenter de ça ?
– Contenter ? Mais c'est ce que tout homme recherche !
– Jamais de la vie, Auguste. Ce qu'un homme recherche, c'est le pouvoir. Tout le monde. Y compris vous. Vous en savez quelque chose, puisque vous avez continué à exercer vos fonctions malgré votre âge.
– Cela n'a rien à voir. J'ai été plébiscité. Je n'ai rien demandé.
– Bien sûr. Mais vous n'avez pas refusé, n'est-ce pas ? »
Fulgence ne répondit rien.
« Je vois, poursuivit Bartoli. Bien, Fulgence, avez-vous… avez-vous un quelconque moyen de sonorisation, que tout le monde m'entende ?
– Je ne tiens pas à ce qu'on entende votre délire, Bartoli. »
Ce dernier regarda autour de lui en fronçant les sourcils. Soudain, un grand sourire illumina son visage. Il venait de reconnaître Hector, quelques pas derrière eux, l'air abasourdi. Étouffant un ricanement cruel, il sortit son airolver, le pointa vers lui, et demanda :

« Hector, mon ami… vous m'avez entendu, j'imagine ? Vous pouvez faire quelque chose pour moi ? Dans le cas contraire, j'avoue avoir bien envie de vous abattre. Vous m'avez toujours agacé, avec votre déférence malsaine.

– J… Je vais m'occuper de ça », balbutia Hector.

Il se rendit sur l'embarcation qui portait jusqu'alors le canon à eau – la machine servait initialement à déblayer des tunnels – et en revint en tenant un cornet acoustique, relié par un tuyau à un dispositif à l'intérieur du bateau.

« Il faut que… que vous vous rapprochiez.

– Mais bien sûr, dit Bartoli d'une voix mielleuse. Bien sûr ! »

Il s'exécuta et saisit le cornet, qu'il plaça devant sa bouche. Sa voix emplit toutes les rues de Sublutetia.

« Sublutetiennes, Sublutetiens… Je sais que les dernières heures ont été dures pour vous. Mais le calme est revenu. À cet instant, je me proclame Empereur des Royaumes souterrains ! »

Un murmure parcourut le public.

« Votre vie ne changera pas fondamentalement, rassurez-vous. Mais j'entends être respecté comme un monarque doit l'être. J'attends de vous respect et obéissance ! »

À ces mots, un jeune homme s'écarta de la foule et hurla :

« Espèce de cinglé ! »

Il se rua vers Bartoli, poings serrés. Mais Bartoli fit un signe rapide à l'un des orangs-outans. Hutan émit un grognement. Son soldat se jeta sur le jeune homme, le souleva à deux mains, et le frappa au sol avec rage. Le garçon ne se releva pas.

Bartoli reprit :

« Désormais, voilà ce qui arrivera si l'on s'en prend à moi. Tous les airolvers seront confisqués ! »

Keren et Nathan n'en croyaient pas leurs oreilles. Nathan se décida à dire :

« Keren, je crois qu'il faut qu'on se rapproche.

– Se rapprocher ? Mais pourquoi ?

– Ils ne nous ont pas encore vus. Il y a peut-être encore un moyen de renverser la situation.

– Tu as vu ce que vient de faire le singe ? On n'y peut rien. On va se faire tuer. »

Nathan réfléchit.

« Tu as raison, c'est trop dangereux. Je vais y aller tout seul.

– Tout seul ? Avec ta jambe ?

– Personne ne fera attention à moi. Je n'ai qu'à marcher en passant par derrière.

– Mais je ne comprends pas ce que tu veux faire. »

Nathan montra son glaive à Keren.

« Si j'arrive à le lancer à M. Fulgence, il saura peut-être quoi en faire. Tous les autres sont désarmés, c'est pour ça qu'ils ne font rien.

– Tu es complètement fou. Les singes vont te massacrer.

– C'est ça ou rien. De toute façon, on finira par se faire repérer, alors on ne peut pas rester là.

– Nathan, même si tu lui donnes l'arme, il se passera quoi ? Il ne pourra rien faire tout seul !

– S'il tue le grand singe, les autres vont prendre peur, je pense. Ce ne sont que des animaux.
– Ah oui ? Et si au contraire ils veulent le venger ?
– C'est le risque, oui, bredouilla Nathan. Mais j'ai cru comprendre que certains chasseurs faisaient comme ça.
– Des chasseurs ? Avec des singes ?
– Ben… non, avec des loups, je crois.
– Ce n'est pas trop pareil, tu as remarqué ?
– Bon, écoute, on perd du temps. J'y vais. Reste ici, tout se passera bien. »
Keren savait qu'il était inutile de retenir son ami. Le cœur serré, sans rien dire, elle le regarda sortir de sa cachette et se mettre en route en boitant.

11

Sous les décombres

Ivre de son triomphe, Bartoli continuait son discours délirant. Il haranguait la foule abattue et désespérée. Autour de lui, les singes impassibles semblaient ne rien comprendre à ce qui se passait. Mais Hutan leur avait donné l'ordre d'obéir à cet homme bizarre, alors ils s'exécutaient.

« Finis, vos misérables repas de champignons ! s'égosillait Bartoli. Désormais, nous mangerons comme à la surface ! Des préposés iront récupérer les meilleurs mets du monde extérieur, tous les jours. Et qu'ils n'en profitent pas pour s'enfuir, car s'ils le faisaient, j'ordonnerais l'exécution immédiate d'un citoyen pris au hasard ! Le fuyard aura une mort sur la conscience ! »

À ses pieds, Fulgence fulminait.

« Bartoli… Vous semblez oublier quelque chose. Le ciel va s'éteindre d'une minute à l'autre. Vous devez savoir quelle heure il est ?

– Je n'ai pas oublié, affirma posément Bartoli. Mais il y a un temps pour tout. Tel César, je me dois de célébrer mon triomphe !

– Célébrez, célébrez. Mais bientôt, vous y goûterez dans le noir. »

Bartoli tourna la tête vers Kerizouet, qui se tenait debout à grand-peine.

« Monsieur Kerizouet… Notre accord tient toujours, n'est-ce pas ? Je me montrerai clément avec vous, comme je l'ai promis. »

L'intéressé baissa les yeux et acquiesça :

« Oui, oui… nous ferons comme nous avons dit. Mais Fulgence a raison : le temps presse. Les travaux ne vont pas tarder à débuter. À vrai dire, tout doit déjà être en place depuis ce matin. »

Bartoli se frotta les mains en souriant. Fulgence, d'une voix sépulcrale, grogna :

« Sachez en tout cas une chose, Bartoli…

– Oui ?

– J'ai pitié de vous. Vous êtes un fou et un aveugle. »

Bartoli éclata de rire.

« Vous avez pitié de moi ? Dites plutôt que vous me haïssez ! Ah, comme je vous comprends. Mais en l'occurrence, il vaudrait mieux que vous commenciez à m'aimer un peu, parce que je suis le mince fil qui vous rattache à la vie !

– Oh, je ne le sais que trop !

– À la bonne heure ! » répondit Bartoli, plus sévèrement.

À ses côtés, Hutan parut s'impatienter. Sa nature de singe reprenait le dessus, et il avait envie de parcourir ce nouveau et vaste territoire qui s'offrait à lui et aux siens. Après des années et des années à contempler encore et encore les mêmes paysages, cette perspective le remplissait d'allégresse.

Nathan, pour sa part, avait progressé sans rencontrer la moindre difficulté. Il avait emprunté une rue parallèle à l'avenue principale et s'était fabriqué une canne de fortune avec un bout de tuyau. En se rapprochant du centre, il se rendait compte qu'un bon nombre de Sublutetiens s'étaient tout simplement enfermés chez eux, attendant de voir comment les choses allaient tourner. Quant aux singes, une grande partie s'était amassée au centre, tandis que quelques autres protégeaient les issues d'évacuation avec nonchalance, davantage concernés par leurs petites habitudes que par une surveillance soutenue. Sans leur meneur Hutan, ces singes demeuraient certes des bêtes sauvages – et de fait dangereuses – mais dénuées de la moindre agressivité quand elles n'étaient pas attaquées.

Nathan progressa plus près encore du petit groupe formé par Fulgence, Bartoli et Kerizouet. Pourtant, de là où il venait, il courait le risque d'arriver directement dans le dos de l'un des singes qui formaient la ronde autour des humains. Plus loin, sur la gauche, un petit espace semblait libre. Mais l'emplacement n'était pas idéal pour jeter une arme à Fulgence. Il laissa à regret sa canne derrière lui, et entreprit de ramper en direction de Bartoli. Sa petite taille lui permettrait peut-être de ne pas être vu par les singes et son chemin, jonché de débris parfois volumineux, offrait une bonne couverture.

Pendant ce temps, Bartoli continuait à pavoiser. Avec une voix vibrante, il déclamait ses projets sous l'œil neutre de Hutan, et les regards de mépris de Fulgence et Kerizouet.

« Vous dites que vous vous contentez de peu, ici. Mais ce n'est pas parce que vous êtes modestes ou humbles, c'est parce que vous n'avez pas d'ambition. Nous vivons comme nos ancêtres, sans confort, sans luxe. Nous pouvons faire mieux ! Nous avons construit le Pneumopolitain, nous avons bâti un autre monde ! Et pour quoi faire ? Philosopher, palabrer, réfléchir à des choses qui ne verront jamais le jour. Mais j'y songe… Où sont vos amis du Conseil, Auguste ? »

Fulgence se contenta de cracher aux pieds de Bartoli.

« Quelle vulgarité ! » fit semblant de s'offusquer celui-ci. Il saisit le cornet acoustique et s'y égosilla en ces termes : « Membres du Conseil, je vous somme de paraître ici, dès maintenant. Ou j'ordonne à mes singes de mettre Auguste Fulgence en charpie. »

Une ou deux minutes s'écoulèrent dans un silence de mort. Et puis, cinq personnages se détachèrent de la foule terrorisée. Il y avait un vieillard à la barbe rase, les yeux gris pétillants de vivacité ; deux femmes d'une cinquantaine d'années au port élégant ; un jeune homme distingué ; un monsieur entre deux âges, voûté, portant une grosse moustache noire. Ils se rassemblèrent en une petite procession, et Hutan fit signe aux autres singes de les laisser approcher. Quand ils furent à la hauteur de Fulgence, Bartoli leur dit :

« Quel plaisir de revoir nos sages ! Eh bien, vous le voyez, toute la sagesse du monde ne pèse pas grand-chose face à la ruse et la force brute. Mettez-vous à genoux. Montrez à tout le monde que vous vous inclinez devant moi ! »
Aucun d'entre eux ne bougea.
Un sourire angélique éclaira le visage de Bartoli, et ce fut presque en état d'euphorie qu'il agita les mains devant Hutan. Le singe grogna, mais rien d'autre ne se passa. Bartoli recommença ses gestes, plus lentement cette fois, mais Hutan n'eut pas davantage de réaction. L'orang-outan était en train de réfléchir, et cette activité l'accaparait totalement. Il avait l'impression, encore imprécise, de servir d'animal domestique à Bartoli, d'exécuter des ordres sans avoir sa part de décision. Bien sûr, il avait bien compris que sans Bartoli, lui et les siens n'auraient pas pu mettre les pieds dans cet endroit si vaste. Mais maintenant, il ne voyait pas pourquoi il devait continuer à aider Bartoli ou à lui obéir, et il n'aimait pas davantage les airs supérieurs qu'il prenait. Aussi décida-t-il de ne pas tenir compte des gestes de l'humain.
La panique noua l'estomac de Bartoli, mais son exceptionnel sang-froid, une fois encore, lui permit de ne rien laisser paraître.
Nathan sentit que le moment était venu pour lui de se rapprocher encore un peu plus. Bientôt, il ne fut plus qu'à cinq mètres du dos de Bartoli. Aucun singe ne semblait l'avoir découvert. Une boule se forma dans sa gorge

quand il mesura la distance qu'il lui restait à parcourir. Cinq mètres, c'était bien trop loin pour lancer le glaive. Et se mettre à courir, avec sa cheville, était exclu.

Ce fut Bartoli qui montra, sans s'en douter, la voie à Nathan. Afin de réaffirmer sur Hutan l'autorité qui commençait à lui échapper, il se tourna vers le singe et lui asséna une claque sur le coin de la tête. C'était tout simple, après tout : il voulait montrer à la bête qu'il n'avait pas peur d'elle, l'humilier devant ses congénères, renforcer son emprise sur son armée de primates. Mais Hutan ne l'entendit pas ainsi. Se dressant sur ses courtes pattes, il poussa un grognement tel que des morceaux de verre brisé, encore accrochés çà et là à quelques fenêtres, se détachèrent et tombèrent sur le sol en un même tintement aigu. Ses deux poings vinrent marteler le sol tandis que les autres singes s'agitaient sur place, poussant des cris confus. Bartoli fit deux pas en arrière, saisit son airolver et mit en joue le roi des singes. Fulgence lui cria :

« Bartoli, espèce de fou ! Ne faites pas ça ! Ça ne va rien arranger !

– Il faut que je montre à mes soldats qui est leur vrai général, hurla Bartoli. Ils suivront le plus fort, c'est-à-dire moi. »

Il eut un signe de tête en direction de Hutan. Celui-ci savait parfaitement ce que l'arme de Bartoli était capable d'accomplir, et ne bougea pas de sa position.

« Mon ami, dit Bartoli avec douceur, je crois qu'il est temps que nous nous séparions. Je n'oublierai pas votre contribution. »

Le canon de l'arme était braqué entre les deux yeux du singe.

C'était le moment. En reculant, Bartoli s'était rapproché de la cachette de Nathan. Le garçon comprit alors qu'il allait devoir faire l'inverse de ce qu'il avait projeté jusqu'à présent. Rassemblant ses dernières forces, il se releva et se précipita, glaive à la main, vers Bartoli. La foulure à sa cheville mit le feu à son mollet, à ses cuisses, et enserra sa poitrine. La distance n'était rien, quelques mètres à peine ; mais sous l'emprise de la douleur, elle semblait s'allonger indéfiniment, chaque mètre se dédoublant, voire triplant. Bartoli, alerté par le bruit de la course, se retourna nerveusement, l'arme à la main. Il ne s'attendait toutefois pas à rencontrer une cible de petite taille et d'instinct, pointa l'airolver plus haut que Nathan. Le garçon, les deux mains crispées autour de la poignée de son glaive, le leva de toute ses forces et l'abattit en arc de cercle sur le genou de Bartoli. La lame avait beau être passablement émoussée par les ans, elle mordit la chair avec appétit, comme si après des siècles et des siècles d'inactivité, elle réclamait à nouveau son tribut de sang. Bartoli poussa un râle alors qu'une fontaine écarlate jaillissait de la plaie. Nathan n'attendit pas, et frappa à nouveau, en plein sur son poignet. Le coup fut moins bien porté cette fois, et ne trancha rien ; néanmoins, le choc fit lâcher l'airolver à Bartoli, qui tomba à genoux. Nathan dégagea le pistolet à air comprimé d'un coup de pied, mais le mouvement déplaça trop de poids sur sa jambe blessée. Sa cheville se tordit à nouveau et il s'affala sur le sol. Bartoli esquissa un mouvement vers son arme. Mais Hutan, fou de rage, le soulevait déjà au-dessus de sa tête et une seconde plus tard, l'aplatissait à terre. Bartoli émit une plainte stridente, et Hutan lui infligea le même traitement une deuxième fois, puis une troisième. Quand Bartoli fut réduit à l'état d'une poupée de chiffon, Hutan le fit rouler dans le canal sous un murmure d'épouvante. Le traître de Sublutetia quitta ainsi ce monde, loin des rêves sublimes qu'il s'était bâtis au cours des derniers jours de sa vie. Lui qui avait voulu parader comme un roi dans la ville conquise n'était plus qu'une silhouette déformée, dérivant piteusement entre deux lignes de citoyens horrifiés et une armée de singes. Ces derniers, amassés tout autour de Fulgence, Kerizouet et Nathan, connurent une surexcitation soudaine, gesticulant en tous sens et criant à gorge déployée. Fulgence tâcha de rejoindre Nathan mais Hutan lui barra la route d'un air menaçant. Le singe, à son tour, s'approcha du jeune garçon sous les hurlements de ses congénères. Il grogna en abattant ses poings, et tous se turent. Sous le crâne de Hutan, des sentiments infiniment complexes s'affrontaient. Ses a priori sur les hommes se heurtaient à une contradiction majeure: cet enfant d'homme, blessé, impuissant, qu'il aurait pu briser entre ses doigts comme une coquille de noix, venait de lui sauver la vie. Il s'en rendait bien compte, même si cette pensée lui était, en un sens, insupportable. Quelle attitude

pouvait-il bien adopter désormais, vis-à-vis de lui, d'une part, et des siens, d'autre part ? Il devait épargner l'enfant, il en était quasi sûr. Mais les autres ?
Fulgence s'était déplacé sur le côté, hors de portée des bras du singe. Calmement, il dit à Nathan :
« Mon garçon… viens vers moi. »
Hutan se tourna vers Fulgence, furieux. L'homme ne bougea pas d'un cil et guettait la réaction du jeune garçon. Nathan prit appui sur ses deux mains et tenta de se relever, mais l'inflammation de sa cheville était trop importante et il se retrouva rapidement sur les genoux. Fulgence fit un pas vers lui. Hutan retroussa les babines, dévoilant des dents aussi acérées que des crochets de boucherie. L'homme avança encore ; le singe adopta une position agressive, mais ne s'interposa pas. Alors, Fulgence joua le tout pour le tout. Il avala les deux derniers mètres qui le séparaient de Nathan et, sans jeter un seul regard à l'orang-outan, souleva le garçon du sol, le serra dans ses bras et lui dit :
« Tu as été très courageux, mon garçon. Très courageux. »

Le singe ne fit rien pour les séparer. Il observait cette scène avec circonspection, étonné de découvrir chez ces deux humains un sentiment d'amour qu'il croyait propre aux seuls singes. Ainsi, les hommes aussi pouvaient faire preuve de compassion et prendre des risques pour leurs proches. Étaient-ils si éloignés de lui ? Il se rappelait pourtant leurs tentatives pour envahir son royaume, leur attitude sans cesse belliqueuse, et ce souvenir raviva un peu d'agressivité en lui. Mais plus l'instant s'étirait, plus il avait l'impression que cet homme-là et son enfant n'étaient finalement pas des dangers pour lui et les siens. Quelque chose l'empêchait de les réduire en miettes ; ce quelque chose s'appelait tout simplement de la gratitude, mais Hutan, bien sûr, n'en avait pas la moindre idée. Il savait seulement qu'il ne pouvait lever le poing sur celui à qui il devait d'être encore en vie.

Les Sublutetiens commencèrent à s'agiter. Mais les singes étaient toujours nombreux et les quelques armes encore en état ne permettaient pas de faire la différence. Petit à petit, pourtant, la panique se dissipait. La situation apparut dans tout son ridicule ; il était à la fois absurde et comique que des centaines d'hommes soient tenus en respect par quelques dizaines de singes. On murmurait, on discutait, on montrait du doigt, on réfléchissait. Les singes, pour la plupart, n'avaient pas ces états d'âme et ne s'intéressaient même plus à la foule, à l'exception des plus belliqueux d'entre eux, cinq ou six tout au plus, qui tournaient en rond autour des humains.

Une petite voix s'éleva quelques mètres derrière Hutan. C'était Keren, qui avait fendu la foule depuis un petit moment déjà.

« Nathan ! » cria-t-elle.

Hutan la fixa avec intérêt, et ne fit rien pour l'arrêter lorsqu'elle courut vers Nathan. Les deux enfants se jetèrent dans les bras l'un de l'autre. Fulgence leur jeta un regard attendri, mais se rembrunit bien vite. De sa voix tonnante, il martela :

« Le ciel va s'éteindre. »

Hutan avait déjà entendu ces mots plusieurs fois depuis les dernières heures. Il commençait à comprendre que la nuit allait être très longue, qu'elle ne finirait peut-être même jamais. Et que les deux hommes, près de lui, pouvaient sans doute y faire quelque chose. Il resta attentif.

Fulgence, de son côté, s'était rapproché de Kerizouet. L'industriel avait repris quelques forces, mais il tenait à peine debout, et sa belle assurance avait fui son regard. Ce n'était plus qu'un homme soucieux et à bout de forces. Fulgence lui mit une main sur l'épaule, la serra, et dit :

« Kerizouet… Vous avez été enlevé, torturé, séquestré… Je ne sais pas comment vous pourrez nous pardonner. En ce qui me concerne, vous êtes libre de partir. Mais sachez que si vous partez maintenant, c'est la fin de Sublutetia. Ce qui est fait est fait, mais vous pouvez encore nous sauver. Nous… et ces animaux.

– Vous voulez sauver ces bêtes sauvages ? s'étonna Kerizouet.

– Nous n'avons jamais rien fait pour chasser ou abattre les singes. Nous avons cherché à nous en protéger, c'est tout. Aujourd'hui, ils sont au cœur de notre cité, et c'est un autre problème. Mais nous vivons sous le même ciel… »

Menton relevé, il prit une bouffée d'air et de soleil.

« Nous aiderez-vous, Kerizouet ? Allez-vous renoncer à notre destruction ? »

Kerizouet réfléchit pendant une poignée de secondes qui s'étirèrent à l'infini. Les hommes étaient trop loin pour vraiment entendre ce qui se jouait, les singes trop primitifs pour le comprendre. Seuls Nathan et Keren pouvaient profiter de cet instant de bascule, durant lequel l'homme qui se tenait près d'eux se voyait attribuer à la fois le pouvoir et les responsabilités d'un dieu.

Finalement, Kerizouet, la tête haute, déclara :

« Vous n'êtes pas un mauvais homme, Fulgence. Mais moi, je vais perdre des millions. »

Keren, Nathan et Fulgence étaient pendus à ses lèvres.

Il ajouta :

«Toutefois... des millions, j'en ai d'autres. Et vous, vous n'avez qu'un ciel. Je ne comprends pas pourquoi vous avez fait ce choix, pourquoi vous avez voulu vivre comme des taupes à des dizaines de mètres sous le sol, mais je suppose que je n'ai pas le droit de m'y opposer. »

Il marqua une pause.

« C'est d'accord. Je vais vous aider. Ne me demandez pas pourquoi j'ai changé d'avis. Je n'en sais rien. Votre erreur, Fulgence, a été de me menacer. Vous m'auriez montré des gens heureux dans la rue, vous m'auriez parlé de votre rêve, je vous aurais peut-être pris de haut, parce que vous parlez une langue qui m'est très... exotique. Mais j'aurais peut-être été moins retors. Je ne suis pas un monstre, je suis seulement fier. C'est ma fierté qui m'a mené là où je suis.

– Là où vous êtes ? s'exclama Fulgence. Pour l'instant, vous êtes à des centaines de mètres sous terre, entouré de singes. »

Piqué au vif, Kerizouet ne sut quoi répondre. Puis, recouvrant un peu de sa contenance, il lança :

« De toutes les manières, ce n'est pas vous qui m'avez convaincu, Fulgence. Ce sont eux… »

Il montra du doigt Keren et Nathan, puis, désignant la foule apeurée d'un geste plus large, ajouta :

« Et eux. »

Un long silence s'abattit sur Sublutetia. Hutan poussa un grognement, et leva son bras immense vers le ciel, les yeux brillants. Ce que son intelligence ne pouvait lui expliquer, son instinct le lui révélait. Il comprenait que la nuit allait tomber pour toujours, et que pour l'empêcher, il avait besoin de laisser faire les hommes. Il se lança dans une pantomime stupéfiante, et petit à petit, l'armée des singes se dispersa à travers les rues et le long des canaux, frôlant parfois des individus au bord de l'évanouissement, mais ne témoignant aucune agressivité. Hutan, à son niveau, venait de connaître le destin d'un héros de l'Antiquité : de général, il était devenu sage. Et ses troupes ne demandaient qu'à lui obéir, même si pour la plupart, les singes ne comprenaient pas pourquoi les hommes devaient soudain être épargnés. Pour autant, ce contre-ordre ne les contrariait nullement ; il ne s'agissait, une fois encore, que d'étonnement. Seuls deux orangs-outans demeurèrent aux côtés de Hutan. Les plus imposants, et aussi les plus batailleurs.

Il n'aurait suffi que d'un battement de cils de Hutan pour qu'ils se jettent sur n'importe quel humain ; mais pour l'heure, ils attendaient patiemment les ordres de leur meneur. Derrière eux, les hommes commençaient peu à peu à sortir de leur paralysie. Certains coururent s'enfermer chez eux, d'autres s'effondrèrent à genoux en pleurant. Rapidement, des Sublutetiens allèrent porter secours aux blessés tandis que d'autres vinrent se masser autour de Fulgence. Puis, le petit groupe qui formait le Conseil s'approcha à son tour de plus près, rejoint par Hector.

Fulgence avait l'air inquiet et grave, même si la dispersion des singes l'avait quelque peu rassuré. Il se racla la gorge et demanda :

« Kerizouet… combien de temps nous reste-t-il ? »

Le vieil homme leva son poignet. Une montre y était attachée, son cadran fêlé. Il la porta à son oreille, la consulta et dit :

« Quelle qualité, tout de même, ces montres suisses. Elle marche toujours, vous vous rendez compte ? »

Fulgence eut une moue impatiente.

« Plus sérieusement, il nous reste un quart d'heure, tout au plus.

– Un quart d'heure… Nous n'avons pas le temps de vous renvoyer à la surface, la plupart des issues ont été endommagées. Rien que le dégagement prendrait un temps fou.

– En effet, acquiesça Kerizouet. Mais je crois que Bartoli avait une autre idée derrière la tête. »

Fulgence leva un sourcil.

« Une autre idée ? Laquelle ?

– Il voulait que je téléphone. »

Une détonation s'échappa de la cage thoracique de Fulgence.

« Quoi ? Téléphoner ? Mais nous n'avons pas le téléphone ici !

– C'est ce que vous m'aviez dit, oui. Mais apparemment, il y en a un.

– Quoi ? Mais comment ai-je pu l'ignorer ! Où donc ?

– Comment voulez-vous que je le sache ! dit Kerizouet. Permettez, je m'assois, je ne tiens plus debout. »

Alors, l'une des deux femmes du Conseil fit un pas en avant et prit la parole :

« Auguste, je crois que je sais de quoi il parle.

– Quoi ? tonna Fulgence. Il y a donc bien un téléphone ici ? Pourquoi ne l'ai-je pas su, Sofia ? »

La femme eut l'air embarrassée.

« C'est un secret bien gardé. Mais Bartoli l'avait découvert, vous savez comme il était fouineur.

– Fouineur ou pas, rugit Fulgence, vous étiez au courant et pas moi ! Vous le saviez, vous autres ? » demanda Fulgence en regardant les autres membres du Conseil.

Ils firent tous non de la tête et Sofia reprit :

« Je suis au courant parce que c'est un de mes aïeux qui avait installé cette ligne de téléphone. L'un des membres fondateurs, vous savez. À l'époque de la construction du métro. Quand je suis… descendue ici, j'ai trouvé ses notes. »

Elle reprit son souffle.

« Quand Bartoli a découvert le dispositif, bien évidemment, il ne fonctionnait plus. La technologie a beaucoup changé depuis. Mais il s'est arrangé pour qu'il soit mis à jour et puisse servir… “Au cas où”, disait-il.

– Qui était au courant ?

– Bartoli, deux ingénieurs et moi. J'ai fait donner l'ordre de ne pas ébruiter la chose. Même auprès de vous, je suis désolée. C'était la volonté de mon aïeul. Il avait eu peur, dans ses dernières heures, de “faire entrer la surface à Sublutetia”. »

Fulgence, transformé en Cocotte-minute, croisa les bras dans le dos. Une fois la pression évacuée, il demanda :

« Bon, et où se trouve ce téléphone ?

– C'est bien le problème, répondit Sofia, l'air abattu. Il se trouve dans le bâtiment des archives. Au sous-sol, dans un coffre. J'ai la combinaison, bien sûr, mais…

– Mais quoi ? s'impatienta à nouveau Fulgence.

– Eh bien, regardez donc ! »

Elle se retourna et montra du doigt la portion la plus éloignée de la ville. Celle où l'un des Pneumopolitains s'était écrasé, entraînant la destruction de plusieurs bâtiments.

« Le bâtiment des archives s'est effondré, dit Sofia. Je ne vois pas comment on accéderait au sous-sol dans l'état où il est. Du moins, pas en quelques minutes. »

Keren et Nathan baissèrent la tête. Kerizouet demeura impassible, et Fulgence passa une main sur son front.

Les trois singes écoutaient, l'air vaguement ahuri. Et tous ceux qui s'étaient avancés assez près du groupe comprirent que leur temps à Sublutetia touchait à sa fin. Fulgence déglutit douloureusement et, sans grande conviction, déclara :

« Allons voir quand même. Il ne faut pas désespérer avant d'avoir tout essayé. Courons ! »

Il prit Nathan dans ses bras, et toute la troupe, hommes et singes, se mit au pas de course. Plusieurs précieuses minutes s'écoulèrent avant qu'ils n'arrivent, à bout de souffle, près des ruines. Derrière eux, la foule les suivait en procession.

Le bâtiment des archives n'avait pas été touché de plein fouet par la chute du Pneumopolitain, mais les dommages indirects étaient importants. Une partie de sa façade n'existait plus. Le choc avait réduit l'entrée principale à l'état de gravats, et l'ossature des étages supérieurs, branlante, se dévoilait derrière un voile de poussière. Le rez-de-chaussée était aveugle. Il n'y avait aucun moyen de passer par une fenêtre. En vérité, il semblait rigoureusement impossible d'atteindre le sous-sol de quelque manière que ce soit.

La troupe observa le désastre sans mot dire, impuissante. Nathan s'assit en tailleur par terre. Sous les débris, il y avait pour lui bien plus qu'une ligne de téléphone. Il jeta un coup d'œil à la foule qui s'avançait, espérant que son père ne s'en détache miraculeusement, l'appelle et le serre contre lui. Mais rien de tout cela ne se produisit.

Un cri fit sursauter tout le monde. C'était Keren qui, le doigt tendu, désignait un espace imprécis devant elle.
« Regardez, regardez ! » criait-elle.
Sans attendre de réponse, elle s'approcha d'un assemblage de pierres fendues et de métal tordu, qui formaient un petit tunnel à même le sol.
« Il y a une ouverture, là ! »
Fulgence haussa les épaules.
« Une ouverture ? Un trou de souris, oui ! Et qui sait ce qu'il y a derrière.
– Eh bien moi, dit-elle, je veux aller voir.
– L'immeuble a été détruit, ma petite. Ça ne sert à rien. »
Sofia s'interposa.
« Auguste, si je puis me permettre… les étages supérieurs ne se sont pas complètement écroulés… il y a une chance que le rez-de-chaussée soit à peu près praticable. Le problème, c'est que l'ouverture est bien trop petite.
– Pour vous, oui ! Pas pour moi ! protesta Keren.
– Petite, dit Fulgence, merci beaucoup pour ton enthousiasme. Mais je crois que tu ne devrais pas… »
Keren n'attendit pas la fin de la phrase. Elle se précipita vers l'ouverture et sans que quiconque ait le temps de la retenir ou même de comprendre ce qu'elle avait en tête, elle se jeta à plat ventre et disparut sous les débris. Nathan poussa un cri d'effroi, auquel le silence seul répondit. Tous avaient les yeux braqués vers les gravats, qui menaçaient de s'effondrer à tout instant et de bloquer définitivement l'entrée. Fulgence tenta de

soulever une pierre pour élargir le passage, mais elle était trop lourde et son déplacement aurait mis en péril tout l'édifice. L'attente fut longue. Nathan s'approcha de l'ouverture en claudiquant et y enfonça la tête. Lui-même était déjà trop large d'épaules pour passer, et il renonça à se lancer à la poursuite de son amie. Il appela Keren deux fois, sans succès. Mais au troisième appel, la voix de son amie, dans un écho étouffé, lui répondit sur un ton plutôt guilleret.

« Ohé ! Tout va bien ! Je suis passée de l'autre côté ! Mais je ne vois pas bien, il y a de la poussière partout ! »

Nathan se tourna vers les adultes :

« Vous avez entendu ? Elle va bien, elle est passée !

– Bon, bon, bon, dit Fulgence en se frottant nerveusement les mains, la barbe, puis les cheveux. Demande-lui ce qu'elle voit, veux-tu ? »

Nathan transmit la question.

« Je vois des tas d'étagères complètement démolies, des bureaux, répondit-elle en s'égosillant. J'y vois un peu parce que le plafond a été abîmé, et il y a de la lumière qui passe. Ah si, ça brille par terre, aussi !

– Elle dit que ça brille par terre, répéta Nathan.

– C'est normal, il y avait un grand globe fait de cristaux, au rez-de-chaussée, qui transmettait la lumière du jour comme notre ciel, précisa Sofia. Il a dû tomber et se briser, je suppose. »

Fulgence se racla la gorge et demanda :

« Sofia, même si la petite parvient à trouver le coffre, comment pourra-t-elle l'ouvrir, et surtout, que fera-t-elle une fois qu'elle aura le téléphone ? Cela ne sert à rien, c'est Kerizouet… pardon, *monsieur* Kerizouet qui doit téléphoner. »

Sofia réfléchit et dit :

« Non, il y a quand même un moyen, je pense.

– Allez-y, dépêchez-vous, tonna Fulgence, agacé. Nous n'avons presque plus de temps.

– Le poste de téléphone est rudimentaire. Les fils de cuivre sont enroulés sur eux-mêmes, mais doivent être assez longs. Je pense qu'en les déroulant… Keren pourra couvrir la distance qui la sépare d'ici. Enfin j'espère. Cela risque de se jouer à quelques mètres près.

– Bon, soupira Fulgence. Dans tous les cas, il va falloir la guider, et dès qu'elle sera éloignée du passage, elle ne nous entendra plus. Ah, si, je suis stupide ! Nous pouvons utiliser l'un des haut-parleurs et glisser le cornet dans l'ouverture. Bien sûr, la petite, elle, ne pourra pas nous répondre, mais ce sera mieux que rien. Bon, ne perdons pas de temps, allons chercher ça.

– Il y a celui que Bartoli a utilisé près du canon à eau, intervint Hector.

– Oui, mais plus près de nous, il y a celui avec lequel j'ai parlé à la foule, sur l'échafaudage mobile.

– Exact. Je vais vous aider à le porter, c'est très lourd.

– Je ne dis pas non, mon ami, dit Fulgence. Allons-y. »

Fulgence en avait presque oublié les trois singes. Quand il se retourna, ils se tenaient face à lui, impassibles, l'œil méfiant, Hutan légèrement en retrait.

« N... Nous devons aller chercher quelque chose », bredouilla Fulgence, désarçonné.
Il se maudit de trembler devant un animal, davantage encore de lui parler comme s'il était en mesure de comprendre. Aucun des singes ne s'opposa au passage de Fulgence et Hector, mais leur calme n'avait rien de rassurant pour autant.
L'échafaudage était resté à sa place, non loin du bâtiment des archives. Ils mirent quelques minutes à l'atteindre malgré leur allure soutenue. En chemin, ils ne traversèrent que des rues vides, ou presque : seuls quelques rares Sublutetiens y erraient comme des fantômes, à l'affût d'une annonce ou d'un signe qui les aurait renseignés sur leur futur sort, et terrorisés à l'idée de tomber nez à nez avec un singe.
Une fois sur place, Hector se hissa jusqu'à la plateforme, et fit descendre l'appareillage sonore jusqu'à Fulgence à l'aide de la sangle qui le maintenait fixé à l'échafaudage. Puis, les deux hommes se remirent en route, tenant chacun un côté du lourd appareil, en priant pour qu'il leur restât encore quelques minutes de salut. Ils revinrent près du bâtiment des archives ventre à terre, épuisés.
« Bon, c'est parti, dit Fulgence. Préparons-nous. Nous allons introduire le cornet amplifié dans le passage aussi loin que possible... Et ensuite, nous guiderons la petite. »
Fulgence, Hector et Sofia mirent le mécanisme en place, tandis que Kerizouet s'adossait, fiévreux, à

un bout de mur effondré. Nathan observait du coin de l'œil les orangs-outans, toujours aussi calmes et inquiétants. La foule des Sublutetiens s'était rapprochée, et l'on sentait l'anxiété croître alors que les protagonistes s'affairaient.

« Keren ! dit Fulgence en approchant les lèvres du tuyau de cuivre. Tu ne vas pas pouvoir nous répondre, désormais, mais tu dois être en mesure de nous entendre jusqu'au sous-sol. Nous allons te dire où aller, tu vas nous écouter attentivement, et tout se passera bien. En revanche, petite, sache que tu devras faire vite. »

Fulgence reprit son souffle et ajouta :

« Bonne chance, mon enfant. »

12

Un ciel après l'autre

À l'intérieur du bâtiment des archives, la voix de Fulgence résonnait de manière terrible. On eût dit que Zeus lui-même s'adressait aux mortels, et Keren en prit presque peur. Mais elle savait qu'il n'était plus l'heure d'accorder la moindre attention à ses craintes.

« Il faut que tu cherches un grand bureau rond ! » indiqua Fulgence depuis l'extérieur.

Keren regarda autour d'elle : des étagères réduites en miettes, des livres éparpillés sur le sol, des poutres brisées net, un lustre en cristal tombé à terre, un brouillard de poussière… Mais elle ne vit aucun bureau. Le ventre tordu, elle se fraya un chemin parmi les débris, incapable de dégager quoi que ce soit compte tenu de sa faible corpulence. Le bâtiment n'était pas immense, mais le désordre était tel qu'il lui sembla labyrinthique. Enfin, elle avisa un enchevêtrement de pierres, de béton et de bois, d'où se détachait une table ronde brisée en deux. Elle s'en approcha et attendit la suite des instructions. Au bout d'une vingtaine de secondes, Fulgence reprit :

« Je ne sais pas si tu as trouvé la table, petite. Derrière, immédiatement derrière, tu vas voir une porte. Si cette porte est fermée, il y a une clé dans le tiroir du bureau. Je te laisse une minute. »
Keren trembla. Elle voyait bien la porte, mais si celle-ci était fermée, il allait lui être impossible de récupérer la clé. Elle enjamba les gravats et se précipita vers la porte. La poignée refusa de tourner et Keren crut s'évanouir de désespoir. La mort dans l'âme, elle se rapprocha des restes de la table. Un premier tour ne lui révéla rien. Mais en y revenant de plus près, elle nota un petit renfoncement sous le plateau, à un endroit dont l'accès était rendu difficile par la présence d'un bout de plafond. Elle regarda attentivement, c'était bien un tiroir.
« Je dois maintenant te demander de descendre les marches qui se trouvent derrière la porte. Mais surtout, ne la ferme pas, tu ne nous entendrais pas ! », reprit Fulgence.
Keren commença à paniquer. Elle prenait du retard. Elle tourna la tête tout autour d'elle, et aperçut un long morceau de bois fendu, qui provenait sans doute d'une étagère. Elle s'en saisit et l'introduisit derrière le bout de plafond pour faire levier. Sa force n'y suffisant pas, elle se pendit à son extrémité pour faire peser tout son poids. Le débris bougea légèrement, sans dégager complètement le tiroir. Mais les quelques centimètres gagnés furent suffisants pour que Keren entrouvre le tiroir et y passe ses doigts. Ceux-ci rencontrèrent

divers objets et bientôt, ils furent en contact avec du métal. Keren se mordit la lèvre, et après quelques contorsions, sortit la clé tout en s'égratignant le dos de la main sur le montant du tiroir.

« Une fois que tu seras en bas des marches, la lumière sera sans doute meilleure, car les cristaux de la cave n'ont probablement pas été endommagés. Tu ne feras attention à aucune des portes que tu verras, et tu iras tout au fond du couloir. Là, tu verras un tableau qui représente… Quoi, Sofia ? Ah oui, qui représente un arbre, un acacia, sur une petite colline. Tu déposeras ce tableau à terre. »

Keren sentit son cœur sortir de sa poitrine. La clé à la main, elle se rua vers la porte, la fit jouer dans la serrure, et descendit quatre à quatre les marches plutôt raides qui menaient au sous-sol. Dans un premier temps, elle ne vit pas grand-chose, mais bientôt, la lumière extérieure se diffusa à travers les cristaux fixés au mur dans de petits globes. Elle se trouvait dans un couloir, et se mit à courir sans perdre de temps. La voix de Fulgence s'éleva encore, beaucoup plus étouffée cette fois :

« Derrière le tableau, il y a un coffre tout simple, à combinaison. La combinaison est… Quelle est la combinaison, déjà, Sofia ? Quoi, vous n'en savez rien ? Ah, pardon… Keren ! La combinaison est probablement 1852. Si cela ne marche pas, il faudra que tu reviennes tout près de nous, que tu puisses nous dire ce qui ne va pas. Si dans deux minutes nous ne t'avons pas entendue, je reprends mes instructions. »

Keren décrocha le tableau du bout des doigts, et monta sur la petite commode qui longeait le mur pour atteindre le coffre. Elle vit quatre cadrans, qu'elle s'empressa de manipuler. La première tentative fut la bonne. Un petit déclic retentit, et la porte s'entrouvrit, dévoilant un appareil d'aspect désuet, qui ressemblait à ces téléphones que Keren avait vus dans de très vieux films. Elle attendit patiemment que Fulgence lui indiquât la suite des événements. Au bout de deux minutes, la voix retentit à nouveau, toujours aussi affaiblie par la profondeur.
« Keren, maintenant, il faut que tu regardes bien. Il y a un fil assez épais à l'arrière du téléphone, qui part d'un trou dans le mur. Il faudrait que tu tires sur ce fil, doucement, sans l'arracher. Il est très long. S'il vient sans mal, il faut que tu portes le téléphone jusqu'ici. Mais j'insiste, n'arrache surtout pas le fil ! »
Keren s'exécuta, et tira doucement sur le fil cuivré qui sortait du mur à travers une petite ouverture grosse comme un poing. Tout se passait bien, le fil n'offrait aucune résistance. Mais au bout de quelques mètres, le déroulement s'interrompit. Keren transpirait à grosses gouttes. Elle plongea la main dans l'ouverture, et tâta : il ne s'agissait visiblement que d'un petit enchevêtrement. À l'aveuglette, elle agita le fil en tous sens pour lui donner du jeu et le démêler tant bien que mal. Keren avait déjà eu l'occasion de remarquer que les câbles et autres fils semblent parfois dotés d'une vie propre, et celui-ci était particulièrement récalcitrant. Elle retira sa main et tira de nouveau. Le fil, cette fois, se déroula avec davantage

de fluidité. Quand elle en eut extirpé une dizaine de mètres, qui s'écoulaient sur le sol comme un boa, elle attrapa le poste de téléphone, descendit de la commode et courut en sens inverse sous une lumière vacillante ; mais dans son excitation, elle n'y prêta pas attention. Arrivée en bas des marches, elle tira à nouveau sur le fil et gagna quelques mètres supplémentaires. Elle put progresser jusqu'à la table brisée, mais le fil décida alors, pour la deuxième fois, de ne pas obtempérer.

« Tout se passe bien ? demanda Fulgence. Ah oui, bien sûr, tu ne peux pas me répondre, encore. Il faut vraiment que tu te dépêches. Vraiment ! »

La voix de Fulgence avait changé. Son assurance s'était ébréchée, et Keren n'eut aucun mal à deviner qu'à la surface, quelque chose venait de se produire. Se pouvait-il qu'il soit déjà trop tard ? Elle posa le boîtier du téléphone à terre et tira de toutes ses forces sur le câble. Mais il n'offrit pas un centimètre de plus. Keren eut une soudaine envie de pleurer, d'hurler, mais elle pensa aux autres, à la surface, et reprit courage. Elle courut à toutes jambes au sous-sol, volant pratiquement au-dessus des marches, traversa le couloir pour la troisième fois et remonta sur la commode. Elle glissa la main dans l'ouverture du fil mais cette fois, ses doigts ne rencontrèrent aucun nœud. Le problème venait certainement de plus loin, et elle n'avait aucun moyen de remonter à sa source.

De nouveau, la voix de Fulgence résonna :

« Keren, il faut que tu ailles vite ou que tu reviennes près de nous si tu as un problème ! »

Keren décida alors de tirer sur le câble avec l'énergie du désespoir. Son visage s'empourpra, et tous les muscles de son corps se raidirent dans le plus gros effort qu'elle eût jamais fourni.

D'un coup, le câble céda à la traction, si brutalement que Keren tomba à la renverse. En d'autres circonstances, elle aurait fondu en larmes, mais elle ne pensa même pas une seconde à la douleur et se releva aussitôt. Elle tira sur le câble, qui semblait disposé à se dérouler encore un peu. Keren remonta son fil d'Ariane, récupéra le téléphone, et s'approcha du passage par lequel elle s'était faufilée. Il allait lui être difficile de le franchir avec l'appareil, mais il n'y avait pas d'autre solution. Elle s'accroupit, plaça le téléphone aussi loin qu'elle le put dans le passage et s'allongea bras tendus. Elle cria à s'en décoller les poumons :

« J'arrive ! Vous allez bientôt pouvoir l'attraper !

– Formidable ! répondit Fulgence à travers son cornet acoustique. Il n'est peut-être pas trop tard. »

Keren poussa un hurlement de douleur. Le cornet était enfoncé partiellement dans le passage, à quelques mètres d'elle à peine et avait manqué de lui arracher les tympans.

« Je vais devenir sourde ! Retirez le haut-parleur ! » hurla Keren.

Elle perçut bientôt un raclement, et de la lumière lui parvint de l'extérieur. Mais cette lumière se mit à clignoter étrangement. Que s'était-il donc passé tandis qu'elle s'affairait ? Tout en rampant, elle poussa le téléphone un peu plus loin devant elle et dut bientôt se rendre à l'évidence. Il n'irait pas plus loin, et elle non plus, car l'appareil lui barrait désormais le passage. Impossible de passer au-dessus à plat ventre, il était bien trop volumineux. Keren n'était pas claustrophobe, mais la situation aurait oppressé n'importe qui. D'une voix chevrotante, elle s'écria :

« Je ne peux pas aller plus loin ! Le fil est trop court ! Ça n'ira pas plus loin, je suis désolée ! Je ne peux pas avancer ! »

Un long moment s'écoula, puis Fulgence lui répondit :

« Tiens bon, petite, nous allons voir ce que nous pouvons faire ! »

Keren essaya alors de se tourner sur le flanc pour occuper moins de place. Mais dans son mouvement, elle emporta un insignifiant débris de béton, qui fit glisser une tout aussi insignifiante plaque de tôle, sur laquelle reposait un débris de pierre qui, lui, n'avait rien d'insignifiant. Keren n'eut même pas le temps de crier ou de manifester sa surprise. Une réaction en chaîne s'opéra, et le petit tunnel s'effondra sur lui-même en quelques secondes à peine. Sous les décombres gisaient désormais Keren et le téléphone.

*
* *

À l'extérieur, le désastre avait déjà commencé. Alors que Keren cherchait le téléphone dans le bâtiment des archives, le ciel avait connu une première secousse. Les cristaux qui formaient la voûte céleste, l'espace d'un instant, s'étaient mis à crépiter, faisant passer le ciel par différentes couleurs. De bleu, il était devenu vert, jaune, et même rouge. Imperceptiblement, les rangs des Sublutetiens s'étaient resserrés. Certaines personnes qui n'avaient jamais fait que se croiser se serrèrent les unes contre les autres. Un homme saisit la main d'une femme ; petit à petit, une chaîne se forma, qui rapprochait les corps et les cœurs dans la même vague de désespoir. Le crépitement du ciel se répéta une deuxième fois, puis une troisième, plus rapprochée encore. Ce n'était pas un orage, c'était une agonie. Loin derrière les bâtiments principaux, on entendait les singes pousser des cris de panique. Leur instinct naturel, qui n'avait pas été émoussé par la civilisation, était en alerte.

Le ciel finit par reprendre sa couleur bleue de début d'après-midi, mais personne n'était dupe. Il ne s'agissait que de ce moment de paix que les malades ressentent juste avant de passer de vie à trépas. Et pour l'heure, la seule chance d'éviter la catastrophe résidait en une jeune fille et un simple téléphone, enfouis sous une masse de débris.

Le cri que Nathan avait poussé quand le passage s'était écroulé sur Keren avait déchiré la ville entière. Malgré sa cheville blessée, il s'était jeté sur les ruines de l'entrée à la vitesse de l'éclair, afin de dégager à mains nues les pierres qui étaient peut-être devenues le tombeau de son amie. Il ne pensait plus au ciel, ni à son père. Seulement au sourire de Keren qui, durant les dernières heures, avait été plus proche de lui qu'aucun être depuis des années. Hélas, la tâche était trop ardue pour lui, aussi grand et solide qu'il fut pour son âge. Ses ongles se brisèrent sur les lourdes pierres. Il fut bientôt rejoint par Hector et Fulgence, mais très vite, ils mesurèrent les risques qu'il y avait à persévérer. Si Keren était encore vivante, la moindre maladresse risquait de l'achever.

« Nous allons chercher des outils, dit Fulgence. Tiens bon, petit, nous allons faire tout ce que nous pouvons. Hector ! Prenez trois volontaires avec vous et rendez-vous aux ateliers !

– Je ne veux pas qu'elle meure, sanglota Nathan. On n'a pas le temps d'aller chercher des outils, elle va étouffer, là-dessous ! »

Fulgence resta silencieux. Sofia se rapprocha de lui et serra son bras.

Le ciel crépita de nouveau. Cette fois, le changement ne fut pas uniforme. Ce fut d'abord une série de points rouges qui apparurent un peu partout sur la voûte, disparaissant puis réapparaissant plus loin. Et puis, le ciel se mit à vibrer. Les nuages, le disque mal défini du soleil, tout cela trembla comme si l'on agitait l'un de ces globes de verre qui contiennent une tour Eiffel figée dans une neige artificielle. Mais la main qui secouait le globe, à l'heure actuelle, n'était pas humaine. Pelleteuses, tracteurs et marteaux-piqueurs accomplissaient en surface leur devoir de machines.

Kerizouet s'épongea le front avec un morceau d'étoffe, et lâcha :
« Je crains qu'il ne soit trop tard. L'heure est dépassée.
– Il faut y croire », dit Fulgence entre ses dents.

Nathan gratta encore la pierre, sans conviction, seulement pour faire quelque chose de ses mains et conjurer le mal.
Alors, les trois êtres qui jusqu'à présent n'avaient fait qu'observer se décidèrent à agir. Avec une agilité phénoménale, Hutan et ses deux congénères bondirent sur les débris sans que ceux-ci ne bougent d'un millimètre. Hutan attrapa délicatement Nathan par la taille et le déposa plus loin. Puis, leurs longs bras saisirent les morceaux de bâtiment comme s'il s'agissait de sacs de plumes, et les dégagèrent plus vite qu'une machine n'en aurait été capable. Tous les observaient, abasourdis.
« Vous n'auriez pas pu faire ça avant ! » gronda Fulgence.
Hutan tourna la tête vers lui et lui lança un regard de braise. Fulgence baissa la tête et ajouta :
« Hum… En tout cas… c'est bien aimable à vous de nous aider maintenant. »
Les gestes des singes étaient d'une précision remarquable. À aucun moment ils ne laissèrent le moindre débris en équilibre. En deux minutes à peine, le passage était suffisamment dégagé pour que l'on aperçoive la masse cuivrée du téléphone et deux petites mains qui le tenaient encore, et avaient probablement tenté de le protéger.

« Keren ! » cria Nathan.

Mais Keren ne lui répondit pas.

Il n'avait nullement échappé aux singes que la petite fille était prisonnière de l'effondrement à cet endroit. Avec beaucoup de précautions, ils soulevèrent un vaste pan de mur qu'ils jetèrent au loin comme s'il s'agissait d'une assiette en carton. Dessous gisait Keren, les vêtements déchirés par endroits, les yeux fermés et le corps couvert de bleus et d'égratignures.

« Un médecin ! Vite ! Un médecin ! » s'excita Fulgence.

Un homme et une femme se détachèrent de la foule et vinrent se pencher au-dessus de Keren.

« Il faut un brancard, dit l'un d'eux. On ne peut pas la soulever comme ça. »

Fulgence ordonna que le nécessaire soit apporté aux deux médecins. Nathan essaya par tous les moyens de s'approcher de son amie, criant inlassablement son prénom, mais on l'écarta avec douceur. C'était maintenant une affaire d'adultes.

« Kerizouet, dit Fulgence. Le téléphone. Il est là, et on a une tonalité. Savez-vous qui appeler ?

– Je le crois, répondit Kerizouet. Mais tout a déjà commencé.

– Pour le moment, rien ne semble irréparable. Je vous en prie. Faites-le.

– Bien », acquiesça le vieil homme avec gravité.

Deux jeunes femmes accoururent avec un brancard, sur lequel Keren, toujours inanimée, fut allongée avec le plus grand soin. Nathan put enfin voir son amie de près alors que les deux brancardières s'éloignaient. Elle était vivante, Nathan le sut immédiatement. Ses lèvres, violacées, tremblaient légèrement ; un faible gémissement s'en échappait, peut-être un mot, mais Nathan ne put en savoir davantage.

« Reste à l'écart, petit, lui dit l'un des médecins. C'est notre affaire. On va la tirer de là. »

Nathan n'obéit qu'à moitié et resta derrière eux, tandis qu'ils se penchaient sur le corps de son amie. La foule, de plus en plus dense, s'était regroupée près du bâtiment des archives. Son silence était plus assourdissant encore que le tumulte d'une émeute.

Les singes s'écartèrent pour laisser Kerizouet approcher d'un pas fragile du téléphone. Au-dessus d'eux, le ciel étincelait toujours, se striant par instant de lignes lumineuses.

Kerizouet, sur qui tous les espoirs reposaient, s'agenouilla à grand-peine, et composa un numéro sur le cadran rond. Tout le monde retint son souffle.

« Ça sonne », dit-il.

Plusieurs secondes s'égrenèrent. La foule entière avait les yeux braqués sur le dos de l'homme aux cheveux blancs. Nathan, lui, promenait son regard entre Kerizouet et les médecins, toujours affairés.

« Allô ? Ici Henry Kerizouet, dit enfin l'industriel. Oui, je sais. J'ai eu un… empêchement. »

Il était impossible d'entendre ce qui se disait à l'autre bout du fil, mais Kerizouet fronça les sourcils et prit un air pincé. Il reprit.

« Oh, mais cela ne vous regarde pas, je suis encore le président de cette société, n'est-ce pas ? Passez-moi immédiatement le contremaître. »

Kerizouet rougit, et trépignant sur place, hurla :

« Non, je me fiche qu'il soit occupé ! Je veux lui parler maintenant ! »

Un instant plus tard, il lança d'un air revêche :

« Allô, Églantier ? Ici Kerizouet. Arrêtez tout de suite les travaux. »

Kerizouet ressemblait désormais à une fusée prête au décollage. Chacun de ses mots sonnait comme une détonation.

« Oui, vous m'avez entendu. Nous arrêtons les travaux. Il faut que je vous le dise en chinois ? »

Quelques secondes s'écoulèrent, et Kerizouet explosa :

« Comment ça, un fax ? Vous avez envie de perdre votre travail ? J'ai dit *on arrête les travaux*. Je n'ai aucun compte à vous rendre, mon brave ! Quoi ? »

La foule n'était plus qu'un seul et énorme battement de cœur, trop rapide.

« Mais ce n'était pas prévu, reprit Kerizouet. On devait faire ça avec les machines ! Qui a pris cette décision ? Églantier, allez immédiatement leur dire que… »

Kerizouet écarta le combiné de son oreille dans une grimace de douleur. Le son fut si fort, à l'autre bout du fil, qu'il fit sursauter jusqu'aux premiers rangs de la foule.

C'était une explosion.

Kerizouet raccrocha le téléphone et demeura un instant courbé au-dessus de lui. Puis, il se releva et fit

quelques pas en direction de Fulgence, Sofia, Hector et tous les autres.
« C'est trop tard, dit-il. Ils ont utilisé des explosifs pour l'excavation. C'est trop tard. Je suis désolé.
– Mais pourtant… » commença Fulgence.
Il ne finit pas sa phrase.
Là-haut, sur la voûte rocheuse, le ciel était en train de se tordre de douleur. Il passa par toutes les couleurs du spectre, du bleu vers le rouge, puis du vert au jaune. Une fois, deux fois, encore et encore. Ces changements avaient lieu par à-coups brefs, de moins en moins espacés. Les Sublutetiens, pour certains, se cachèrent les yeux derrière leurs mains ; les autres, horrifiés et fascinés, ne pouvaient se détacher de cette apocalypse lumineuse. Et puis, le bleu revint, provisoirement. Des zébrures noires comme la nuit se dessinèrent bientôt sur la voûte, pareilles à des éclairs en négatif, découpant l'azur en fragments. Le ciel n'était plus qu'un puzzle en train de se défaire. Morceau par morceau, parcelle par parcelle, le ciel recommença à balayer le spectre lumineux, dans une désynchronisation à peine soutenable.
Dans la foule, on pleurait, on se serrait les uns contre les autres. Au-delà des bâtiments, la touchante plainte des orangs-outans vint se mêler aux lamentations des humains.
Les médecins étaient trop absorbés par le spectacle pour prêter attention à Nathan. Il s'agenouilla tout près de son amie, toujours les yeux clos, un masque à oxygène posé sur son nez et sa bouche. « Réveille-toi, s'il te plaît », murmura-t-il.

« Je crois qu'elle est tirée d'affaire, elle a eu beaucoup de chance. Beaucoup, beaucoup de chance, dit la doctoresse. Maintenant, il faut qu'elle émerge tranquillement.
– C'est vrai, elle va vivre ? » s'empressa de demander Nathan, fou d'espoir.
Le médecin, un monsieur d'une cinquantaine d'années aux cheveux gris, habillé en vicomte, lui ébouriffa les cheveux et répondit :
« Elle va vivre. Apparemment, les pierres ne se sont pas totalement écroulées sur elle, sinon elle ne serait plus avec nous. Elle a eu un bon choc, et a eu du mal à respirer. Mais ça va aller. »
Il leva la tête et ajouta :
« Du moins, *pour elle*, ça va aller. »
Le clignotement du ciel cessa. Ce dernier était toujours découpé en petits carreaux aux bords ébréchés et pendant une dizaine de secondes, le bleu parvint à se maintenir. Et puis, case après case, un voile noir vint s'étendre sur toute la surface de la voûte. Chaque fragment de ciel s'éteignait comme si on y injectait de l'encre de Chine avec une seringue. Le mouvement était lent, mais sans appel, impitoyable. La foule s'était faite plus compacte que jamais, et plus aucun son n'en sortait. Hutan et deux compagnons observaient le phénomène avec résignation, et probablement avec autant de tristesse qu'un singe pouvait en éprouver. Nathan avait attrapé la main de Keren et la serrait de toutes ses forces, refusant de lever la tête.
Bientôt, un tiers du ciel n'était plus. Il n'y avait, à sa place, qu'une immense masse sombre. Le deuxième

tiers fut grignoté suivant le même rythme implacable. Une abominable pénombre vint étendre sa cape sur Sublutetia. Puis, ce fut au dernier tiers d'être avalé. Cette fois, le mouvement s'accéléra, comme si le ciel lui-même voulait en finir avec son agonie.

C'était fait. Sublutetia, dans un ultime hoquet, avait perdu son ciel.

Une douce lumière verte commença à s'étendre un peu partout dans la ville, là où les roches phosphorescentes avaient été installées. Mais plus aucun rayon de soleil n'était désormais en mesure de les gorger à nouveau de lumière. Elles brillaient, probablement, pour la dernière fois.

Fulgence ne disait rien, et n'osait même pas regarder la foule à laquelle il tournait le dos. Hector s'était assis par terre et pleurait silencieusement, le visage caché derrière ses genoux. Sofia et les autres membres du Conseil s'échangeaient des gestes affectueux et peinés. Hutan grogna, et se retira sans un regard pour les humains, suivi de ses deux congénères, là où les autres singes les attendaient. Nathan se leva et sauta à cloche-pied dans sa direction.

« Hé, Hutan ! » cria-t-il.

L'orang-outan se figea et tourna la tête vers le jeune humain.

« Merci à toi, le singe ! Tu as sauvé mon amie. Enfin je ne sais pas si tu me comprends. Mais merci. Je me disais bien que tu ne pouvais pas être méchant, avec une si bonne tête. »

Les singes savent-ils sourire ? Nathan l'aurait juré à cet instant précis. Bientôt, Hutan et les deux orangs-outans ne furent plus que trois petites silhouettes à l'autre bout de la ville, puis un simple souvenir.

Nathan retourna auprès de Keren. Cette fois, elle parut réagir au contact de sa main et tourna la tête dans sa direction. Ses paupières tremblèrent. Pendant ce temps, Fulgence avait ramassé son porte-voix. Kerizouet lui tapota l'épaule en soupirant, la mine sombre.

« Je suis… navré, lui dit-il. Tout cela est ma faute. Je suis un monstre. Mais je vous jure que je ne savais pas. Je n'imaginais pas.

– Vous avez vu ce qu'il y avait à voir, vous saviez, répondit Fulgence doucement mais avec sévérité. Seulement, on ne veut pas toujours comprendre, ajouta-t-il à mi-voix, comme pour lui-même.

– Je ne sais pas quoi vous dire, dit Kerizouet. Je suis quelqu'un de riche, vous savez. Je vous aiderai à vous reloger, c'est le moins que je puisse faire. Enfin, je ne pourrai pas reloger tout le monde bien sûr, mais… »

Fulgence lui fit signe de se taire.

« Ne vous fatiguez pas, M. Kerizouet. Les choses sont ce qu'elles sont. Personne ne vous en voudra longtemps. La foule ne va pas se jeter sur vous pour vous mettre en pièces, la folie est déjà passée. Restez dans votre coin, et attendez que l'on vous évacue. Ça ne tardera pas.

– Je veux me faire pardonner », insista Kerizouet.

Fulgence soupira.

« Vous êtes déjà pardonné. Personne ne vous en veut, je vous le garantis. Mais n'oubliez pas ce qui s'est passé ici. C'est le plus important. »

Fulgence se détourna de Kerizouet, et plaça le porte-voix devant ses lèvres. Il s'adressa à la foule d'une voix émue.

« Chers amis sublutetiens… Nous avons été confrontés aujourd'hui à deux grands dangers. Nous sommes venus à bout du premier. Et peut-être les singes et les hommes auraient-ils pu vivre ensemble ici, sans heurt, si nous avions été moins égoïstes dans le passé. »

Il s'arrêta un instant, en proie à l'émotion.

« Néanmoins, nous avons perdu notre deuxième bataille du jour. Notre ciel n'est plus. Dans quelques heures, les roches phosphorescentes ne brilleront plus, nous serons plongés dans les ténèbres les plus complètes. Nous avons très peu de temps, d'autant que beaucoup de dégâts ont été occasionnés au Pneumopolitain. Ceux qui le veulent devront se diriger vers les sorties les plus dégagées très rapidement. »

Fulgence se mordit la lèvre, réfréna un sanglot et reprit :

« Les autres… feront ce que bon leur semble. Tout le monde a toujours été libre, ici. Rien ne sera imposé. »

Un souffle glacé s'insinua dans le cœur de chacun.

Alors que Fulgence donnait des consignes à la foule, Keren entrouvrit les yeux. Ce fut d'abord à peine perceptible, mais Nathan, qui ne cessait de l'observer le cœur battant, le remarqua immédiatement. Il accentua la pression sur ses doigts.

« N… Nathan… dit-elle dans un murmure.

– Oui, Keren, je suis là, répondit Nathan. Tu vas bien ? Tu as eu de la chance, il paraît.
– Je… Je ne sais plus ce qui s'est passé, continua-t-elle d'une voix faible.
– Tu as réussi à apporter le téléphone à temps.
– Ah ! Ouh là… Oui, je me souviens, ça y est… tout est tombé. »
Elle essaya de se relever, mais Nathan l'en dissuada.
« Ne bouge pas, tu as été bien esquintée, quand même. Ce sont les singes qui t'ont tirée de là.
– Les singes ?
– Eh oui, les singes.
– Ils sont encore là ? demanda Keren avec anxiété.
– Non, ils sont partis, je crois.
– Il fait noir, dit Keren d'une voix neutre.
– Oui, il fait noir, répéta Nathan en baissant la tête.
– J'ai dû dormir longtemps, alors ? demanda Keren.
– Oui, tu as dormi longtemps. »
Nathan n'eut pas le cœur de lui dire qu'elle avait risqué sa vie pour rien.
« On va bientôt rentrer chez nous, alors ?
– Je pense, Keren. Je pense. Dès que tu iras mieux. »
À ces mots, la doctoresse s'agenouilla près de Nathan et lui dit :
« Petit… Il faudrait que l'on installe plus confortablement ton amie. Nous allons lui trouver un lit. Et puis nous vous aiderons à repartir, d'accord ? »
Nathan acquiesça, et le médecin fit signe à son confrère de l'aider à soulever le brancard où Keren

était toujours étendue. Nathan marcha auprès d'eux quelques mètres, quand Keren, le visage tourné vers la voûte éteinte, dit :

« C'est beau ! J'ai toujours aimé regarder les étoiles. »

Nathan leva distraitement la tête, et constata que quelques rares cristaux étaient encore allumés sur la voûte. Il ne lui semblait pas les avoir vus précédemment, mais il n'y prêta guère attention.

« Le ciel est bien dégagé, ce soir, continua Keren. Ça va me porter chance, je vois mon étoile préférée. Regarde, Nathan ! »

Les médecins n'écoutaient pas. Leur jeune patiente devait être en proie à un délire passager. Mais Nathan, cette fois, fut intrigué et regarda à nouveau la voûte. Un point lumineux, un autre... Son cœur fit un bond dans sa poitrine. Il s'écarta de Keren et cria :

« Monsieur Fulgence ! Regardez ! »

Fulgence abaissa son porte-voix.

« Mon garçon, ce que je dis est important. Nous parlerons plus tard. »

Nathan protesta.

« Non, non et non ! Regardez là-haut ! Regardez bien ! »

Fulgence leva la tête, imité par toute la foule. Ce fut d'abord l'indécision qui domina. Puis, çà et là, quelques personnes poussèrent des cris, où se mêlaient étonnement et joie.

« Monsieur Fulgence ! reprit Nathan. Ce sont des étoiles ! Ce sont des étoiles ! Le ciel n'est pas éteint ! C'est simplement la nuit. C'est la nuit ! »

Des centaines d'yeux se mirent à scruter la voûte, ne pouvant se détacher de ces points brillants. Pas de doute possible, c'était un ciel nocturne.
« Quel est ce miracle... » marmonna Fulgence.
Les médecins en auraient presque lâché Keren. Celle-ci parvint à se redresser et sauta à terre, puis se tint debout en appui sur le montant du brancard.
« Keren ! protesta Nathan. Tu es folle ! Tu n'es pas en état, là.
– Ça va, dit-elle. C'est pas la forme, mais ça va aller... »
Un petit homme rabougri, coiffé d'un bonnet à grelots, se fraya un chemin parmi les Sublutetiens subjugués et se rapprocha de Fulgence.
« Auguste... commença-t-il.
– Professeur Tricoire ! Comprenez-vous quoi que ce soit à ce qui se passe ?
– Je crois, répondit le scientifique à grelots. Je ne suis pas astronome, je suis un physicien du solide, vous savez. Je... Je pense que nous aurions dû prévoir cela depuis longtemps.
– Mais quoi donc ? Que se passe-t-il ? Il ne doit pas être plus tard que quatre heures de l'après-midi ! Pourquoi voyons-nous un ciel étoilé ? »
Le physicien secoua la tête, agitant les grelots en tous sens, puis déclara :
« Les cristaux de la surface sont liés à ceux de notre voûte. On n'a jamais trop su comment ils parviennent à émettre, mais c'est un fait que nous avons accepté. Seulement, nous avons été fous de penser qu'à la

surface, il n'existait qu'un endroit où se trouvaient des cristaux émetteurs.

– C'est-à-dire ?

– C'est-à-dire… C'est-à-dire qu'il doit exister, partout dans le monde, des cristaux semblables à ceux qui viennent d'être détruits. Et qui émettent sur la même longueur d'onde. Ce qui vient de se passer, c'est tout simplement comme quand on change de station à la radio. Notre ciel s'est en quelque sorte… resynchronisé de lui-même avec d'autres cristaux, qui se trouvent, pour le coup, je ne sais où ! »

Tricoire, un sourire jusqu'aux oreilles, contemplait avec extase ces points lumineux au-dessus de sa tête. Il se mit à sautiller sur place, faisant tinter ses grelots comme un carillon, tandis que ses bras brassaient l'air. On eût dit qu'il cherchait à s'envoler. Il s'exclama :

« Ah ! ah ! Il n'y a pas de miracle, vous savez, en ce bas monde ! Oui, même aussi bas que le nôtre ! »

En pleine transe, il crut bon d'entonner, sur l'air de *Il pleut bergère* :

« Que laaaa natuure est bieeen faiiite… Rentre-euh tes blancs goriiiilles ! »

Fulgence leva un sourcil et répéta les derniers mots :

« Tes blancs *gorilles* ? »

Tricoire eut l'air gêné, puis timidement, répondit :

« C'est-à-dire… que dans "orang-outan", il y a deux syllabes de trop. »

Fulgence, l'air navré, s'épongea le front et poursuivit :

« Je me demande quelle heure il est sous ce ciel... Onze heures ? Minuit ? Trois heures ? »
Le professeur Tricoire, un peu calmé, acquiesça.
« Il y a de fortes chances pour que nous ayons, au-dessus de nos têtes, un ciel japonais. Ah ! ah ! Une ville sous Paris, avec le ciel de Tokyo ! C'est presque drôle ! »
Des larmes de joie se formèrent dans les yeux de Fulgence. Il saisit de nouveau son porte-voix et s'adressa à la foule :
« Sublutetiens... Nous sommes sauvés ! Notre ciel n'est pas éteint ! »
La clameur ne vint pas immédiatement. Il fallut quelques secondes à la foule, qui se pensait alors condamnée, pour reprendre ses esprits. Mais quand elle s'éleva, ce fut le plus beau chant que Sublutetia eût jamais connu. Des gens s'évanouirent de bonheur. Des baisers, des étreintes, des poignées de mains poussèrent au sein de la foule comme des fleurs dans un champ. Nathan serra Keren contre lui de toutes ses forces. Mais, encore toute endolorie, elle finit par s'en plaindre en riant. Certains discutaient de l'exactitude du fuseau horaire. Il y en avait qui penchaient pour le Japon, d'autres pour l'Australie ou la Nouvelle-Zélande. De manière un peu mesquine, quelques personnes s'inquiétaient déjà des bouleversements qui perturberaient leur rythme de vie. Mais peu importait. Le soleil brillerait à nouveau sur la ville souterraine, et là était l'essentiel.
Keren fut finalement conduite dans une infirmerie, où elle s'endormit bien vite.

Nathan resta avec tous les autres, amassés dans les rues comme dans une ville du Sud, assis par terre ou sur le rebord d'une fenêtre. Tous attendirent, en paix, que le ciel blanchisse et que le disque rouge du Soleil s'y découpe. Quand cela arriva enfin, trois ou quatre heures plus tard, une ambiance de paix parfaite régnait à Sublutetia. Celles qui s'étaient endormies dans les bras d'inconnus sourirent comme elles n'avaient jamais souri. La fraternité régnait de nouveau.

Fulgence, après avoir longuement palabré avec les membres du Conseil, vint s'asseoir à côté de Nathan.

« Petit… Il va falloir rentrer chez toi, maintenant. Inutile de te dire que rien de tout ceci n'est arrivé. De toute manière, qui te croirait, n'est-ce pas ? »

Nathan fit « oui » de la tête.

« Cela va être… compliqué d'expliquer tout ça à tes parents.

– À mes parents… Bien sûr… » commenta Nathan entre ses dents.

Fulgence perçut le trouble du jeune garçon, mais poursuivit.

« Nous t'aiderons. Et quand tu seras adulte, si tu le veux, eh bien… tu seras le bienvenu ici. Quand tu voudras. »

Nathan eut un sourire crispé et répondit :

« Je ne reviendrai jamais, M. Fulgence. Je ne crois pas. Mais j'ai encore une chose à faire. »

Il se leva d'un bond, et se dirigea vers le porte-voix, resté posé à terre. Il s'en saisit et cria, de toutes ses forces, un seul mot :

« Papa ! »

Le mot résonna dans toute la ville. Tous se figèrent en l'entendant.

« Papa ! » cria à nouveau Nathan, sa voix amplifiée des centaines de fois.

Il tourna sur lui-même, à la recherche de quelqu'un qui se lèverait ou marcherait vers lui.

« Papa ! C'est moi, Nathan ! Je suis venu te chercher ! » insista le garçon.

Il recommença à tourner sur lui-même, à s'en donner le tournis. Il ne discerna pas un seul mouvement autour de lui.

« PAPA ! hurla-t-il encore. PAPA ! REVIENS ! Je sais que tu es là ! »

Sa voix se fendilla.

« PAPA ! POURQUOI TU NE VIENS PAS ? »

Son cri finit dans un sanglot de désespoir. Tous avaient les yeux braqués sur sa frêle silhouette.

« PAPA ! C'est Nathan ! Reviens ! ALLEZ ! »

Il avait lancé cette dernière supplique avec l'énergie du désespoir. Il attendit cinq longues minutes. Après tout, la ville n'était pas si petite, et son père se trouvait peut-être à l'autre bout, qui sait ? Mais personne ne vint chercher Nathan. Quand le garçon comprit qu'il demeurerait seul, il laissa tomber le porte-voix à terre et, les yeux aussi secs que le cœur, s'éloigna en boitant. Sublutetia avait survécu. Pas les espoirs de Nathan.

Épilogue

Les quelques heures de sommeil avaient fait le plus grand bien à Keren, qui se réveilla les joues bien roses. Nathan et Fulgence attendaient patiemment son réveil, assis chacun sur un tabouret inconfortable. Avant que Keren ait eu le temps de dire un mot, un des médecins lui enfourna un thermomètre dans la bouche. Il le retira et lut :

« 36,5 °C. Bon, mademoiselle est encore un peu faible. Mais il n'y a pas de raison de te garder ici.

– J'espère bien, dit Keren. Vous êtes tous très gentils, mais… je serai mieux dehors ! »

Le médecin sourit et ajouta :

« Tu iras quand même voir un collègue à la surface. Et ne t'inquiète pas pour tes bleus. Tu n'as rien de cassé, ça va vite disparaître. »

Il nota quelques mots sur une feuille de papier, et conclut :

« Auguste, je vous la laisse. »

Le médecin se retira dans une pièce voisine.

« Comment te sens-tu, ma petite ? demanda Fulgence.

– Bien, çà va, dit Keren en se frottant les avant-bras, encore tuméfiés. J'ai eu peur, surtout.

– C'est bien normal. Écoute… Ton ami Nathan est

prêt à repartir. Je crois qu'il ne faut pas attendre davantage, vos parents doivent être morts d'inquiétude, la police doit vous rechercher. Nous avons… préparé pour vous une petite histoire. Il faudra vous y tenir à la lettre. »

Nathan et Keren acquiescèrent silencieusement.

« Bien. Je pense que tout a été dit. Ici, c'est le matin. Mais maintenant, il faut tenir compte du décalage horaire avec la surface ! »

Fulgence eut l'air de réfléchir intensément, puis s'exclama :

« Par Pluton, je ne suis même plus en état de faire une addition. Enfin… le jour commence à peine à se lever, là-haut, et les métros ne vont pas tarder à entrer en service. Nous allons vous y amener. Nous ne pourrons pas faire mieux. Si nous sommes vus en votre compagnie, nous risquons gros. Vous arriverez à rentrer chez vous ?

– Ne vous inquiétez pas, dit Keren. Je crois qu'on a fait largement pire depuis deux jours. Je pense même que s'il n'y a pas un tremblement de terre sur le chemin du retour, on risque de s'ennuyer. »

Fulgence sourit.

« Et les singes ? s'inquiéta Nathan. Ils vont revenir ?

– Ils sont déjà revenus. »

Keren blêmit.

« Quoi ? Mais alors ? Ça veut dire que… ?

– Que rien du tout, la rassura Fulgence. Ce matin, Hutan nous a rendu une nouvelle visite, seul. De toute évidence, il ne cherchait plus l'affrontement. Alors, nous avons décidé de rouvrir tous les points d'accès. Devant lui.

– Mais pourquoi ? insista Keren.

– Parce que notre monde souterrain est assez grand pour nous tous. Ces bêtes ne font rien de mal. Il y a de vastes terrains non construits autour de Sublutetia. Ils sont libres d'y venir, désormais. Si personne ne vient les embêter, je pense qu'ils ne seront pas agressifs, au contraire. Je crois qu'Hutan a compris bien des choses, cette nuit. »

Fulgence inspira profondément et ajouta :

« Et nous aussi. »

Il se leva et ouvrit une porte qui donnait directement sur la rue.

« Rendez-vous dans dix minutes au sud de la ville, les enfants. C'est le départ. »

Keren s'assit sur le bord de son lit et fit face à Nathan. Le garçon tenta de paraître enjoué, mais ses yeux trahissaient une peine difficile à dissimuler. Keren n'eut pas à demander ce qui se passait. Elle allait lui témoigner sa sympathie quand Nathan se décida à dire :

« Tu sais que tu les as sauvés, Keren ? Ils devraient te construire une statue.

– Bah, dit-elle... D'après ce que j'ai compris, ça n'a servi à rien, tout ce que j'ai fait. Enfin ce qui devait arriver est arrivé, quoi.

– Hum... C'est toi qui a vu les étoiles en premier.

– Ils auraient bien fini par voir le jour. »

Nathan attrapa un oreiller derrière Keren et lui en donna plusieurs coups sur la tête.
« Bon, arrête de te diminuer, tu es une héroïne quand même !
– Si tu le dis ! dit Keren en riant. Ouille ! mes côtes. Ça fait mal, encore. Pfff... »
Nathan regarda son amie avec tendresse, et Keren lui tendit une main, qu'il serra doucement. Enfin, Nathan se décida à dire :
« Tu viens, on y va ?
– C'est parti ! »
Elle descendit du lit et suivit Nathan, à qui on avait remis une canne en bois. Sa cheville avait également été pansée. Ils sortirent de l'infirmerie, et firent route vers leur point de départ. Sur leur chemin, ils ne rencontrèrent que des gens heureux, qui, souvent, les soulevèrent du sol pour les embrasser ou les serrer contre eux. Partout, on sentait cette allégresse de jour de fête, si rare et si précieuse, où chacun n'a pas d'autre préoccupation que d'aimer son voisin. Une femme donna à Keren un petit porte-bonheur tressé, tandis qu'un monsieur âgé accrochait une bourse en cuir remplie d'hypnofonges séchés autour du cou de Nathan. Sublutetia rayonnait, résonnant des rires et des bruits de plongeon dans les canaux.
Keren et Nathan ne tardèrent pas à retrouver Fulgence et Hector. Les deux hommes leur firent signe de se dépêcher, et ils se dirigèrent tous les quatre vers l'extrême limite de la grotte, près d'une rampe d'escalier encore intacte.

Fulgence, visiblement très ému, posa une main sur l'épaule droite de chaque enfant, et solennellement, déclara :

« Mes enfants... Vous avez été mêlés à des choses qui nous dépassent autant que vous. Mais vous nous avez aidés, et dans une certaine mesure, peut-être même sauvés. Nathan, si tu n'avais pas attaqué Bartoli, qui sait où nous en serions. Et toi Keren, tu as risqué ta vie pour nous. Nous vous en serons tous éternellement reconnaissants. Maintenant... »

Il montra les escaliers d'un mouvement du menton.

« Par ces escaliers, vous allez arriver à la seule plateforme de Pneumopolitain encore en fonctionnement à cent pour cent. Hector va vous y conduire. Hélas, elle n'est pas reliée directement au métro parisien. Mais il y a un passage qui vous y mènera. Il faut marcher une station ou deux, pas davantage. Vous avez l'habitude, maintenant, n'est-ce pas ?

– Oh oui ! soupira Keren.

– Hé ! hé ! ricana Fulgence. Bien. Je ne vous embrasse pas, les enfants, ne m'en voulez pas. J'ai assez pleuré comme ça pendant la nuit. Allez. On se reverra peut-être. Filez ! Filez ! »

Fulgence se détourna, trop bouleversé pour poursuivre, et s'en alla le long d'un canal, les bras dans le dos.

Hector indiqua la rampe aux enfants et tous les trois montèrent jusqu'à une plateforme de Pneumopolitain, plus modeste que celle qu'ils connaissaient. Une rame rutilante les attendait à quai. Hector ouvrit les portières et se mit aux commandes. Keren et Nathan s'installèrent l'un en face de l'autre et sans rien dire, attendirent que la poussée d'air comprimé les propulse dans les mystérieux boyaux de Paris pour la dernière fois. Quand la rame se mit en marche, ils collèrent leur nez à la vitre, conscients de contempler ce que peu d'autres Terriens verraient un jour. Le voyage parut durer une éternité, qu'ils savourèrent du mieux qu'ils purent ; car dehors, à la surface, les questions et les reproches les attendaient probablement. Ils allaient devoir revenir à leur vie d'avant. Une vie d'habitudes, de sécurité, qui leur semblait soudain bien morne et répétitive. Pour Keren, la joie de revoir ses parents l'emporta. Mais Nathan, lui, laissait beaucoup de choses dans le ventre de la capitale.

Enfin, la rame ralentit et s'arrêta le long d'un quai faiblement éclairé par quelques lampes électriques. Hector se tourna vers les enfants.

« Nous y sommes. Sur le quai, vous verrez une porte. Elle n'est pas fermée. Vous allez l'ouvrir, et suivre le couloir jusqu'au bout. Sans jamais dévier de votre route. Vous allez arriver à une nouvelle porte, fermée à clé. Tenez. »

Hector sortit une petite clé plate de sa poche, et la lança à Nathan.

« Une fois que vous aurez passé la porte, vous allez traverser un petit couloir qui finit en cul-de-sac. Là, poussez de toutes vos forces sur le mur en face. Il va pivoter, et vous allez vous retrouver sur une voie de service.

– Encore un passage secret, souffla Keren.
– Eh oui, reprit Hector. Mais attention ! Remettez bien le mur pivotant en place, surtout. C'est très important. Je compte sur vous pour ne pas oublier ? »
Keren et Nathan firent « oui » de la tête en parfaite harmonie.
« Bon, impeccable. Ensuite, collez-vous à la paroi et prenez à gauche. Montez les quelques marches, et vous allez arriver sur le quai du métro régulier. Faites attention à ce que personne ne vous voie !
– Il n'y a pas de caméras ? demanda Nathan.
– Si, il y en a, mais ça devrait passer. Elles ne seront pas orientées vers vous, mais vers le milieu du quai. J'insiste : restez bien contre le mur de la voie, d'accord ? Si un métro arrive…
– Oui, oui, s'impatienta Nathan.
– On ne peut pas faire mieux en l'état, désolé, continua Hector. Quant à la clé… Gardez-la. Qui sait, un jour, peut-être, vous en aurez besoin. Ça va aller ?
– Ça ira, dit Nathan d'un ton rassurant. On en a vu d'autres. Au revoir, Hector.
– Au revoir, Hector, répéta Keren.
– Adieu, les enfants… Nathan, n'oublie pas ça, je pense que tu le regretterais ! »
Hector lui rendit sa canne, tombée sous un siège, et ajouta :
« Et merci à vous… »
Les portes s'ouvrirent dans un bruit sec. Keren et Nathan sortirent sur le quai. Tout le temps que dura

leur remontée à la surface, ils ne dirent pas un mot. Ils avalèrent l'interminable couloir, sans prêter la moindre attention aux portes et passages qui s'ouvraient à eux sur les côtés. L'heure n'était plus à l'exploration. Enfin, ils parvinrent à la porte verrouillée, puis au mur pivotant et au tunnel de service. Tout se passait comme Hector leur avait dit. Avec mille précautions, ils s'assurèrent qu'aucune rame ne venait face à eux. Puis, aussi rapidement qu'ils purent, ils coururent vers l'extrémité du quai. À chaque foulée, la canne de Nathan produisait un bruit sourd qui résonnait dans tout le tunnel.

Ça y est, c'était fait. Ils étaient revenus dans leur monde. Les néons électriques, l'odeur particulière, les voyageurs zombies, à moitié endormis, qui attendaient patiemment que le métro arrive, un journal posé sur leurs genoux… tout ça leur parut à la fois terriblement banal et absolument exotique. Ils eurent envie de courir sur le quai, d'embrasser les faïences du mur, de secouer le distributeur de friandises, comme pour s'assurer qu'ils ne rêvaient pas. Une rame arriva à quai comme si de rien n'était.

« Et ça, c'est un quoi, alors ? demanda Keren avec espièglerie.

– Un MP59, répondit Nathan sans réfléchir. Allez, monte, personne ne va nous attendre, cette fois. »

Ils montèrent à bord, et se placèrent une dernière fois face à face. La voiture était presque vide. Le signal du départ retentit, mais pour Keren et Nathan, il n'eut rien d'ordinaire. Le son strident fut pareil au vacarme du réveil qui, le matin, chasse en quelques instants les rêves de la nuit. L'habitude a trop de force et en quelques secondes, elle venait de réaffirmer son emprise sur le réel. Sublutetia, Hutan, Fulgence, le Pneumopolitain... Tout cela fut soudain recouvert d'un voile brumeux. Nathan et Keren n'étaient plus les héros d'un univers secret, ils étaient des enfants en fugue, soucieux de rentrer chez eux.

Deux stations défilèrent. Puis, Keren, embarrassée, dit à Nathan :

« Dis-moi, euh... Tu pars, pour les vacances ?

– Je crois, oui.

– Où ?

– Je ne sais pas. Ma mère n'a rien décidé. »

Nathan avait accentué le mot « mère ». Keren saisit l'insinuation mais ne releva pas. Elle éprouvait beaucoup de peine pour son ami. Sur le visage de Nathan, on lisait autant de chagrin que de fatigue.

« Écoute, dit-elle. On est quel jour ?

– Oh là, je n'en sais rien.

– Moi non plus à vrai dire. Mais c'est bientôt mon anniversaire. Tu viendras ?

– Bien sûr », répondit Nathan sans hésiter.

Keren frappa dans ses mains.

« Il y aura qui ? demanda Nathan.

– Juste toi. Je referai une fête après avec les copains et les copines. Mais le jour de mon anniversaire, il n'y aura que toi. Tu veux bien alors ? »

Nathan rougit.

« Ben oui, bien sûr… Je demanderai à ma mère… Si elle ne m'a pas découpé en morceaux d'ici là. Je ne sais vraiment pas quoi lui dire. Ah oui, regarde ta poche, ils nous ont donné un papier. »

Keren tâta l'intérieur de sa poche du bout des doigts et constata la présence d'une enveloppe.

« Je verrai ça plus tard », dit-elle.

Keren eut tout à coup l'air embarrassé.

« Oh, Nathan ! C'est ici que je vais descendre moi… »

Nathan jeta un coup d'œil au nom de la station sur le quai. Il hésita un instant, puis déclara :

« Je vais descendre avec toi. Je prendrai le suivant, va. »

Le visage de Keren s'éclaira.

« Super ! »

Main dans la main, ils descendirent sur le quai. Ils s'observèrent un long moment sans rien dire, cherchant en vain la bonne parole ou le bon geste. Puis, Keren s'approcha timidement de son ami, et le serra de toutes ses forces contre elle. Nathan oublia sa réserve habituelle, et délicatement, il serra Keren à son tour. Ils restèrent ainsi plusieurs longues secondes. Puis, ils se détachèrent l'un de l'autre et Keren dit d'un ton joyeux :

« Bon… alors… sans doute à demain, n'est-ce pas ? Si on n'est pas en train de répondre aux questions de la police.

– Oui. À demain Keren. Si…

– Oui ?

– Bah, si tu veux venir à la maison avant ton anniversaire, je ne sais pas, pour jouer à un jeu vidéo, par exemple, tu peux, tu sais. »

Keren rougit à son tour.

« D'accord ! Promis ! Merci !

– Ben… de rien. »

Un long silence s'écoula. Puis Keren reprit :

« On a rêvé tout ça ? Non, hein ?

– Non, je ne crois pas. »

Nathan sortit de sa poche la clé qu'Hector leur avait remise. Il soupira en la regardant dans le creux de sa main, puis ajouta :

« Mais il vaut mieux faire comme si, à mon avis.

– Tu as sans doute raison. À demain, Nathan.

– À demain, Keren. »

Elle hésita un instant avant de se mettre en route, mais Nathan, à contrecœur, insista :

« Dépêche-toi, allez. »

Keren s'éloigna d'un pas mal assuré, et disparut bientôt dans l'un des couloirs du métro. Nathan, la tête baissée, marcha jusqu'en tête de quai et s'assit sur un siège en attendant la rame suivante.

Il ouvrit l'enveloppe remise par Fulgence et lut distraitement les instructions, sans vraiment les comprendre. Et puis, une nouvelle rame entra à quai. Absorbé dans sa lecture, Nathan n'y prêta pas immédiatement attention, et ne vit pas tout de suite ce qu'elle avait d'inhabituel. Ce fut un reflet, doré, sur l'une des portières, qui accrocha son regard. Nathan, intrigué, releva la tête et reconnut l'écusson qui décorait les vieilles Sprague-Thomson.

La rame qui venait de rentrer à quai, c'était la vénérable Martha.

Sur le quai, les voyageurs s'étaient levés, admiratifs et étonnés, contemplant ce vestige roulant d'une autre époque. Une voix s'éleva dans le haut-parleur de service : « *Ce train ne prend pas de voyageurs !* »

Presque immédiatement, une autre voix, beaucoup plus faible, s'adressa à Nathan :

« *Sauf toi. Toi, tu peux monter, Nathan.* »

Le petit garçon s'arracha à l'observation des décorations de la voiture, et tourna la tête vers la cabine du conducteur, d'où provenait la voix. La porte de celle-ci était ouverte, et un homme se tenait sur le marchepied, un sourire embarrassé accroché aux lèvres.

Nathan se mit à trembler de tous ses membres en contemplant cette apparition. Son cœur et son pouls s'emballèrent.

Les yeux embués, appuyé sur sa canne et un peu hésitant, il se dirigea vers la cabine et alla s'asseoir à côté du conducteur. La porte se referma et, dans un sifflement familier, Martha reprit sa course à travers les entrailles de Paris.

Table des matières

Sprague-Thomson

R. Saillard

Fig. 1

Martha, modèle de Sprague-Thomson de 1929.
Conformément aux autres rames produites à cette période, elle dispose de quatre moteurs pouvant entraîner trois remorques et une motrice de queue.

Pneumopolitain

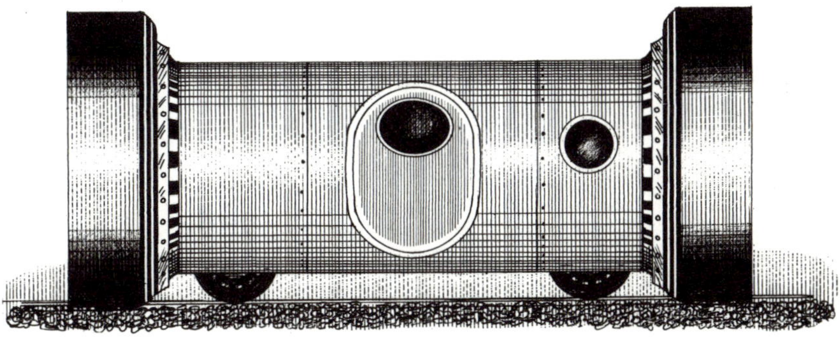

R. Saillard

Fig. 2

Inspiré du prototype inventé en Angleterre
aux environs de 1865, le Pneumopolitain est conçu pour se déplacer
silencieusement et à grande vitesse grâce à l'air comprimé
propulsé dans le tunnel.

Mes plus chaleureux remerciements à Michèle, Stéphanie, Emmanuelle, Gaëlle et Olivier pour leur confiance et le travail considérable qui a abouti à ce qu'est, aujourd'hui, ce roman.
Merci également à Claire, Dorothée, Nadège, Pascaline, Sarah, Emmanuel, Pierre, mes premiers lecteurs.
Un merci atemporel à Jacques-Rémi et Philippe qui m'ont donné, il y a bien longtemps, le goût des tunnels sombres et des secrets, dans les livres comme dans la vie.
Et à Michel Le Bris qui, s'il l'ignore, a contribué à l'entretenir.
Un salut ému à Jacques Neefs, mon maître et guide à travers le XIXe *siècle.*
Ma reconnaissance à Clive Lamming, « l'homme des trains », dont les recherches ont été une source d'inspiration et de documentation essentielle.
Et enfin, toute ma gratitude à Emmanuelle, dite « Zouzou », ma bonne fée, grâce à qui l'aventure a commencé.

E.S.

Né en 1973 en région parisienne, **Eric Senabre** est journaliste depuis plus de dix ans. Lorsqu'il n'écrit pas, il joue du rock, se passionne pour les arts martiaux, dévore les films de série B et aime surtout la littérature fantastique du XIXe siècle.
Dans sa bibliothèque, on peut trouver de grands romans d'aventure écrits par Robert Louis Stevenson ou Sir Arthur Conan Doyle, mais en cherchant bien, on trouvera aussi des Comics des X-Men et des Mickey Parade. Car ce qu'il apprécie par-dessus tout, ce sont les histoires pleines d'imagination, les mystères à résoudre et ce que l'on peut découvrir ou inventer derrière la surface des choses connues.
Sublutetia est son premier roman.

Tome 2, à paraître en 2012 :

SUBLUTETIA

Le dernier secret de maître Houdin

http://www.sublutetia.com/blog

8, rue d'Assas – 75006 Paris
www.didierjeunesse.com
Graphisme : Célestin Forestier
Composition, mise en pages et photogravure : IGS-CP (16)
ISBN : 978-2-278-05923-2 • Dépôt légal 5923/01
Achevé d'imprimer en France en juillet 2011
N° d'impression : 112697
Loi n° 49-956 du 16 juillet 1949 sur les publications destinées à la jeunesse

Ce livre a été imprimé chez Normandie Roto Impression s.a.s.,
imprimeur certifié